C. R. GREY

ANIMAS

L'HÉRITIER

Traduit de l'anglais
par Christophe Rosson

POCKET JEUNESSE
PKJ·

Titre original :
Animas. 1. Legacy of the Claw

Loi n° 49956 du 16 juillet 1949 sur les publications destinées à la jeunesse : juin 2018

Publié pour la première fois par Disney Hyperion, an imprint of Disney Book Group

ISBN : 978-2-266-25906-4
Dépôt légal : juin 2018

Pour Aaron

ALDERMERE
Les Monts Rouges
Le Labyrinthe
GRISVILLE
Forêt de Chêne-Rouan
Statue des Jumeaux
La Vallée des Prophètes
MONTCLAIR
Les Bois de l'Ombre
Riveran (fleuve)
Ferme des Walker
Pics des Velyns

Baie de Brahour
Les Plaines Arides
Chemin de Fer Royal
Les Terres-Basses
N
K LEFAIVER

Prologue

Un convoi de chariots traversait les terres brunes des Plaines Arides. Deux hommes, le dos voûté, voyageaient à l'avant d'un des véhicules. À l'arrière, une bâche dissimulait le butin rapporté de Grisville : des bijoux, deux tonneaux de grog volés au Parlement et… une fille aux yeux violets.

Le soleil inondait la bâche, sur laquelle la fille vit soudain passer une ombre. Un croassement lui parvint ; elle le reconnut immédiatement. Une corneille suivait le convoi. L'oiseau et le conducteur du chariot étaient liés. L'homme était le chef de cette bande de voleurs, à ce que comprenait la fille.

Bientôt, le véhicule s'immobilisa, et elle perçut le brouhaha d'une rue animée. Les roues en bois grincèrent quand le conducteur et son compagnon mirent pied à terre. La bâche se souleva d'un coup sec, une lumière aveuglante envahit l'arrière du chariot. La fille mit une main devant ses yeux.

— Debout. Lève-toi ! gronda l'homme.

Dans la foulée, il l'empoigna par le bras et l'entraîna à travers la foule jusque sur une estrade branlante. Là, il se tint debout à côté de la fille, une main sur son épaule. Le geste n'avait rien de réconfortant, c'était plutôt un moyen d'empêcher l'enfant de s'enfuir.

La fille, elle, se rappelait les mains rassurantes de son père. Les mouvements qui accompagnaient ses paroles, quand il s'adressait à elle ou au Parlement. Une main sur la poitrine, l'autre matérialisait une ligne entre son cœur et celui de la fille. « C'est une vibration, comme un savoir. Cela signifie que tu es connectée non seulement à un animal, mais aussi à la Nature, au monde. L'Animas est un lien qui unit toutes les créatures vivantes. Un être noble, un souverain noble, doit s'en servir pour faire le bien. »

— Qui veut de cette petite ? lança le chef des voleurs à la foule massée dans la rue. Mise à prix vingt dos-d'escargot !

La pauvre captive aurait voulu hurler, révéler à tous sa véritable identité, mais la peur la bâillonnait. Son père était le roi d'Aldermere. Hélas ! le roi était mort.

Elle était seule.

— Dix-huit dos ! concéda l'homme puisque personne ne réagissait.

Un spectateur leva enfin la main. Les enchères fusèrent aussitôt autour de lui.

La fille serrait les poings. Elle se refusait à pleurer. Perchée sur un montant de l'estrade, la corneille la scrutait de ses yeux noirs et froids. Ça n'était pas juste. Le chef des voleurs avait des coliés dans la place – des animaux avec lesquels il partageait le lien d'Animas –, et elle non. Elle qui avait toujours rougi d'être Animas Cochon, elle aurait donné n'importe quoi pour avoir son colié auprès d'elle à cet instant. Les voleurs présents dans la foule eux-mêmes étaient flanqués de leurs compagnons canidés. Ces coyotes faisaient en douce les poches des spectateurs insouciants. Mais la fille, elle, était bien seule. La corneille croassait comme pour se moquer d'elle.

L'enfant bouillait intérieurement, elle avait envie de hurler. Une force phénoménale, pareille à un courant électrique, faisait rage en elle. La souffrance et la terreur qu'elle éprouvait, elle les dirigea alors vers une autre créature.

Les croassements redoublèrent quand deux coyotes jaillirent de la foule et clouèrent la corneille au sol sous leurs griffes. Les charognards lui lacéraient déjà la chair, lui arrachaient les plumes. Comprenant que c'était elle qui avait provoqué l'attaque, la fille se mit à trembler : elle avait soulevé une violence comparable à celle qui l'agitait.

C'était là un pouvoir tel qu'elle n'en avait jamais connu. Elle percevait le lien qui l'unissait non seulement à ses coliés mais aussi à *toutes* les créatures, comme l'avait expliqué son père. Et elle pouvait contrôler ce lien. L'utiliser.

La foule s'écarta, horrifiée. Le chef des voleurs houspillait ses hommes, leur ordonnait de maîtriser les coyotes. La fille aux yeux violets, elle, restait parfaitement immobile. L'esprit tourné vers son père et son frère, tous deux morts.

À quoi bon utiliser son lien avec dame Nature pour faire le bien ? s'interrogeait-elle tandis que la boucherie se poursuivait. Elle venait de découvrir un autre usage qui lui conférait un pouvoir incroyable. Et dans ce monde où il ne lui restait plus aucun être cher, elle allait avoir besoin de toute la force possible.

Un

Vingt-sept ans plus tard

Bailey Walker se tenait sur le quai du rigi-mobile. Le garçon de douze ans baissa la tête par réflexe pour éviter l'énorme oie brune qui le frôla et alla se poser sur l'auvent de la gare. Le chat écaille de tortue qui venait d'effrayer cet oiseau se faufilait à présent entre les jambes de ses compagnons humains en miaulant, visiblement content de lui. Bailey passa la main dans sa tignasse dorée, pour être sûr que l'oie n'y avait pas laissé de plumes.

— Bailey, tu es prêt ? l'interpella sa mère.

Elle posa les mains sur ses épaules avant d'épousseter la traînée de poussière qui maculait sa plus belle chemise.

— N'oublie pas, enchaîna-t-elle. Quoi qu'on puisse dire de toi, tu es très bien comme tu es. Mieux que ça, même. Tu es exceptionnel.

Bien sûr… « *Exceptionnel* au sens de "pas normal", oui », songea le garçon. Il eut un pincement au cœur, mais il sourit malgré tout et fit oui de la tête. Il s'apprêtait à quitter les Terres-Basses Dorées, leurs fermes charmantes, leurs campagnes vallonnées et leurs villes assoupies – il s'apprêtait à quitter *ses parents* – pour l'Académie Montclair, la plus prestigieuse école d'Aldermere.

L'Académie Montclair où l'on ne tarderait pas à lui tailler une réputation de paria.

— Écoute bien ta mère, Bailey, lui recommanda son père.

Grand et maigre, les cheveux noirs bouclés, Herman Walker avait revêtu son pantalon de fête et coiffé une élégante casquette de laine pour venir dire au revoir à son fils. Voilà plusieurs jours qu'il ne parlait que de ça : la possibilité unique de voir le rigimobile à quatre niveaux (le plus grand des Terres-Basses !) qui allait conduire Bailey à Montclair. L'engin était le seul moyen de transport disponible pour les longs trajets mais, comme Bailey et ses parents ne quittaient jamais leur campagne, ils n'avaient jamais eu l'opportunité ne serait-ce que de le voir.

Bailey avait hâte d'embarquer. Les deux voitures du rigimobile ressemblaient à de gigantesques maisons métalliques rouges, avec leurs quatre rangées de vitres à encadrement de cuivre. À l'intérieur de chaque voiture, un escalier en colimaçon doré permettait l'accès aux différents étages. Enfin, un dirigeable jaune, énorme ballon ovale, stationnait au-dessus du rigimobile.

Le père de Bailey avait expliqué que le dirigeable servait à la fois à propulser l'engin et à repérer de là-haut d'éventuels obstacles sur la voie. Herman Walker était d'un enthousiasme contagieux pour tout ce qui touchait à l'Âge des Inventions. Bailey n'était encore qu'un enfant, qu'il lui avait raconté comment les Mécaniciens Royaux – un groupe de professeurs et d'ingénieurs – avaient inventé le rigimobile, bien avant sa naissance. Selon lui, ces hommes auraient sans doute encore amélioré l'engin si la mort du roi Melore n'avait mis un terme brutal à leur association. Tout comme elle avait signifié la fin de nombreux autres projets. Bailey s'interrogeait souvent : son père ne serait-il pas devenu mécanicien lui aussi, s'il n'avait dû reprendre la ferme familiale ?

Aujourd'hui, sa mère s'était mise sur son trente et un pour l'accompagner à la gare : chapeau cloche en feutrine violette rehaussé d'une fleur jaune, souliers à talons hauts marron. Quant à Longzo – Longues-Oreilles –, le lièvre auquel était colié son père, il se chamaillait avec le chat au pelage écaille de tortue.

Bailey, qui observait leur petit manège, sortit brusquement de sa transe quand son père reprit la parole :

— Oublie le passé et va de l'avant. N'écoute pas ce que les autres élèves diront. Tu es très bien comme tu es. Chacun évolue à son rythme. À toi de leur montrer de quoi tu es capable.

Ce genre de discours, sous une forme ou une autre, le garçon l'avait entendu mille fois. Il acquiesça pourtant et répondit « Merci, papa ». Et il était sincère.

Ses parents allaient lui manquer terriblement. Emily et Herman Walker l'avaient adopté alors qu'il n'était encore qu'un nourrisson. On lui avait raconté l'histoire des centaines de fois : son père, alerté par ses pleurs, l'avait découvert sous un framboisier à la lisière des sinistres Bois de l'Ombre. Petit, chétif, en état de dénutrition. Personne ne savait d'où il venait, ni comment il avait pu survivre seul.

Bailey lui-même ne conservait naturellement aucun souvenir de l'épisode. Tout ce qu'on lui avait expliqué par la suite, c'est qu'il était le fils adoptif d'un Animas Lièvre et d'un Animas Cheval : deux gros travailleurs au grand cœur, toujours là pour lui et… contrairement à Bailey, tout ce qu'il y avait de plus normal. Ils cultivaient le blé, et avaient transmis au garçon le goût de l'effort. Effort physique comme intellectuel : il ne devait jamais laisser passer une occasion de se cultiver. Bailey leur en serait reconnaissant jusqu'à la fin de sa vie. Emily et Herman avaient fait preuve d'une patience infinie, y compris quand ils s'étaient rendu compte que leur enfant… n'était pas comme les autres.

— Fais attention à toi, mon petit chou ! lui recommanda sa mère en portant un mouchoir à ses yeux.

Oh non ! Elle allait pleurer. Bailey la serra aussitôt contre sa poitrine pour l'empêcher de se donner en spectacle… ou de l'appeler encore son « petit chou ».

— Compte sur moi, lui assura-t-il en se dégageant pour étreindre brièvement son père.

Ce dernier lui ébouriffa ses cheveux blonds, et son épouse bondit immédiatement sur le garçon, un peigne à la main, pour réparer les dégâts. Longzo s'approcha de Bailey ; celui-ci s'écarta juste à temps pour éviter que le lièvre ne se soulage sur ses souliers – sans doute une marque d'affection.

— Au revoir, maman. Au revoir, papa. Au revoir, Longzo.

— Et n'oublie pas de manger tes céréales, ajouta sa mère tandis que Bailey se frayait déjà un chemin parmi les voyageurs.

Le futur pensionnaire de l'Académie Montclair entendit des rires éclater parmi un groupe d'élèves qui embarquaient quelques pas devant lui. Le feu aux oreilles, il baissa aussitôt la tête. Avec un peu de chance, personne n'aurait compris que la consigne s'adressait à lui.

Il sentait le regard intense et inquiet de sa mère peser sur sa nuque. Il comprenait ses craintes, lui-même les partageait : c'était la première fois qu'il quittait la maison.

D'un autre côté, il était temps qu'il parte. S'il y avait bien un endroit au monde où il pouvait espérer devenir enfin normal, c'était l'Académie Montclair. Il allait en effet y rencontrer l'entraîneur d'Animas qui saurait régler ses problèmes : un dénommé Tremelo Loren. Son père avait déniché plusieurs ouvrages sur l'historique de l'Académie, à la bibliothèque locale. L'un d'eux, assez ancien déjà, évoquait un jeune professeur, M. Loren, qui s'était taillé une belle réputation en enseignant aux citadins de Grisville comment renforcer leur relation avec leur animal totem. Bailey comptait bien aller le trouver le plus vite possible.

Il y avait foule pour monter à bord du rigimobile. Les Terres-Basses étaient une mosaïque de petits villages agricoles qui occupaient plus d'un tiers d'Aldermere. Pour autant, la gare où M. et Mme Walker avaient conduit leur enfant était une des seules de la région visitées par le rigimobile. Certains élèves venus prendre place à bord avaient dû faire un long voyage en chariot pour s'y rendre.

L'escalier intérieur doré avait perdu de son éclat. L'engin tout entier montrait des signes de fatigue : la peinture s'écaillait en bon nombre d'endroits, mettant à nu la surface métallique en dessous ; les marches grinçaient sous le poids des élèves. Au deuxième niveau, deux porteurs déposaient les bagages de Bailey et des autres voyageurs. Le garçon poursuivit son ascension. Pour une fois qu'il partait de chez lui, il n'allait pas se contenter d'admirer le paysage d'en bas.

Arrivé au troisième niveau, il s'engagea dans l'allée centrale et repéra une place libre à l'arrière du wagon. Il avisa également un groupe de garçons et de filles, plus âgés que lui, qui arboraient une cravate bleue et or reconnaissable entre mille. Tout à coup, il se sentit honteux, avec sa chemise blanche du dimanche et son plus beau pantalon de travail en coton. Il restait un petit fermier – du moins jusqu'à l'arrivée à Montclair, où il pourrait enfin ouvrir sa malle et revêtir son uniforme neuf de l'Académie. Il s'apprêtait à s'asseoir discrètement, quand une voix l'interpella :

— Bailey, c'est bien ça ?

Cette voix n'était pas celle d'un inconnu, mais d'un élève de son ancienne école. Cheveux noirs, lunettes, il avait pris place sur une banquette, un gros livre sur les genoux, et adressait de grands signes à Bailey.

— C'est moi, Hal. Hal Quindley.

Les deux garçons n'avaient jamais eu cours ensemble. Hal portait une veste foncée ornée de motifs d'ailes sur les épaules. Le vêtement paraissait neuf, il lui était encore un peu trop grand. Au lieu d'une cravate aux couleurs de Montclair, il avait au cou un modèle en soie marron que quelqu'un avait dû nouer pour lui.

— Salut, lui répondit Bailey.

Soulagé par la présence d'un visage ne serait-ce que vaguement familier, il alla s'installer en face de Hal, et glissa sous la banquette le sac à dos qu'il avait conservé avec lui.

Hal lui tendit la main.

— Je suis bien content de te voir, enchaîna-t-il. Ton nom est le seul que j'aie reconnu dans la liste des première année voyageant à bord du *Montclair Rapide*. L'Académie n'accepte qu'une centaine de nouveaux élèves par an, et nous ne sommes que quelques-uns de notre école à avoir été sélectionnés. Ça met un peu la pression, hein ?

— Carrément, grommela Bailey, impressionné.

Il jeta un petit coup d'œil par la vitre. Ses parents attendaient toujours le départ du rigimobile. Le garçon sentit soudain son cœur se serrer.

— C'est pire encore, reprit Hal en ajustant ses lunettes épaisses à monture dorée. Apparemment, l'établissement ne prend que les élèves les plus exceptionnels. Du coup, je me demande ce qu'ils ont bien pu me trouver, à moi !

Bailey sourit. La voix de sa mère résonnait dans sa tête : « Tu es très bien comme tu es. Mieux que ça, même. Tu es exceptionnel. » L'angoisse s'envola, laissant place à l'excitation.

Mais il n'eut pas le temps de répondre : un véritable colosse s'installa à côté de Hal. Vêtu d'un lourd pardessus, il soufflait comme un bœuf. Son manteau comportait plusieurs poches sur le devant et les côtés ; toutes débordaient de boutures de plantes. Un blaireau au ventre rebondi vint se lover sous la banquette en dessous. Sa truffe humide pointait entre les pans du vêtement de l'homme.

— Troisième niveau, Hal ? gémit celui-ci. Aneth n'est pas habitué à ce genre d'exercice de bon matin.

Hal rougit aussi sec.

— Bailey, je te présente mon oncle Roger ; il est apothicaire. Et lui c'est Aneth, ajouta le garçon en désignant le museau. Ils se rendent à Grisville pour affaires, au-delà de Montclair. Oncle Roger, je te présente Bailey. On est dans la même école, enfin on *était* dans la même école. Et là, euh… on va ensemble à Montclair.

Roger observa Bailey avec un grand intérêt. Il avait sur le nez des lunettes aux verres aussi épais que ceux de son neveu.

— Mazette ! s'exclama l'homme. On ne perd pas de temps pour se faire des amis… Tant mieux, tant mieux ! Vous allez avoir tout le loisir de papoter avant d'arriver à Montclair. Deux jours entiers à bord d'un rigimobile ! Et dire qu'on en aurait pour une demi-journée à peine si on avait le droit de couper par les Bois pour gagner la montagne… (Il leva les mains en signe d'impuissance.) Mais nous n'avons pas le choix. Autant prendre nos aises.

Dis-moi, Hal, j'imagine que tu n'as pas encore vu ton frère ?

L'intéressé grimaça. Du doigt, il désigna le groupe d'élèves que Bailey avait remarqués plus tôt. Ils applaudissaient et riaient à gorge déployée : l'un d'eux avait subtilisé le sac d'un de ses camarades qu'il empêchait de le récupérer en le tenant à bout de bras. Dans le compartiment à bagages situé au-dessus de leurs têtes, le chat à la robe écaille de tortue se prélassait. Au passage du sac, il donna un coup de griffe. Roger se leva avec un soupir d'exaspération pour aller mettre fin au petit jeu cruel.

— C'est ton frère ? demanda Bailey.

— Taylor, confirma Hal, visiblement agacé. Il est en troisième année ; dame Nature soit louée, je n'aurai à le supporter que deux ans à Montclair. Il est super fort au chavage.

Le chavage était un sport dans lequel deux équipes s'affrontaient pour tenter de localiser puis de s'emparer du drapeau de l'adversaire, avec l'aide de leurs animaux liés. C'était la discipline la plus populaire du royaume. Bailey avait assisté à plusieurs rencontres à son école, son père aimait suivre les grands tournois à la radio.

— Sans le chavage, il n'aurait jamais été accepté à Montclair, ajouta Hal. Sa seule autre spécialité, ce sont les embrouilles.

Il ôta ses lunettes pour en nettoyer vigoureusement les verres. Sans elles, il donnait presque l'impression de loucher.

— Je suis Animas Chauve-souris, comme mon grand-père, révéla-t-il ensuite. Taylor, lui, est Chat.

Du coup, on ne s'entend pas trop, lui et moi. Ils sont tous Animas Chat, je précise.

Bailey devina que son ami évoquait le reste de sa famille.

— C'est pour ça que je vis chez oncle Roger, conclut Hal.

Bailey hocha la tête. Ce genre de problème était fréquent dans les familles au sein desquelles un Animas était plus agressif que les autres. Bailey comprit alors pourquoi il avait eu si peu l'occasion de croiser Hal à l'école. Son oncle Roger, un homme riche, habitait à la lisière des Bois de l'Ombre ; ensemble, ils partaient sitôt la fin des cours sonnée pour être sûrs d'être rentrés avant la nuit. Pour la plupart des citoyens d'Aldermere, les Bois de l'Ombre étaient zone interdite ; les rares individus à être suffisamment courageux pour s'installer à proximité étaient des Animas Ours ou Loup.

D'ailleurs, à bien observer Hal – ses bras maigrichons, sa coupe de cheveux démodée, sa tenue stricte, ses grosses lunettes qui lui donnaient un air de perpétuelle surprise –, Bailey avait du mal à croire qu'il vivait réellement à deux pas des Bois de l'Ombre.

Le dirigeable du rigimobile profita d'une bourrasque et le convoi s'ébranla. Bailey adressa un au revoir de la main à ses parents. Roger se rassit en soufflant. Derrière lui, Taylor et ses camarades reprirent presque aussitôt le petit jeu.

— J'ai parlé à tes parents, sur le quai, déclara Roger. Des gens bien.

— Merci, répondit Bailey.

— Bon alors, dis-moi, quel Animas es-tu, toi ? Cheval ou Lièvre ?

La grande question. Celle que Bailey redoutait de voir surgir. La question de son Animas. En général, on héritait de l'Animas de ses parents. Lors de rares exceptions, le phénomène sautait une génération. Roger n'était visiblement pas au courant que Bailey avait été adopté, et qu'il n'était par conséquent ni Animas Cheval ni Animas Lièvre.

Et ça n'était pas le pire. Bailey avait même envisagé de mentir, si on l'interrogeait là-dessus – et il était certain que tout le monde lui poserait la question à Montclair. Il prétendrait être Animas Ours ou Serpent, voire Opossum ! N'importe quoi, plutôt que la vérité.

— Je..., bredouilla-t-il, les mains déjà moites.

— Tu n'es pas obligé de le dire, s'empressa d'intervenir Hal.

— De dire quoi ? répliqua son oncle. Je lui ai simplement demandé quel...

— *Oncle Roger*, c'est lui le..., souffla Hal. (Le regard de l'homme oscillait entre son neveu et Bailey.) C'est lui qui a été adopté.

Hal avait avoué la chose les yeux baissés. Bailey en rougit. À l'entendre prononcer les mots « C'est lui qui a été adopté », il eut l'impression que Hal en savait plus qu'il n'en disait. Rien d'étonnant à cela. Hal n'avait pas pu ne pas entendre les rumeurs à l'école, les moqueries dans la cour. Bailey espérait seulement qu'il aurait la discrétion de ne pas tout déballer à Montclair. De lui laisser au moins la chance d'aller demander de l'aide à M. Loren, le fameux entraîneur.

— Ah..., s'étrangla Roger, les yeux comme des soucoupes derrière ses lunettes.

D'une main, il chercha un mouchoir dans ses poches. Bailey en déduisit que lui aussi avait entendu les rumeurs. L'homme lui tapota la main. Bailey se retint de la retirer.

— Toutes mes excuses, petit, déclara Roger. Ça n'était pas très délicat de ma part.

À cet instant précis, le sac à dos avec lequel Taylor et ses amis jouaient frôla la tête de l'oncle.

— Désolé ! lança l'un des ados dissipés.

— Espèces de voyous ! tonna Roger en saisissant le sac.

Aussitôt, il retourna faire la police à l'avant du wagon. Taylor affichait une mine penaude pas très convaincante. Blotti sous la banquette, Aneth ronflait paisiblement. Bailey et Hal écoutèrent en silence le sermon que Roger servait aux « voyous ».

Au bout d'un moment, Hal reprit la parole :

— Écoute, je ne voulais pas être indiscret, je... Je pensais que tout le monde savait.

— Pas tout le monde, non, précisa Bailey.

Il tourna la tête pour regarder défiler les champs et les pâturages des Terres-Basses Dorées, espérant que Hal capterait le message : il ne voulait plus aborder le sujet.

Ce voyage en rigimobile se révéla plus mouvementé que Bailey ne se l'était imaginé. Quand le vent forcissait, les roues des wagons n'arrivaient pas à suivre le rythme du dirigeable, et le train bringuebalait. Bailey en avait la nausée.

Il comprenait pourquoi Roger pestait quant à la durée du trajet. La perspective de devoir passer la nuit à bord n'avait rien d'agréable, même si des lits pliants à l'usage des voyageurs se trouvaient sous les banquettes. Les compartiments prévus pour les animaux étaient presque tous occupés par des bagages, si bien que les ratons laveurs qui auraient dû faire la route au deuxième niveau bloquaient à présent l'allée centrale du troisième. Le courant électrique généré par les rails n'était pas fiable, l'éclairage des wagons vacillait régulièrement, aussi des lampes à gaz avaient-elles été installées dans les allées. À charge pour les passagers de ne pas s'y cogner la tête.

Au premier niveau, le buffet proposait toutes sortes de sandwichs, mais Bailey préférait ne pas se risquer à avaler quoi que ce soit dans ce train si agité.

En début de soirée, les conversations avaient plus ou moins cessé partout, la plupart des passagers se préparaient à se coucher. Bailey dépliait à présent sa couchette en face de celle de Hal. Roger affirmait ne pas avoir encore sommeil et se promenait dans les allées. Aneth, qui avait achevé sa sieste, se grattait tranquillement à proximité des garçons. Bailey se glissa sous le drap, ferma les yeux et tenta de s'endormir malgré l'éclairage au gaz et le bourdonnement du dirigeable.

Quand enfin il y parvint, il rêva qu'il devenait un oiseau, puis une renarde ; après quoi ce fut une fourmi évoluant au pied d'une immense montagne.

Un bruit réveilla Bailey. Un frottement contre la vitre. L'éclairage au gaz avait été tamisé, on n'entendait plus dans le wagon que des ronflements étouffés.

— C'était quoi ? interrogea le garçon en se frottant les yeux.

Roger n'était pas à sa place. Hal regardait par la vitre.

— Une chauve-souris, révéla ce dernier. Je n'arrivais pas à dormir. Je suis un peu insomniaque. (La suite, il la prononça à voix basse, en se penchant vers Bailey.) On approche des Pics des Velyns.

Bailey secoua la tête pour se réveiller tout à fait. Derrière la vitre, les immenses arbres des Bois de l'Ombre dominaient le paysage. La lune était comme suspendue au-dessus de leurs cimes. Au-delà des Bois, le garçon distinguait les légendaires Pics des Velyns, aux sommets enneigés. Quelques instants plus tard, à la faveur d'une trouée dans la végétation, Bailey put voir le massif entier découpé en ombre chinoise contre le ciel noir. La montagne lui parut nue et déserte.

Le garçon frissonna. Les Pics des Velyns traversaient le royaume, des falaises de Montclair sur la côte ouest à l'extrémité sud des Terres-Basses. Dans les Terres-Basses, d'ailleurs, on les considérait un peu comme le bout du monde.

Plus le train approchait de l'Académie, plus la présence de ces montagnes se faisait menaçante et imposante. C'était le domaine des croque-mitaines. Des spectres et des assassins, aussi – du moins à ce que colportait la rumeur.

— Tu y crois, toi, aux histoires sur les tribus perdues des Velyns ? demanda-t-il à Hal.

Ces histoires prétendaient que les Velyns étaient un groupe mystérieux d'hommes et de femmes qui avaient choisi d'aller vivre à la dure dans les montagnes, notamment parce qu'ils avaient tous pour Animas des bêtes formidables : loup, grizzli ou encore puma.

— Tu te rappelles ce que disait M. Elliot, le professeur d'histoire, répondit Hal avec un haussement d'épaules. D'après lui, ces gens-là existent vraiment ; des criminels en fuite, pour la plupart. Moi, je ne sais pas trop. Ma mère m'a toujours raconté que les Velyns pouvaient se transformer en animaux et enlever les enfants qui n'étaient pas sages. Enfin, elle me racontait ça quand je ne voulais pas manger mes brocolis, remarque.

Bailey sourit.

— La mienne aussi.

Puis il se retourna vers la vitre. Vers les montagnes. Il perçut alors comme un battement d'ailes dans sa tête.

Il s'efforça de bloquer les bruits du rigimobile pour se concentrer sur le silence des arbres, les murmures du vent. Il ferma les yeux. Son père avait tenté plus d'une fois de lui apprendre à se connecter aux animaux de son environnement – sans grand succès, hélas ! « Tu n'es pas si différent, disait-il pendant ces leçons. Tu dois simplement te concentrer. »

Il entendait les branches des arbres qui s'entrechoquaient dans la brise, et, comme en sourdine, un bruissement. Un son que Bailey n'avait pas remarqué jusque-là, il en était certain. Un bourdonnement dans ses oreilles, comme s'il ne se trouvait pas dans le rigimobile mais bien au milieu des arbres, immobile, à l'écoute. Son cœur s'emballa.

— Il y a quelque chose dans ces bois, murmura-t-il en rouvrant les yeux, et le bourdonnement cessa aussitôt. Je le sens.

— De quoi tu parles ? lui demanda Hal. Ça t'est déjà arrivé, ça ?

Bailey se leva. Il devait se rapprocher de cette mystérieuse présence. Il s'engagea dans l'allée centrale, en direction de l'arrière du wagon. Hal lui emboîta le pas.

Le garçon adopté avait bel et bien éprouvé une sensation qu'il n'avait jamais connue lorsqu'il s'entraînait avec son père. S'il parvenait à sortir du wagon, la sensation reviendrait peut-être…

— Bailey ! siffla Hal en le voyant ouvrir la porte du fond. On n'a pas le droit !

Quelques passagers remuèrent sur leur couchette, un raton laveur pointa le bout de sa truffe. Bailey n'en fit qu'à sa tête. Une fois sur la plate-forme arrière, il prit de plein fouet le vent et le vacarme qui montait des rails.

« Si seulement j'arrivais à me concentrer, songeait-il. Si seulement je pouvais me rapprocher. » Il s'avança de deux pas. Le clair de lune teintait la cime des arbres d'une lueur argentée ; des ombres filaient au sol. À quelques mètres de la voie, les troncs formaient une barrière naturelle : la lisière des Bois de l'Ombre. Bailey vit passer un éclair blanc entre les arbres. Il battit des paupières. La lune lui aurait-elle joué un tour ?

Non. C'était un animal.

Du moins Bailey estima-t-il qu'il s'agissait d'un animal. Mais un animal tel qu'il n'en avait jamais vu auparavant. Colossale, la bête semblait jouer à cache-cache entre les arbres. « Comme un fantôme », observa le garçon. On aurait dit que la créature faisait la course avec le rigimobile. Bailey sentit son sang se figer. Quelques instants plus tard, l'éclair blanc disparaissait complètement.

— Pour l'amour de dame Nature, qu'est-ce que tu fiches dehors ? intervint un homme.

Bailey sentit une main l'empoigner par l'épaule et le ramener dans la lumière tamisée du wagon : un chef de train au regard bleu acéré, vêtu d'un uniforme élimé. Derrière lui se trouvaient Roger et Taylor, le frère aîné de Hal. Aneth le blaireau ainsi que le chat de Taylor complétaient le tableau.

— Tu aurais pu te tuer, à sortir comme ça pendant que le rigi roule ! gronda le contrôleur en claquant la porte.

Bailey entendait les grognements des passagers mécontents d'avoir été réveillés.

— Déjà dans le pétrin, et on n'est même pas à destination, persifla Taylor en adressant un sourire moqueur à Bailey. Tu as quelque chose à prouver ?

— Dégage, toi ! le rembarra son cadet, apparaissant derrière lui.

Bailey était encore tout chamboulé par ce qu'il venait de voir. Cet animal, cette espèce de créature irréelle qui scrutait le train…

— Ça va aller, mon grand ? s'inquiéta Roger.

— Je…, bredouilla le garçon. J'ai vu quelque chose d'énorme, dehors.

L'oncle de Hal plissa les yeux. Taylor ricana.

— Un loup ? Il y en a pas mal, dans les Bois de l'Ombre.

— Non, pas un loup. C'était tout blanc…

— Je n'ai jamais rien vu de tout blanc dans la région, intervint le chef de train. Il arrive parfois qu'un ours s'aventure près de la voie, mais en général ils sont marron ou noirs.

— Exact, trancha Roger en posant une main très ferme sur l'épaule de Bailey. Sans doute une illusion d'optique.

— J'ai bien vu, martela le garçon. C'était beaucoup plus gros qu'un ours. Et super brillant. Presque phosphorescent…

— Un f-f-fantôme ? se moqua Taylor, en faisant semblant de se mordre les doigts.

— Retourne à ta place avant que je m'énerve, Taylor, ordonna son oncle. Quant à toi, Bailey, assieds-toi et calme-toi. Tu as vu un coyote ou un loup, voilà tout. N'en parlons plus.

L'intéressé obéit, malgré la colère et la gêne qu'il éprouvait. Roger et Taylor regagnèrent leurs places. D'autres passagers le dévisageaient. Il se sentait le feu aux oreilles. Il était sûr de lui ; il n'avait quand même pas rêvé ? Un instant, il se demanda si Roger n'avait pas raison, si ça n'était pas un loup, finalement. Non. Cette créature d'une blancheur immaculée était assez grosse pour qu'il l'ait repérée à plusieurs mètres de distance.

— Je sais ce que j'ai vu, glissa-t-il à Hal.

— Je te crois, lui répondit son ami.

Assis sur sa couchette, il n'osait pas encore s'allonger. Bailey devina qu'il voulait ajouter quelque chose.

Autour d'eux, la tension était retombée, les murmures des autres passagers avaient cédé la place à des ronflements ponctués par des bruissements de plumes ou de pelage.

— Écoute, reprit Hal. Je voulais juste te dire... Je ne le répéterai à personne... Si tu préfères que ça reste secret à Montclair, tu peux compter sur moi.

— De quoi tu parles ?

Bailey savait très bien de quoi son camarade parlait. Mais il tenait à ce que celui-ci dévoile son jeu.

— Qu'est-ce qu'on t'a raconté ?

Hal prit une grande inspiration, comme s'il redoutait de dire ce qui allait suivre. Il se pencha à l'oreille de Bailey.

Puis il prononça ces paroles qui eurent le même effet qu'un coup de poing, l'effet de la vérité :

— Tu n'as aucun Animas.

Deux

Loin des Terres-Basses, loin de l'éclairage tamisé du rigimobile, une silhouette sombre volait au-dessus des usines de Grisville et de leur immonde panache de fumée. Elle plongea soudain, rabattant ses ailes contre son corps, puis elle les écarta de nouveau à l'approche des toits dorés du palais, là où siégeait le Parlement. Elle se laissa porter par les courants atmosphériques jusqu'à une fenêtre située à mi-hauteur d'une tour branlante, dans l'aile ouest du palais. La structure portait encore telle une balafre la trace noire de l'incendie qui l'avait presque entièrement détruite près de trente ans auparavant.

La chouette se posa sur le rebord de la fenêtre ouverte, qui donnait sur un étroit escalier en colimaçon. Au pied des marches, une porte voûtée laissait entrevoir la lumière d'une grande pièce. Un groupe de parlementaires discutaient bruyamment des affaires de l'État. La scène fut si rapide que seule la chouette la vit : un pied chaussé d'un soulier de toile passa dans le faisceau de lumière avant de replonger dans l'ombre.

Ce pied appartenait à une adolescente de treize ans, Gwen. Cachée dans la pénombre, elle attendait en retenant son souffle que les membres du Parlement s'éloignent. La chouette, elle, inclina la tête de côté sans un bruit. Les messieurs se décidèrent enfin à partir.

Gwen put souffler pour la première fois depuis ce qui lui avait paru durer plusieurs minutes. Les parlementaires la connaissaient bien, elle était l'apprentie de l'Ancien, lui-même en poste au Parlement depuis l'époque du roi Melore. Ce soir, pourtant, elle devait se faire toute petite. L'Ancien s'en allait en mission secrète, et Gwen était bien décidée à l'accompagner. Son sac à dos sanglé sur ses épaules, elle passa ses doigts pâles dans ses cheveux flamboyants qu'elle avait coupés court. Elle trépignait d'impatience et d'appréhension.

La chouette quitta son perchoir lorsque la jeune fille passa sous la fenêtre pour disparaître dans l'escalier. Tout en grimpant les marches, Gwen sut que le volatile nocturne n'était pas allé bien loin. Elle apprenait peu à peu à distinguer individuellement ces bêtes auxquelles elle était coliée quand elle se trouvait face à un groupe de chouettes ; il lui arrivait parfois de deviner leurs noms. Là, elle sentit comme une bouffée de chaleur dans la poitrine : elle percevait la présence de plusieurs chouettes dans les hauteurs de la tour, et de l'une d'entre elles qui volait à l'extérieur, malmenée par le vent.

Au sommet de l'escalier, Gwen marqua une pause dans le noir, près de la porte du bureau. Il y avait bien là un groupe de chouettes perchées sur les poutres, en train de scruter d'interminables rayonnages de livres poussiéreux, ainsi qu'un seul être humain : l'Ancien, un vieil homme à la tignasse grise et au regard perçant. Il fourrait des objets dans un sac en tissu. Sa veste et son gilet, élimés, arboraient à l'origine des motifs représentant des ailes, qui avaient disparu sous un enchevêtrement de fils marron et argent.

L'Ancien connaissait Gwen depuis sa plus tendre enfance : une pauvre petite orpheline parmi tant d'autres à errer dans les rues de Grisville. Comme lui, elle était Animas Chouette. Le jour où il avait surpris l'enfant en train de lui faire les poches alors qu'il se promenait dans le quartier miséreux et dangereux des Goujons, il ne s'était pas mis en colère. Au contraire, il avait eu pitié de Gwen et l'avait emmenée avec lui au palais afin qu'elle devienne son apprentie. Les apprentis étaient logés dans des chambres propres et chauffées, au rez-de-chaussée près des cuisines ; tous les matins ils suivaient des cours ; et à partir de leurs douze ans, ils entraient au service exclusif d'un membre du Parlement. Hélas ! depuis la mort de Melore, la tradition de l'apprentissage se perdait, et il était rare que Gwen croise un autre apprenti au palais. L'enseignement, elle le recevait pour l'essentiel de l'Ancien en personne. Avant que l'homme la prenne sous son aile, Gwen menait une existence misérable avec pour seuls compagnons une bande d'enfants voleurs. Elle savait déjà qu'elle était Animas Chouette, mais ignorait comment se connecter avec ces oiseaux, comment ralentir sa respiration, faire le vide dans son esprit de sorte à percevoir les chouettes et apprendre à leur contact. C'est l'Ancien qui lui avait expliqué la méthode. Il était comme un père pour Gwen. S'il partait en voyage, elle tenait à l'accompagner. Quitte à le suivre en secret.

L'Ancien poussa un soupir.

— Gwendolyn, murmura-t-il sans même se retourner. À ton avis, quelle serait la meilleure cachette pour une paire de bottes, dans ce bureau ?

Gwen souffla. Comment avait-elle pu s'imaginer passer inaperçue ? L'Ancien avait sûrement détecté sa présence en même temps que les chouettes.

La fille quitta la pénombre de l'escalier pour la lumière de ce bureau modeste encombré d'affaires. L'Ancien et son apprentie étaient quasi oppressés entre la table de travail en bois massif et les nombreuses étagères surchargées de livres qui couvraient les six murs de la pièce.

— Avez-vous cherché dans le placard ? suggéra Gwen.

— Le croiras-tu si je te dis que lui aussi déborde de livres ? répondit le vieil homme en secouant la tête.

D'ordinaire, la formule aurait fait rigoler l'apprentie. Tout à ses pensées, elle agrippa les sangles de son sac avant d'annoncer :

— Je pars avec vous consulter les Prophètes.

L'Ancien n'interrompit pas ses préparatifs, n'adressa pas un regard à sa visiteuse.

— Ma cape imperméable a disparu elle aussi, on dirait…, souffla-t-il.

Gwen localisa le vêtement qui, pour une raison mystérieuse, avait atterri sous le lit. Elle le fourra dans le sac de voyage posé sur le bureau.

— Je me fais du souci pour vous, ne put-elle s'empêcher d'ajouter, tout en sachant que rien de ce qu'elle pourrait dire ne convaincrait l'Ancien d'annuler son voyage. Vous avez besoin de moi.

L'Ancien posa un instant son regard sur elle.

— Tu as raison, mon enfant. J'ai besoin de toi. Mais *ici*. J'ai besoin que tu surveilles le Parlement en mon absence. Je ne doute désormais plus que Viviana cherche à le renverser. (Il baissa la voix.) Les rangs des Dominae, son parti, grossissent à vue d'œil.

Il farfouillait à présent dans le tas d'objets qu'il avait sortis d'un placard : un chausse-pied, un rouleau de cartes…

— Ah ! ah ! croassa-t-il en lançant les bottes en direction de Gwen, qui les attrapa au vol et les déposa à côté du sac.

— Depuis qu'elle est réapparue à Grisville, Viviana n'écoute que sa colère et son obstination. J'espérais que la réapparition de la fille de Melore annoncerait une nouvelle ère de prospérité pour Aldermere, après le long règne du Chacal. Les parlementaires ont eu raison de le chasser du pouvoir, mais depuis, ils se laissent aller. Sous Melore, ils œuvraient avec efficacité et justice. Désormais, la corruption est de mise. Nous ponctionnons le peuple sans rien réaliser avec ses impôts, sans accomplir le moindre progrès… Nous avons besoin d'un vrai chef.

L'Ancien se redressa. Sur une étagère, il saisit une figurine de porcelet en soie. Le jouet semblait avoir été beaucoup apprécié, autrefois. D'un doigt respectueux, il en caressa la couture.

— Une époque plus heureuse, commenta-t-il tout bas.

Gwen comprit qu'il évoquait l'enfance de Viviana. Il lui avait d'ailleurs parlé d'elle : la belle enfant têtue, à la crinière noire et aux yeux violets empreints de curiosité. Gwen imaginait très bien la jeune princesse avant que son père ne soit assassiné, jouant dans les couloirs du palais avec son petit porcelet en soie.

— Longtemps, soupira l'Ancien, le peuple a cru à une prophétie bancale annonçant le retour d'un vrai chef. Et je le reconnais, quand la rumeur a annoncé le retour de Viviana, moi-même j'y ai cru. Mais entre son comportement et le concept cruel de Dominance qu'elle met en avant… elle n'est plus l'enfant que j'ai connue. Elle n'a plus rien en commun avec son père. Et, hélas ! je ne peux plus rien pour elle.

Il secoua la tête, un masque de tristesse sur le visage.

— Si seulement son frère avait survécu…, ajouta-t-il.

À ces mots, sa voix se brisa. Le souvenir de Trent, l'enfant qui avait péri dans l'incendie du palais et qu'il n'avait pas pu sauver, lui était encore pénible.

Prise d'un frisson soudain, Gwen vint poser sa main sur le bras de l'Ancien.

— Si la situation à Grisville vous inquiète autant, à quoi bon partir ? Les Prophètes ne parlent plus à personne depuis des années. On raconte même... qu'ils n'existent plus.

L'adolescente avala sa salive avec difficulté.

L'Ancien lui tapota la main avec bienveillance, puis s'éclaircit la voix pour dire :

— Je dois me rendre à la Statue des Jumeaux, où les Prophètes résidaient jadis. Des rumeurs parlent de troubles dans les forêts ainsi que dans les Terres-Basses. Je dois de toute urgence recenser les alliés qu'il nous reste.

— Raison de plus pour que je vous accompagne ! Pour vous protéger, argumenta Gwen sans se faire trop d'illusions.

Et justement, l'Ancien fit non de la tête. Ses touffes de cheveux gris n'étaient pas sans rappeler le plumage d'une des chouettes de la tour.

— Tu dois rester au palais et veiller à ce que personne n'essaie à nouveau de s'emparer de mon bureau, vu ?

Gwen acquiesça d'un mouvement raide. La boutade de l'Ancien ne la faisait plus rire. Les dissensions tiraillaient le Parlement depuis trop longtemps. Certains sénateurs voulaient éradiquer la corruption et élire un nouveau monarque ; d'autres recherchaient le pouvoir absolu et n'hésitaient pas à vendre ou acheter des services pour y parvenir. Les deux Chambres du palais évoluaient au gré des allégeances. Après avoir occupé des années durant un bureau proche des appartements du roi, l'Ancien avait été exilé dans cette tour exiguë qui donnait sur les ports fluviaux et le marché. Quand le vent soufflait du sud, la tour vacillait légèrement sur ses fondations, et empestait le poisson.

L'Ancien commença à ouvrir le plus petit des tiroirs de son bureau.

— Voilà, indiqua-t-il sous le regard surpris de Gwen.

Le tiroir entièrement sorti du meuble révéla un compartiment secret. L'homme posa le tiroir sur la table et en extirpa un mince coffret en cuir, aussi long que la paume de sa main.

— Je te demande de prendre soin de ceci en mon absence. C'est un instrument d'un immense pouvoir.

Gwen admira le coffret. Le cuir véritable était lisse et d'une teinte proche du rouge. Le recours à une peau de bête, très rare, était le signe de la grande valeur de l'objet, en même temps qu'une façon d'honorer l'animal mort – sans doute de vieillesse. Le coffret était orné d'un emblème représentant un garçon et un renard : les Jumeaux de la légende. Gwen l'ouvrit, les mains tremblantes. Aussitôt, la déception l'envahit. La boîte ne contenait rien d'autre qu'un vieil harmonica.

— Je..., bredouilla-t-elle en s'efforçant de dissimuler sa gêne. Je ne sais pas en jouer.

— C'est sans importance, lui assura l'Ancien. Il s'agit d'une relique du dernier Vrai Roi. Le coffret est en cuir de porc ; il a été offert au souverain en l'honneur du huitième anniversaire de sa fille, quand celle-ci s'est éveillée à son Animas – Cochon, comme sa mère. L'instrument, lui, est bien plus ancien. Melore affirmait que la musique pouvait renforcer le lien d'Animas.

— Le renforcer ? Mais comment ?

L'Ancien baissa de nouveau la voix pour répondre :

— Melore était un roi bon et fort intelligent. Pour lui, le lien d'Animas n'existait pas seulement *ici*... (L'homme montrait sa tête) mais tout autour de nous. Selon lui, c'était une vibration. Omniprésente.

Gwen leva les yeux vers les chouettes perchées au sommet des étagères. L'une d'elles, au plumage marron foncé, s'appelait Grimsen. C'est avec elle que l'Ancien était lié à vie. Cette relation permettait à l'être humain qui en jouissait de voir avec les yeux de son Animas. Les individus ainsi liés étaient comme les deux moitiés d'une même âme, et le bien-être de chacun était intimement dépendant de celui de l'autre. Gwen n'avait pas encore établi cette relation avec un animal. Elle observait le petit instrument dans ses mains. Quel bonheur ce serait d'apprendre à en jouer quelques notes, quelques notes justes, grâce auxquelles elle pourrait renforcer son lien d'Animas, et peut-être se lier à vie avec une chouette en particulier, voir par ses yeux ! Elle pourrait alors rendre de plus grands services à l'Ancien, qui sait ?

— Prends-en bien soin, lui répéta celui-ci d'une voix tout à coup sérieuse. On ne sait jamais à quel moment une mélodie peut être utile.

Gwen se força à sourire.

Au-dessus de leur tête, Grimsen poussa un ululement, et une grande plume marron tomba sur le sol. L'Ancien ferma les yeux, comme pour mieux entendre. Et en effet, il écoutait, Gwen le comprit. Il écoutait et voyait telle une chouette.

— Agitation, prononça-t-il au bout de quelques instants.

Il rouvrit les yeux et précisa :

— Une présence ancienne dans les Bois de l'Ombre fait son retour… (Il se tourna vers son apprentie, un sourire aux lèvres, une pointe de malice dans le regard.) Des temps dangereux s'annoncent. Oh ! oui. Dangereux et palpitants.

Trois

Après trois déraillements sans gravité, plusieurs repas constitués de sandwichs et une nouvelle nuit agitée passée à écouter les ronflements de Roger, c'est avec un plaisir immense que Bailey entendit la voix métallique du haut-parleur annoncer « *Montclair* ». Il en cria même « Hourra ! ». Et il n'était pas le seul à s'en réjouir : Hal, son frère Taylor ainsi que sa bande de copains chahuteurs poussaient eux aussi des cris de joie, tandis que Roger, lui, remerciait dame Nature de les avoir amenés à bon port.

Le rigimobile contourna le pied d'une montagne aux pentes raides, et les garçons découvrirent l'immense falaise du sommet de laquelle l'Académie dominait le fleuve Riveran. Au pied de la falaise, une gigantesque roue hydraulique en bois permettait d'alimenter l'école en électricité. Le fleuve, plus étroit à cet endroit-là, entraînait la roue qui projetait contre la falaise un rideau de gouttelettes.

— Comment on fait, pour grimper là-haut ? demanda Hal à son oncle.

— Ne me dis pas que tu ne vois pas les rails, grogna Roger.

Bailey plissa les yeux. Le soleil de la fin d'après-midi rendait la paroi rocheuse presque aveuglante, pourtant le garçon réussit à y distinguer deux rails qui conduisaient directement à l'Académie.

— Purée…, s'extasia-t-il.

« *Accrochez vos ceintures. Merci de bien fermer les compartiments à bagages* », annonça le haut-parleur.

— Et c'est parti, grimaça Roger avec l'enthousiasme d'une limace s'apprêtant à ramper sur du sel.

Aneth se réfugia sous le siège, pelotonné contre les jambes de Roger.

— J'ai beau faire et refaire ce trajet, je ne m'y habituerai jamais…, grommela l'adulte.

Lorsqu'ils passèrent devant la roue hydraulique, le fleuve éclaboussa les vitres du rigimobile. Puis il y eut un craquement, les roues grincèrent, le dirigeable prit de l'altitude, et tout à coup les passagers furent projetés contre le dossier de leur siège. Le train s'immobilisa à quelques centimètres de la falaise.

Bailey se tourna vers Roger.

— Qu'est-ce qui se passe ?

L'oncle avait l'air un peu patraque.

— Ils calent les roues avant sur les rails. Et ils n'ont pas intérêt à se louper…

Bailey et Hal échangèrent un regard inquiet. Des bruits leur parvenaient du dehors : le choc du métal contre la roche. Les cris des chefs de train étaient étouffés, mais Bailey reconnut bientôt le signal du départ. Le rigimobile s'ébranla… non pas vers l'avant, mais vers le haut. Bailey sursauta. Roger, lui, se couvrit la figure de son mouchoir et ferma les yeux.

Le rigimobile gravissait la falaise. Toutes les deux ou trois secousses, le second wagon – dans lequel voyageaient Bailey, Hal et Roger – s'inclinait en arrière, comme si le poids était trop important, et Bailey sentait son cœur s'emballer tant que le dirigeable n'avait pas remis le wagon à l'équilibre. Le garçon comprenait maintenant pourquoi Roger était tendu – lui et plus d'un autre voyageur, d'ailleurs. Tous les passagers humains agrippaient leur siège à deux mains. La famille de ratons laveurs qui n'avait pas réussi à fermer l'œil depuis le départ allait et venait entre les fauteuils. Un faucon voletait comme un fou et cherchait à briser les vitres pour s'échapper.

Roger n'avait plus le teint pâle mais verdâtre. Heureusement, après quelques minutes d'ascension, le rigimobile se redressa dans un dernier et redoutable grincement, et retrouva des rails horizontaux au sommet de la falaise.

Victoire !

Bailey sentit sa gorge se nouer. Il découvrait l'Académie Montclair : ses bâtiments en marbre couverts de lierre prenaient une coloration rose orangé dans le soleil couchant. Une petite foule d'élèves et de professeurs était massée sur le quai pour les accueillir. Bailey n'avait jamais vu autant d'animaux différents de toute sa vie. Les enfants des écoles des Terres-Basses avaient en général pour Animas des animaux domestiques ou de ferme. Il reconnut des lézards, des singes, de grands oiseaux mais aussi des moutons et des cochons d'Inde. Un pélican perché sur le toit de la petite gare posait un regard protecteur sur un homme affublé d'un long nez, lui-même occupé à suivre le débarquement des bagages en consultant une liste. Deux ânes attendaient patiemment de pouvoir transporter toutes ces affaires jusqu'aux dortoirs.

Bailey et Hal ne traînèrent pas pour descendre du wagon. Roger leur emboîta le pas, moins enthousiaste. Ils se mêlèrent au groupe des élèves qui rejoignaient la gare, où le tri des bagages commençait au milieu des cris des camarades ravis de se retrouver. Des lapins, des cerfs et même un ou deux ours se dirigeaient déjà vers le campus. L'allée qui y conduisait était bordée de superbes haies formant une galerie de sculptures de créatures des bois.

— Tout m'a l'air en ordre, les garçons, déclara Roger. Donc, si vous n'y voyez pas d'inconvénient, j'ai un colis à livrer… et je ne voudrais pas que le rigi reparte sans moi !

À voir le chaos qui régnait dans la gare, Bailey n'était pas certain que tout soit en ordre.

— Ah ! la jeunesse…, tonna Roger en s'épongeant la figure. Pas de bêtises, les garçons, hein ? Si j'apprends que tu fais des misères… (Il pointait un doigt accusateur sur Hal, qui n'avait pourtant rien d'un perturbateur) je te renvoie aussi sec chez ta mère.

Sur ce, Roger ébouriffa les cheveux de son neveu et disparut dans la foule. Hal le salua mollement avant de se tourner vers son camarade.

— Il dit ça tout le temps, mais je ne crois pas qu'il le pense vraiment.

— C'était quoi, son histoire de colis ?

— Il reçoit des tonnes de commandes d'herbes, de plantes, tout ça. Là, c'est sans doute pour un professeur de botanique.

Devant la gare, la foule était encore plus nombreuse, et le chaos encore plus… chaotique ! Plusieurs chiens de berger couraient autour de groupes d'élèves un peu perdus, tandis que les professeurs essayaient en vain de mettre en rangs les adolescents et leurs coliés.

— Les première année, par ici ! lança quelqu'un.

Bailey ne vit pas qui avait crié car un cerf fit irruption parmi les élèves, immédiatement pris en chasse par une troupe de filles en admiration totale.

Taylor et ses copains rejoignaient d'autres garçons plutôt baraqués, suivis de leurs coliés : des chats et des chiens, ainsi qu'un lièvre – ce qui valut un pincement au cœur à Bailey.

— Hé, frérot ! clama un peu trop fort Taylor en donnant une tape elle aussi un peu trop forte sur l'épaule de son cadet, qui faillit en perdre ses lunettes. On parlait de ton copain, justement.

— Tu m'étonnes, grommela Hal.

— Je racontais à mes potes la petite aventure que Bailey a vécue dans le train, mais j'ai des trous de mémoire… Tu veux bien m'aider, Bailey ?

Celui-ci se rappela les rires et les murmures que lui avait valus le fameux épisode.

— Je ne veux pas en parler, répondit-il.

Dans la foulée, il bouscula les gaillards pour s'extraire de leur emprise. Hélas ! Taylor le retint.

— Allez, quoi, lui réclama-t-il d'une voix presque sincère. L'anecdote est géniale. Dis-nous juste comment c'était, sur la plate-forme. Un vrai coup de folie, mon vieux.

— Simple curiosité, rétorqua Bailey en haussant les épaules.

— Tu n'as pas eu peur ? le relança l'autre.

Bailey observait les visages captivés des élèves massés autour de lui.

— Pas vraiment, révéla-t-il.

Et en effet, il n'avait éprouvé aucune peur. Plutôt une forme d'excitation.

Les « spectateurs » chuchotaient entre eux.

— Pas même quand tu as vu le fantôme ? insista Taylor.

Le mot provoqua des ricanements, et même des rires.

Bailey fronça les sourcils.

— Je n'ai jamais dit que j'avais vu un fantôme.

— Tu as dit que c'était blanc et que ça brillait... Et quoi d'autre, Walker ? Ça flottait aussi dans les airs en faisant « Booouh » ?

— Tu ne sais même pas ce que j'ai vu. Tu n'étais pas là.

— Qu'est-ce que je vous disais ? s'esclaffa Taylor en tapant dans la main d'un de ses copains.

— À mon avis, tu es Animas Belette, se moqua un grand costaud au front large et plat comme s'il s'était cogné trop souvent la tête en jouant au chavage. Les menteurs, ça pue toujours comme des belettes !

— Tiens, au fait, c'est vrai, reprit Taylor, quel est ton Animas, Walker ? Je ne vois aucun animal près de toi ; dans le rigi aussi tu étais seul ; à croire que même les bêtes auxquelles tu es lié n'ont pas envie de t'approcher…

Bailey bouillait intérieurement.

— Fiche-lui la paix, Taylor, s'interposa Hal.

— *Fiche-lui la paix !* l'imita son aîné. *Je te protégerai, Bailey !*

— Ferme-la, sérieux !

Taylor gardait le sourire, mais une lueur de colère embrasa son regard quand il se tourna vers Bailey.

— Tu as de la chance qu'on soit arrivés à temps pour te ramener dans le wagon, autrement, qui sait… ? Les chauves-souris t'auraient peut-être grignoté les doigts. Et tu sais ce qu'on dit : ces bébêtes-là sont des vrais nids à microbes.

Hal se jeta sur son frère, mais celui-ci le repoussa du bras. Le pauvre garçon s'écroula dans la pelouse.

— Hal ! cria Bailey en allant aider son ami à se relever.

Soudain, un fracas métallique retentit. Un panache de fumée nauséabonde enveloppa le groupe, et un buggy pila devant Taylor et ses amis.

Le véhicule était presque une épave ; une bonne bourrasque aurait suffi à l'achever. Rouages, boulons et autres pièces dépareillées tenaient miraculeusement en place. Le conducteur retira les grosses lunettes rondes de pilotage qu'il portait. Il avait aux mains des gants trois fois trop grands pour lui.

Son visage, hormis la partie protégée par les lunettes, était maculé de poussière de charbon. Sa fine moustache noire n'avait pas été épargnée. À en juger par sa figure il semblait jeune, mais Bailey remarqua qu'il avait des rides de fatigue sous les yeux. Une renarde au pelage roux était perchée sur le siège du side-car fixé au buggy, affublée elle aussi d'une paire de lunettes miniatures, et souillée de graisse et de poussière. La pédale d'embrayage et le volant richement décorés luisaient comme s'ils étaient souvent polis. Quel que soit cet homme, il vouait une passion évidente à son buggy bricolé maison.

— Taylor Quindley ! aboya le personnage. Que faites-vous donc, vos camarades et vous, à harceler ces jeunes personnes ?

L'attitude de Taylor changea instantanément. Il fourra les mains dans ses poches et marmonna deux mots d'excuse, après quoi ses sbires et lui se dispersèrent.

Le conducteur du buggy tripotait les boutons du tableau de bord pour tenter de redémarrer le moteur capricieux.

— Je, euh… je vous remercie, bredouilla Hal.

Bailey, lui, nota la présence d'une flasque en métal dans la poche du gilet de l'homme.

— Ça n'est pas nécessaire, répondit ce dernier sans lever les yeux. J'ai trois passions dans la vie : les machines, la musique et l'autorité. Un jour prochain, tu en feras peut-être les frais.

— Êtes-vous M. Loren ? voulut savoir Hal. (Il s'approchait, la main tendue.) Moi je m'app…

— Je préfère qu'on m'appelle par mon prénom, Tremelo. Vous êtes nouveau par ici, j'imagine, déclara le professeur avec une moue renfrognée. N'allez pas en conclure que nous sommes copains. Cela vaut pour vous deux.

Sur ce, le buggy se remit en route tant bien que mal, obligeant plusieurs élèves à dégager de son chemin. La renarde du side-car glapit en direction de Bailey, qui en resta bouche bée. Son cœur cognait comme un sourd : le garçon venait de rencontrer le professeur qui allait peut-être l'aider !

— C'est *lui*, Tremelo Loren ? demanda-t-il, un peu déçu, à Hal. Je l'aurais cru moins… (Il cherchait le mot juste) moins poussiéreux.

Son camarade essuya les verres de ses lunettes à l'aide de sa chemise ; elles étaient tombées dans sa chute.

— Tu as entendu parler de Tremelo ? s'étonna-t-il.

— J'ai lu dans un livre qu'il était entraîneur ; il aide les gens à renforcer leur lien avec leur Animas.

Hal plissait les yeux, un peu perdu.

— Ah oui ? Moi je croyais qu'il enseignait la mécanique. D'après Taylor, il est nul. En même temps, mon frère n'est pas une référence. Sans rire, tu as vu son buggy ? Moi ça m'épate qu'il l'ait fabriqué tout seul.

Au loin, l'engin pétarada et cracha une bouffée de fumée qui fit fuir un groupe de filles et leurs chèvres Animas. Les bêtes se réfugièrent dans les buissons à la lisière du campus.

— Mes mûriers ! s'égosilla une femme au teint rouge avec une marmotte perchée sur chaque épaule. Ne laissez pas ces créatures s'approcher de mes mûriers, je viens de les tailler !

Elle se lança aussitôt à la poursuite des chèvres sous les rires des filles.

— Bon, dit Bailey, on fait quoi maintenant, Hal ?

Au même instant, une petite femme costaude vêtue d'un costume en tweed se dirigeait vers eux.

— Vous êtes nouveaux, les garçons ? les interrogea-t-elle.

Le wombat qui voyageait accroché à ses cheveux retira une épingle de son chignon à moitié défait.

— Euh… oui, fit Bailey, les yeux rivés au wombat en train de mâchonner une mèche de cheveux.

— Parfait. Bienvenue à Montclair. Tenez, voici pour vous. (La dame fourra une carte dans les mains de Bailey.) Vous arrivez de… ?

— Des Terres-Basses Dorées, lui répondit le garçon.

— Très bien. Et vous ne connaîtriez pas, par le plus grand des hasards, un certain… (Elle s'interrompit, le temps de consulter une liste) Bailey Walker ?

L'intéressé sentit sa gorge se nouer.

— C'est moi, révéla-t-il la bouche sèche.

— Dame Nature soit louée ! Nous vous cherchions ; je vais vous demander de me suivre. Et votre ami, il s'appelle… ?

— Hal Quindley, répondit Hal.

La femme consulta de nouveau sa liste. Son wombat considérait Bailey comme un fruit bien mûr.

— Quindley, vous êtes affecté aux Tours, jeune homme. Walker, en route !

Sur ce, elle fit volte-face et se dirigea vers le campus central. Bailey adressa un regard affolé à son camarade.

— T'inquiète, je parie que ce n'est rien, lui assura Hal sur un ton qui rappelait beaucoup celui de son oncle.

— Mouais. Tu as sûrement raison, convint Bailey.

Pourtant, son cerveau turbinait à cent à l'heure. Les mains tremblantes, il emboîta le pas à la femme, sur la tête de laquelle le wombat ballottait toujours. Un coup d'œil à l'arrière lui permit de voir que Hal l'observait d'un air soucieux.

— À plus, lui lança celui-ci avec un signe de la main.

Bailey croisa les doigts.

La dame se présenta : Mme Shonfield, la doyenne chargée des élèves. Elle conduisit Bailey au bâtiment administratif de l'école, qui abritait également la bibliothèque. Le garçon entraperçut au passage la grande salle de réception, décorée de guirlandes et de banderoles en prévision de la cérémonie d'accueil prévue le lendemain matin. Les murs du bureau de Mme Shonfield étaient recouverts de photographies jaunies des anciens doyens de Montclair, qui posaient à côté de membres du Parlement et de mécaniciens autrefois célèbres. Bailey fut notamment impressionné par un cliché avec beaucoup de grain : des hommes et des femmes sur leur trente et un, en train de couper un ruban devant un wagon de rigimobile flambant neuf. La photo datait de l'Âge des Inventions. Mme Shonfield surprit son regard.

— Le voyage inaugural, expliqua-t-elle fièrement. Quelques-uns de nos professeurs faisaient partie de l'équipe qui mit au point le rigimobile, à l'époque où notre département d'ingénierie était un tantinet plus important. L'Académie était alors davantage tournée vers la recherche. Hélas ! depuis l'assassinat de Melore… les temps sont un peu plus durs.

Bailey s'intéressa plus particulièrement au grand homme à la barbe noire qui tenait les ciseaux. Il portait sur son costume rayé un long pardessus gris dont le tissage évoquait un pelage lisse et sauvage. Le personnage arborait un large sourire, ses yeux pétillaient sous son haut-de-forme.

— Qui est-ce ? demanda Bailey.

— C'est un miracle que cette photo ait survécu, expliqua Mme Shonfield, une pointe de nostalgie dans la voix. La plupart des clichés de cette époque ont été détruits quand le Chacal a pris le pouvoir. Il s'agit de Melore, le roi déchu. Immortalisé ici une semaine à peine avant son assassinat lors de la Foire du Progrès, événement tragique qui a précédé l'envahissement et l'incendie de son palais…

La doyenne semblait s'être perdue dans ce souvenir. Le wombat sauta sur son bureau, où il grignota un bout de papier, le regard dans le vide.

— Ça alors, murmura Bailey.

Il avait naturellement entendu parler du roi Melore. Vingt-sept ans s'étaient écoulés depuis sa mort, pourtant tous les gens que Bailey connaissait, ou presque, chérissaient encore sa mémoire.

— Ce qui est fait est fait, philosopha Mme Shonfield en sortant de sa rêverie. Et je ne vous ai pas demandé de venir pour discuter des rois défunts. Asseyez-vous, je vous en prie. (Elle lui indiqua une chaise placée devant son bureau.) Je vais être franche, monsieur Walker. Nous ne savons pas où vous affecter.

Bailey gigota sur son siège, il redoutait les prochaines questions.

— Je pensais que les formulaires d'inscription étaient clairs, continua Mme Shonfield en tripotant une liasse de documents. Il est impératif que nous connaissions votre Animas, afin de déterminer dans quel dortoir vous logerez, et quels cours vous suivrez.

— Ah…, hésita Bailey. (Il inspira à fond.) Je n'ai pas encore vraiment de… Enfin, je n'ai pas…

Mme Shonfield se pencha en avant, tout ouïe.

— Il n'y a pas de honte à avoir, Bailey ! Nous acceptons toutes sortes de bêtes, à Montclair. L'an dernier, un élève de dernière année avait le Paresseux comme Animas, et je peux vous assurer qu'il était parfaitement adorable lorsqu'il ne s'endormait pas pendant la classe.

Le garçon scrutait ses mains, posées sur son pantalon de travail sali et froissé par deux jours de voyage dans le rigimobile exigu. Il n'avait qu'une envie : récupérer sa malle et s'allonger dans un vrai lit.

— Je ne me suis pas encore éveillé à mon Animas, avoua-t-il. J'ignore de quel animal il s'agit.

« Ou même si j'en ai réellement un », ajouta-t-il dans sa tête.

La doyenne se laissa aller contre le dossier de son fauteuil et retira ses lunettes. Elle observait intensément Bailey.

— Une Absence, souffla-t-elle. Voilà qui est… unique.

— Il faut croire, approuva Bailey.

Le mot « Absence », aux connotations si sombres, si définitives, résonnait à ses oreilles. Ses parents avaient toujours pris soin de l'éviter. Les gens affligés d'une Absence à vie étaient très peu nombreux. Dans les récits que le garçon avait pu entendre, ils finissaient toujours par sombrer dans la folie, ou pire.

— Ce n'est pas *permanent*, s'empressa-t-il d'ajouter au cas où Mme Shonfield aurait songé à lui demander de quitter l'Académie. Je suis en retard, voilà tout. J'ai été adopté, alors il me faut plus de temps pour découvrir à quel animal je suis lié. Je… je cherche tous les jours ; à chaque instant.

Il s'efforçait de parler sur un ton enjoué. Il se rappelait les encouragements de son père, qui lui conseillait la patience, lui expliquait que son Animas pouvait se trouver n'importe où, à un endroit qu'il n'avait pas encore inspecté.

La doyenne pinça les lèvres, elle semblait essayer de résoudre une énigme dans sa tête. Bailey commençait à transpirer.

— Avec un peu de temps et d'entraînement, ça ira, insista-t-il. Vous… vous n'allez pas me renvoyer chez moi, quand même ?

— Non, bien sûr.

À ces mots, le garçon se détendit.

— Mais vous ne pourrez pas assister à certains cours du tronc commun, j'en ai peur. Celui sur la biologie du lien, par exemple. Il ne vous apportera rien tant que vous ne connaîtrez pas votre Animas : il consiste essentiellement en travaux pratiques. Hélas ! nous ne proposons plus de séances individuelles d'entraînement depuis des années.

La dame s'accouda à son bureau pour mieux observer Bailey.

— Mon enfant, reprit-elle, votre séjour ici s'annonce difficile, je ne vais pas vous mentir. Vous n'êtes pas sans savoir que, chez la plupart des enfants, l'Éveil se produit à l'âge de neuf ans environ. Le cas le plus tardif dont j'aie eu connaissance avait onze ans. Je ne dis pas cela pour vous décourager… mais pour vous expliquer ce qui vous attend.

Bailey leva les yeux.

— Nous allons déterminer quels cours vous seront le plus profitables, ne vous en faites pas, et voir également comment vous vous adaptez à l'école. Malheureusement vous allez rencontrer beaucoup d'élèves – mais aussi d'adultes, j'en suis navrée – que cette Absence va intriguer. Qui seront tentés de vous traiter… *différemment.* Vous ne devrez pas vous laisser faire. Vous avez tout à fait votre place chez nous, monsieur Walker. Nous vous avons sélectionné en fonction de vos aptitudes, de vos capacités intellectuelles ainsi que des témoignages de vos proches, et non par rapport à votre éventuel Animas. Votre Éveil s'annonce tardif, et je ne doute pas que vous en souffriez, mais je vous l'assure, dès que vous vous serez éveillé – ce dont je ne doute pas non plus –, nous ferons tout pour vous aider à développer ce lien. J'insiste, vous avez tout à fait votre place chez nous. Soyez-en certain.

Bailey acquiesça. Il était reconnaissant à la doyenne de ses paroles.

— Cela dit, tempéra Mme Shonfield, j'estime qu'il est préférable que vous logiez dans les Tours, pour l'instant. Je vais y faire transporter vos affaires.

Quatre

En cette matinée couverte, au milieu des effluves nauséabonds des docks de Grisville, une femme aux yeux violets observait une usine en pleine activité.

De loin, Viviana Melore était plutôt jolie. De près, elle avait les pommettes un peu trop marquées, la bouche – rehaussée d'un rouge à lèvres marron – déformée par une expression un peu trop cruelle, et le front, qu'elle tenait de son défunt père, un peu trop grand.

Agrippée à une rambarde rouillée, Viviana dominait un grand atelier qui empestait l'encre chaude et l'huile, ainsi que la pulpe du papier tout frais. Des ouvriers s'affairaient autour des presses et des stations d'assemblage, manipulaient des leviers, versaient de l'encre.

À travers les immenses fenêtres crasseuses de l'étage, Viviana voyait aussi un spectacle inaccessible aux ouvriers : celui du dôme du Parlement, sur l'autre rive du fleuve, dont la couverture de cuivre avait verdi. Du haut de son perchoir, la jeune femme ne distinguait pas l'aile d'où elle s'était enfuie, mais le simple fait de la savoir à proximité l'angoissait. Elle comptait bien faire démolir ce bâtiment à la première occasion.

S'emparer du Parlement ne serait qu'une formalité, elle en était certaine : il n'y avait là que des hommes et des femmes faibles et corrompus. Depuis la destitution du Chacal, ils ne s'occupaient plus du peuple ; or la population s'enfonçait dans la famine, le désespoir et la colère. Grisville était pareil à un mur en brique fissuré ; plutôt que de combler les fissures, Viviana était déterminée à abattre le mur.

Elle prit une profonde inspiration. Un filet de l'épaisse fumée qui s'élevait des machines en contrebas s'immisça dans ses narines. Et cela lui rappela un souvenir très lointain : de la fumée, des flammes qui grossissent, des coups répétés de l'autre côté de la porte… Viviana se concentra afin de chasser ce souvenir de son esprit. Un vestige pénible du passé ; un de plus.

Elle prit le temps d'ajuster son costume. Les riches habitants de la ville arboraient pour la plupart des tenues à l'effigie de leur Animas. Viviana, elle, allait plus loin : son goût se portait sur les soies noires qui représentaient non seulement son Animas – Cochon – mais également toutes sortes d'autres bêtes, aux griffes menaçantes, aux babines retroussées.

Joan, son assistante, vint lui remettre son rapport hebdomadaire.

— Tout se passe bien, jusqu'à présent. Nous avons achevé la production des orsas qui s'occuperont de la rue Rouge. Ceux qui sont affectés au marché au poisson n'attendent que l'ordre de décoller.

Joan soumit un objet à l'approbation de sa supérieure : un oiseau en origami, de quelques centimètres de haut, orné du blason de Viviana sur les ailes. L'assistante retira délicatement une minuscule feuille coincée derrière une aile, et les deux ailes se mirent à battre. Viviana empêcha le volatile de s'envoler en lui tenant les pattes.

— C'est un orsa Coup-de-poing, expliqua Joan. Il est conçu pour se déplier instantanément.

L'oiseau de papier s'affaissa. Ses ailes et son dos, une fois à plat, formaient une petite affiche sur laquelle figurait ce slogan « NOUS SERONS LIBRES, OU NOUS NE SERONS RIEN ». Quand ce dernier mot devint lisible, il ne restait plus de l'oiseau originel qu'un bec produisant un son étouffé. Ce bec se déplia à son tour, et le mot « DOMINAE » vint s'ajouter au reste du message, dans un carré parfait. Viviana n'avait plus dans la main qu'un tout petit moteur à ressort achevant de ralentir.

La jeune femme sourit.

— Très beau travail, déclara-t-elle. (Dans sa bouche, c'était un compliment colossal.) Vous m'avez parlé du marché, mais qu'en est-il de la place de l'Opéra ? Pourrions-nous atteindre les Goujons, ou ce quartier est-il trop éloigné ?

— Certains parmi les plus gros orsas sont adaptés aux longues distances, répondit Joan. Mais nous ne compterons pas que sur les orsas.

Prenant sa chef par le bras, elle l'entraîna vers un point de la passerelle qui surplombait une série de longs établis, où un groupe d'hommes et de femmes étaient en train de balayer des résidus de cuivre. Un objet énorme – ou plusieurs ? – avait été assemblé là.

Joan siffla ; un homme grand et mince, vêtu d'un costume trois pièces bleu marine – recouvert d'une couche de poussière, observa Viviana –, gravit au pas de course les marches d'un escalier métallique, tout en signifiant à plusieurs ouvriers de l'imiter.

— Il s'agit de M. Clarke, le mécanicien, vous l'avez déjà rencontré, indiqua l'assistante tandis que l'homme en question approchait sur la passerelle.

Les ouvriers qui le suivaient s'empêtraient dans leurs longs et lourds tabliers. Ils transportaient de grosses caisses en bois. De près, Viviana constata que le costume de Clarke était vraiment sale, et que l'homme avait le teint cireux ; ses yeux, toutefois, luisaient de fierté et d'intelligence.

Clarke s'inclina, un grand sourire aux lèvres révélant ses longues dents jaunies sous le bec qui lui servait de nez. D'un geste, il ordonna à un ouvrier d'ouvrir la boîte qu'il apportait.

Un corbeau en cuivre, au moins trois fois plus gros qu'un corbeau normal, s'ébroua. Sous une couche de peinture noire translucide, ses rouages métalliques scintillaient, renvoyant la lumière des lampes à gaz suspendues au plafond. Ses yeux mécaniques parfaitement ronds tournaient dans leur orbite et observaient tour à tour Viviana, Joan et enfin Clarke. Ce dernier lui adressa un clin d'œil, tel un père à son enfant obéissant. Dans un cliquetis le corbeau déploya ses larges ailes de cuivre, puis alla se percher sur la rambarde de la passerelle. Le regard fixé sur Viviana, il ouvrit son bec métallique en un geste menaçant.

La voix de Viviana surgit des entrailles mécaniques de l'oiseau, dont le bec faisait office de pavillon de gramophone : « *Mes frères et mes sœurs humains. Nous serons libres, ou nous ne serons rien !* »

Le son s'estompa, l'oiseau referma le bec.

— Excellent, commenta Viviana. (Et elle était sincère.) Quel nom leur avez-vous donné ?

— *Clamoribus*, mais libre à vous bien sûr de…

— C'est parfait. « Les Cris », j'adore.

— Et ils arrivent au bon moment, expliqua Clarke tandis que le corbeau sautillait tel un véritable oiseau sur la rambarde. Le Parlement étouffe le peuple sous les impôts, la ville entière est dans un état de délabrement avancé. Les gens voient les parlementaires se remplir les poches.

La lumière qui filtrait par la grande fenêtre faisait briller les griffes du corbeau peintes en noir.

— Grisville a besoin d'un visionnaire, conclut l'homme.

Viviana se tourna vers son assistante. Elle la connaissait depuis l'enfance, les deux jeunes femmes avaient grandi dans les Plaines Arides. Avec ses yeux bleus pétillants et ses cheveux blonds coupés au bol, Joan avait toujours donné l'impression d'être simplette, une petite sotte. Viviana, elle, savait de quoi elle était capable.

— Ma brillante Joan, tu nous as trouvé un mécanicien bien ingénieux, la complimenta-t-elle. Si seulement je pouvais te confier cette campagne dans son intégralité, j'aurais vraiment l'esprit tranquille.

— Vous n'avez pas à vous tracasser, lui assura Joan avec un sourire de gratitude. Comme vous l'avez toujours dit…

Elle ne put terminer sa phrase. Dans l'atelier, sous la passerelle, une ouvrière poussa un cri.

— Qu'est-ce que c'est ? s'enquit vivement Viviana.

— Un rat ! J'ai vu un rat ! Un sale espion !

Viviana porta un sifflet en argent à ses lèvres. Le sifflement strident couvrit le vacarme des presses. Aussitôt, une meute de chats de gouttière affamés se précipitèrent vers l'ouvrière qui avait donné l'alarme. Ils localisèrent le rat sous une presse et l'en extirpèrent avant de le lacérer sans pitié. L'ouvrière se cacha la figure derrière son tablier maculé d'encre, pour ne pas voir les félins déchiqueter le pauvre rongeur. Lorsque Viviana jugea que la punition suffisait, elle siffla de nouveau. Les chats retournèrent se prélasser contre le mur et lécher en silence le sang qui souillait leurs pattes.

— Très impressionnant, le petit numéro, murmura Clarke.

Viviana accepta le compliment sans dire un mot. Ce « petit numéro » lui avait demandé des années d'entraînement et de concentration, elle y avait employé toute son amertume, toute sa rage. Seuls les êtres humains les plus doués possédaient le pouvoir de contrôler absolument l'esprit de leurs coliés, et personne, pas même des membres du Parlement, n'osait s'y risquer.

« Voilà ce qu'il nous faut, pensait Viviana. Le lien Animas implique d'éprouver de l'empathie pour les animaux, or cela ne fait qu'affaiblir la personne, la détourne de ses propres besoins au profit de choses moins importantes. La Dominance, elle, est synonyme de contrôle. *Nous serons libres, ou nous ne serons rien.* »

— Faites clouer les restes de ce rat sur la porte, ordonna Viviana d'une voix puissante que tout l'atelier put entendre. La résistance doit apprendre qu'elle n'est pas la bienvenue, ni elle ni ses espions. (Avec un geste sec de la main, elle conclut :) Reprenez le travail.

Des hommes hissèrent plusieurs sacs remplis d'oiseaux en papier devant les fenêtres ouvertes. Leurs collègues étaient chargés de dénouer ces sacs pour libérer une multitude de petits oiseaux mécaniques en papier qui, un bref instant, voletèrent en cercle au plafond, tel un énorme nuage mouvant. Des milliers d'ailes tailladant l'air.

Les géants mécaniques tapis dans leurs boîtes commencèrent eux aussi à battre des ailes. Ils se projetèrent en l'air d'une impulsion des pattes pour aller rejoindre leurs compagnons de papier. Les volatiles s'engouffrèrent alors par les fenêtres et se déversèrent au-dehors, au-dessus du fleuve, projetant une ombre noire sur ses eaux grises. Les gros corbeaux dirigeaient la troupe des petits orsas. Ce spectacle réjouissait Viviana au plus haut point.

La jeune femme se tourna vers Joan. Son assistante irréprochable avait une autre mission, ce jour-là, en plus de superviser l'envol des oiseaux de papier.

— Une dernière affaire avant que tu ne partes, lui chuchota Viviana. Un de mes informateurs en poste au Chemin de Fer Royal m'a fait part ce matin de drôles d'épisodes survenus dans les Bois de l'Ombre. Il se pourrait bien qu'une des bêtes s'y trouve encore.

Un sourire rassurant aux lèvres, Joan répondit :

— Sans doute une rumeur lancée par vos opposants. N'y songez plus. (Le regard brillant, elle posa une main sur le bras de Viviana.) Nous saurons bientôt décrypter la prophétie du Fou ; mais, quoi qu'elle raconte, elle ne vous empêchera pas de reprendre le trône. J'y veillerai personnellement.

Cinq

La chambre que se partageaient Hal et Bailey se situait au premier étage d'une des six tours en bois de l'immense dortoir. Poutres foncées au plafond, murs peints à la chaux, lits en fer identiques et une grande fenêtre avec vue sur un coteau. Comme les Tours accueillaient presque uniquement des élèves dont l'Animas était un animal nocturne, la quasi-totalité des pièces communes étaient ouvertes en permanence et proposaient jeux de société, livres ainsi qu'une abondance de bougies pour pallier les caprices du courant électrique la nuit.

Le premier jour de classe commença par une cérémonie grandiose dans la salle de réception située dans le bâtiment administratif. Des rangées de bancs en bois ciré garnis de coussins bleu et or attendaient les élèves – et dans certains cas leurs coliés. Les élèves des années précédentes étaient tout à la joie des retrouvailles. Ce n'étaient que cris, gloussements, ébrouements et aboiements. Un grand drapeau orné du blason de Montclair (un agneau et un corbeau dorés sur fond bleu) était suspendu au-dessus de l'estrade.

Hal et Bailey se trouvèrent deux places au pied de l'estrade, justement, tandis que la chorale de l'Académie interprétait une version guillerette d'un air ancien : « La Nature est mon secours et ma joie ». Le doyen de l'établissement, un homme mince à l'allure pimpante, M. Pinson, entama un long discours de bienvenue pour les nouveaux élèves. Bailey piqua du nez à plusieurs reprises et faillit s'écrouler sur le porc-épic d'un deuxième année. Hal le rattrapa par les épaules d'extrême justesse, et Bailey adressa un sourire penaud à deux filles de la rangée voisine qui le fusillaient du regard.

Quand enfin M. Pinson termina son discours, les élèves purent gagner leurs salles de classe. Hal et Bailey avaient été affectés dans la même classe, dont la salle se situait au deuxième étage du bâtiment des Sciences Appliquées. Ils longèrent le réfectoire puis débouchèrent devant la vaste pelouse surnommée le Cercle, où les élèves aimaient se détendre, déjeuner ou disputer des parties de chavage improvisées.

— Là, c'est le dortoir des Cimes, il accueille les Animas reptiles et oiseaux, indiqua Hal en montrant les édifices en question. Celui-là, c'est le Grenier, avec les tunnels. Il abrite les rongeurs et les petits animaux de la ferme. Quant à l'étable et aux écuries, elles sont un peu à l'écart, sur la colline, près des quartiers des professeurs.

— Tu connais déjà le plan par cœur ? plaisanta Bailey.

Hal rougit.

— Je voulais m'assurer que Taylor et moi n'étions pas voisins. Le terrain de chavage se situe dans la forêt, après les dortoirs. On ne le voit pas d'ici, mais il est immense ! Ça me rappelle, d'ailleurs : les sélections sont programmées demain après-midi...

Le garçon laissa sa phrase en suspens parce qu'un groupe de filles passait en gloussant et en pointant le doigt dans sa direction.

— J'ai un truc qui ne va pas ? grommela-t-il en rajustant son blazer.

— Relax, lui répondit Bailey. Ce n'est pas toi qu'elles montraient.

Les deux amis pivotèrent de concert. Une fille traversait la pelouse d'un pas décidé pour rejoindre l'escalier en marbre du bâtiment des Sciences Appliquées.

Très grande, le teint pâle, elle avait de longs cheveux noirs et des yeux foncés rehaussés d'un trait violet. La plupart des filles que Bailey avait pu voir portaient une robe ou une jupe sous le blazer bleu de l'école. Celle-ci avait choisi un pantalon en tweed taille haute et un chemisier en coton, en plus de l'incontournable blazer. Elle avait à l'épaule un sac décoré de perles.

— Ce ne serait pas la fille dont l'Animas a failli dévorer ta souris dans le rigi ? demanda une blonde qui serrait un lapin contre sa poitrine.

Sa copine, affublée d'un bandeau surmonté d'une fleur fatiguée, hocha la tête.

— Trop zarbie, ajouta-t-elle avec du venin dans la voix.

Bailey en eut le ventre noué. Il détestait ce mot, qui lui avait été trop souvent attribué.

Quand la grande brune passa près d'eux sans paraître se rendre compte des réactions qu'elle suscitait, Bailey aperçut un serpent noir tout fin qui passait la tête hors de son sac. Il alla s'enrouler autour de son poignet.

— La vache ! s'étouffa le garçon. C'est la première fois que je vois un Animas Serpent. Et toi ?

Son camarade ne répondit pas.

— Hal ?

— Un serpent..., murmura celui-ci. Purée !

Il était tellement fasciné par cette découverte qu'il ne remarqua pas l'objet qui fusait vers sa tête.

— Gaffe ! s'écria Bailey en le poussant pour éviter que le missile ne brise ses lunettes.

Le projectile finit sa course par terre. Bailey se pencha pour mieux le voir. C'était une espèce de gros pinceau : un long bâton terminé par des poils à une extrémité. Il le reconnut pour en avoir vu en photo et dans des reportages sur les compétitions professionnelles de chavage : un claqueur. Dans ce sport, le camouflage et la ruse étaient essentiels ; le claqueur, lui, servait à jeter de la peinture sur les joueurs adverses pour les empêcher de se cacher.

Bailey se retourna : Taylor et ses copains rigolaient. Le frère de Hal les avait pris pour cibles.

— Je crois que tu as fait tomber ça, ironisa Bailey en renvoyant le claqueur à l'expéditeur.

Un vrai boulet de canon qui obligea Taylor à esquiver. Le claqueur se planta dans le sol à quelques centimètres de lui. Taylor fronça les sourcils. Bailey n'était pas peu fier de son coup : pour une fois l'autre zouave ne trouva rien à répliquer.

Hal et Bailey découvrirent ensuite la salle dans laquelle ils retrouveraient chaque matin leur professeur principal. Un vrai dépotoir. Sur les étagères murales, des piles de vieilles copies d'élèves côtoyaient des monticules de documents qui ressemblaient à des plans de rigimobile avec des ailes à la place du dirigeable. Des boîtes débordant d'écrous et de vis étaient entassées les unes sur les autres. Au dernier niveau des étagères, des caisses en verre contenaient de drôles de plantes aux feuilles fluettes ; Bailey n'en avait jamais vu. Une horloge poussiéreuse et privée d'aiguilles était accrochée au-dessus d'une porte située derrière le bureau du professeur ; Bailey estima qu'elle devait donner sur un cabinet privé. Quant au bureau, il était à pleurer : une avalanche de papiers et de livres ouverts qui se répandait jusqu'au sol, et, sur un coin, une bouteille de vin rouge – vide.

— On ne se trompe pas, tu es sûr ? demanda Bailey à Hal.

Hal consulta son emploi du temps.

— Salle 38, bâtiment des Sciences Appliquées, Animas Divers, confirma-t-il.

Les deux amis s'assirent dans les premiers rangs. Une demi-douzaine d'élèves étaient déjà installés, visiblement anxieux à l'idée de reprendre l'école. De sa place, Bailey put constater que les craies et les feutres disposés sur le bureau du professeur étaient couverts d'une couche de poussière.

— Oh, non ! souffla Hal.

— Quoi ? s'inquiéta Bailey.

— La fille. Derrière. Non, ne te retourne pas !

Bailey avait eu le temps de repérer l'intéressée : la mystérieuse brune aperçue quelques minutes auparavant. Son serpent domestique était assoupi sur ses épaules, la tête lovée dans son cou.

— Je t'entends, tu sais, prononça-t-elle à voix haute.

Cela fit pouffer un groupe de filles à l'autre bout de la salle. Un perroquet perché sur l'épaule de l'une d'elles gloussa aussi. Bailey nota que Hal rougissait. Ça lui fit un peu de peine.

Les minutes s'égrenaient, la classe attendait son professeur. On commençait à murmurer. Un garçon qui était venu accompagné d'un couple de tritons curieux essayait de lancer les paris : laquelle des deux créatures grimperait le plus haut sur le mur ? Personne n'était d'humeur à jouer. Bailey se demandait si le professeur allait se décider à apparaître.

— Dans une minute, je m'en vais, soupira la fille au serpent.

— On n'a pas le droit, lui répliqua Hal en faisant pivoter sa chaise. C'est le premier cours de l'année.

La fille plissa les paupières. Le serpent redressa la tête et darda sa langue en direction des garçons.

— Je ne t'ai pas demandé de me suivre, grinça la fille. D'ailleurs, tu ne m'as pas l'air du genre à sécher l'école, toi.

— Hein ? Qu'est-ce que tu en sais ? bredouilla Hal, à nouveau tout rouge.

À cet instant précis, un éclair roux traversa la salle de classe jusqu'à la table du professeur. Une renarde. Elle escalada la pile de documents et s'assit tranquillement pour observer les élèves, comme si elle s'apprêtait à faire l'appel. Le professeur fit enfin son entrée. Il se curait les dents avec un doigt et ne semblait pas le moins du monde se sentir en retard.

— Oh ! oh ! chuchotèrent à l'unisson Bailey et Hal.

Le professeur, c'était Tremelo, l'homme du buggy.

— Tout le monde est là ? demanda-t-il.

Les élèves échangèrent des regards prudents.

— Parfait, enchaîna Tremelo sans leur laisser la possibilité de répondre.

Dans la foulée, il ouvrit la porte située derrière son bureau. Dans la pièce adjacente, Bailey entraperçut d'autres documents encore, un bazar monstre.

— J'ai mieux à faire aujourd'hui que passer une demi-heure à expliquer le règlement de l'école à une bande de gosses qui, de toute manière, finiront par l'enfreindre, annonça Tremelo. Donc écoutez bien.

Bailey et le reste de la classe ne bougeaient pas une oreille.

— Bienvenue à Montclair. Évitez la quiche au saumon du dimanche si vous tenez à votre santé. Et surtout, *surtout*, ne faites pas de bruit quand je réfléchis.

Sur ce, il disparut dans la pièce d'à côté, claquant la porte derrière lui et livrant les élèves à eux-mêmes.

La fille au serpent ricana. Bailey et Hal s'interrogèrent du regard.

— Il plaisante, pas vrai ? demanda Bailey.

— Taylor m'a raconté que, l'an dernier, il a mis le feu à son bureau, révéla Hal. *Deux fois*.

À cet instant, une volute de fumée se glissa sous la porte. Bailey huma l'air : aucune odeur de brûlé, mais un parfum doux, proche de celui de l'herbe, qu'il ne parvenait pas à identifier.

— C'est quoi, ça, Hal ?

— De la myrge ! affirma son ami en écarquillant les yeux. (Dans un murmure, il précisa :) D'après mon oncle Roger, ça… enfin, ça détend vachement.

Une mélodie fredonnée leur parvint alors de l'autre côté de la porte, puis des paroles : « *J'ai offert une hermine à ma douce / Son blaireau l'a dévorée…* »

— Moi, c'est bon, je me casse, lança la fille au serpent en se levant. Quelqu'un a Initiation au latin avec Sucrette ?

— Nous, oui ! s'empressa de dire Hal en empoignant sèchement Bailey par le bras.

La fille leva les yeux au ciel.

— Génial. Allez, venez. Avant qu'on se fasse enfumer.

Le trio sortit de la salle. Bailey se sentait légèrement mal à l'aise de ce départ anticipé. En même temps, Tremelo n'avait pas fait grand-chose pour les retenir.

— Dis, tu t'appelles comment ? demanda Hal, comme ils franchissaient les portes du bâtiment et retrouvaient l'air tiède de ce début de matinée.

— Victoria Colubride, répondit la fille. Tori.

Aussitôt, elle pressa le pas.

— Elle n'a pas l'air de trop nous apprécier, souffla Bailey.

— C'est mignon, je trouve, « Tori », répliqua Hal.

Bailey devina qu'il n'avait pas entendu sa remarque.

Il leur restait plus de vingt minutes avant le prochain cours. Tori, Hal et Bailey allèrent s'asseoir sur des bancs en pierre disposés en L dans le jardin qui jouxtait le bâtiment de Linguistique et Communication inter-espèces. La fille sortit un sachet de fruits séchés qu'elle se mit à grignoter, elle ne paraissait pas vouloir engager la conversation.

— Tu viens d'où ? l'interrogea tout de même Hal. Bailey et moi, on vient des Terres-Basses.

Tori poussa un soupir et tourna la tête vers le clocher de l'école. Son serpent s'enroula autour de son cou, la tête calée sous son oreille gauche.

— La Grise, finit-elle par déclarer.

— Génial ! s'enthousiasma Hal. Sérieux, Grisville, excellent.

— Carrément pas, non, lui rétorqua Tori. Cela dit, au moins, les gens n'y sont pas habillés comme au siècle dernier. Pourquoi les professeurs de Montclair ont-ils tous l'air de sortir de l'Âge des Inventions ? Dans ma famille, le dernier à avoir porté une cravate, c'est mon *grand-père*.

Elle fourra son sachet de fruits dans son sac ; Hal, de son côté, s'empressa de resserrer les pans de son blazer sur la cravate à motif cachemire que Roger lui avait offerte. Bailey se retint de rire. Au passage, il remarqua que la fille arborait une large cicatrice rouge au poignet. Tori surprit son regard et tira immédiatement sur sa manche.

Hal déblatérait toujours, expliquant qu'il rêvait de visiter le Parlement, demandant à Tori si elle connaissait le marché au poisson. Bailey n'intervint pas, jusqu'à ce que Tori tourne vers lui ses yeux soulignés de violet.

— J'ai appris que tu avais joué les cascadeurs, dans le train ?

Bailey se demanda si elle se moquait de lui... et finit par décider que non.

— J'avais besoin d'air, c'est tout, lui répondit-il.

— Humm, fit Tori en scrutant les deux garçons. Alors tu es soit très courageux, soit très bête.

— On va dire courageux, OK ? s'esclaffa Bailey.

— C'est moi qui ai eu l'idée, intervint Hal.

Son camarade ne se donna pas la peine de le corriger.

Le clocher sonna, les trois élèves s'en allèrent assister au cours de latin.

Mme Sucrette était nouvelle dans l'établissement, et sa salle de classe, l'exact opposé du capharnaüm de Tremelo. Les murs aux couleurs vives étaient décorés d'affiches comportant les tableaux de conjugaison. Mme Sucrette était vêtue d'une robe taille basse rehaussée d'un œillet rose sur le col. Elle avait les cheveux blonds ondulés coupés court. Son Animas était le merlebleu : plusieurs de ces volatiles se faisaient la chasse à travers la salle de classe, se posant parfois sur un pupitre pour observer l'élève d'un regard vide.

— Bienvenue, bienvenue ! lança Mme Sucrette d'une voix guillerette. Vous savez sûrement que c'est aussi ma première année à Montclair ; ça tombe bien, nous allons tout découvrir ensemble !

Bailey ne voyait pas Tori de sa place, mais il l'imaginait parfaitement en train de rouler les yeux.

La professeure commença l'appel. Habitué à figurer en bas de liste, Bailey se mit à rêvasser : avec Tremelo, le célèbre entraîneur d'Animas, ce n'était pas gagné d'avance, mais Bailey n'avait pas l'intention de baisser les bras ; il se faisait déjà des amis à l'école, et Hal avait promis de ne parler à personne de son problème d'Absence. Tant que le secret serait préservé, il aurait une chance de se sentir normal.

— Quindley, Harold, appela Sucrette.

Hal s'éclaircit la voix avant de répondre « présent ». Mme Sucrette lui sourit et cocha son nom.

— Walker, Bailey.

— Là, prononça Bailey en levant la main.

Mme Sucrette le gratifia aussi d'un sourire chaleureux.

— Bienvenue à toi, mon grand, ajouta-t-elle.

Bailey se sentit rougir jusqu'aux oreilles, tandis que le reste de la classe pouffait.

L'appel terminé, la professeure entama la leçon de conjugaison.

— *Amo*, *amas*, et..., laissa-t-elle en suspens.

Elle cherchait un élève à interroger. Bailey avait déjà fait du latin dans son école précédente, mais il n'osait pas se porter volontaire. Il connaissait pourtant la réponse, « *amat* », mais il ne voulait pas s'attirer un nouveau sourire de Mme Sucrette.

Les élèves répétaient sagement la conjugaison, quand la porte de la salle s'ouvrit. Une jeune fille à la peau foncée et aux yeux dorés entra. Elle n'était pas grande mais très mignonne. La robe plissée marron qu'elle portait sous le blazer de l'école semblait neuve, bien que toute simple et un peu ample ; ses parents l'avaient peut-être choisie une taille au-dessus afin qu'elle lui dure plus longtemps. Elle avait une espèce d'épaulette en cuir à l'épaule droite, fixée sous le bras par de fines lanières. Mme Sucrette consulta sa liste d'appel.

— Mademoiselle Sophia Roque ? demanda-t-elle.

— Je préfère qu'on m'appelle Phi, répondit la nouvelle d'une toute petite voix.

— Vous nous venez de loin, des Plaines Arides, annonça la professeure en détachant bien les syllabes comme si la chose était extraordinaire. Choisissez une place, je vous en prie.

De place libre, il n'en restait qu'une, contre le bureau de Mme Sucrette, une rangée devant celles qu'occupaient Bailey et Hal. Phi gagna son pupitre d'un pas vif et s'assit avec un mouvement très gracieux, nullement gênée par l'attention générale dont elle était l'objet. Bailey n'avait jamais rencontré d'habitants des Plaines Arides : la région était si lointaine que, même en rigimobile, le trajet jusqu'à Montclair durait plus d'une semaine. Il était rarissime que l'Académie accepte un élève des Plaines Arides. Bailey avait entendu toutes sortes de récits sur la vie qu'on y menait, la population très endurcie, et les coliés eux-mêmes coriaces.

Quand Phi sortit son livre de latin, Bailey perçut un bruissement dans son dos. Il se retourna : un faucon venait de se percher sur le rebord de la fenêtre, les ailes déployées. Le rapace resta un moment immobile. Puis il fondit sur la plus grande étagère de la salle, où un des merlebleus de la professeure était en train de se lisser les plumes. Un élève du dernier rang poussa un cri de panique.

— On se calme, les enfants, réagit Mme Sucrette comme si elle n'avait pas conscience de ce qui se jouait.

Le faucon se jeta sur sa proie, qui s'échappa de justesse. La chasse était lancée. Les élèves esquivaient les manœuvres des deux volatiles. Les pieds des chaises raclaient le sol. Livres et cahiers servaient de boucliers improvisés.

— Mme Sucrette ! Le merlebleu ! finit par dire un élève.

La professeure se détourna enfin de son tableau de conjugaison. De son bec le faucon avait saisi le merlebleu par une patte. Sans sourciller, la jeune femme s'empara d'un gros livre dans une étagère et l'agita en direction du rapace.

— Lâche-le immédiatement ! cria-t-elle en repoussant le faucon vers la fenêtre.

Le merlebleu tomba par terre, où il se mit à battre des ailes pour tenter de se relever malgré sa blessure.

Mme Sucrette ne réussit pas à mettre dehors le faucon ; l'oiseau alla se poser sur l'épaulière de Phi, enfonçant ses serres acérées dans le cuir. L'adolescente se tassa sur sa chaise quand l'oiseau commença à lui picorer affectueusement les cheveux.

La professeure revint à son bureau.

— Sophia, gronda-t-elle, tu dois apprendre à maîtriser tes impulsions, autrement ce genre d'incident risque de se reproduire. (Elle respira profondément.) Il est important de fixer des limites ! Ton Animas doit apprendre le respect.

Phi approuva d'un mouvement de la tête. Elle était manifestement morte de honte, pourtant Bailey l'enviait un peu. Il savait que les filles grandissaient plus vite que les garçons. Cela expliquait peut-être le lien intime qui semblait l'unir à ce faucon. Lui-même n'arrivait pas à imaginer quelles sensations pouvait procurer le fait d'avoir un Animas aussi féroce. Si seulement il pouvait lui aussi se lier au faucon ! Ou à n'importe quel animal, du reste. Au point où il en était, il aurait même accepté un cafard.

— Bien, où en étions-nous ? reprit Mme Sucrette en se lissant les cheveux. Ah, oui ! *Amo, amas, amat* ! Répétez après moi, les enfants !

— Quelle quiche, celle-là…, ricana Tori en quittant la salle de cours avec Bailey et Hal.

Bailey cherchait des yeux la fille au faucon, mais elle s'était éclipsée en vitesse, avant que quiconque puisse lui adresser la parole.

— Tu parles de qui ? demanda Hal.

— De Mme Sucrette, enfin !

— Moi je la trouve plutôt… sympa, dit Bailey.

— Elle n'a pas bronché quand le faucon a attaqué un de ses coliés, rappela Hal. Moi j'aurais crisé direct.

— Elle n'avait même pas remarqué ! renchérit Tori. Trop débile… En plus, son cours, la barbe. Je crois que je préférerais encore regarder un serpent muer plutôt que l'écouter parler.

Sur ce, elle accéléra puis lança sans se retourner :

— À demain, les garçons.

— C'est quoi, son problème ? s'interrogea à voix haute Bailey. Je n'arrive pas à dire si elle veut être notre amie, ou si elle veut nous tuer.

— Les filles..., soupira Hal de façon très théâtrale. Avec elles, on ne sait jamais.

Bailey, qui suivait du regard Tori, repéra un petit serpent noir qui pointait la tête de sous le col de son blazer. Le reptile darda sa langue, la courbe de sa gueule lui dessinait comme un rictus moqueur.

— Oh, monsieur Walker ! retentit une voix enjouée.

Les deux amis firent volte-face : Mme Sucrette leur adressait son plus beau sourire, les mains jointes sur la poitrine.

— Oui ? fit Bailey en revenant sur ses pas.

La professeure lui caressa l'épaule du bout des doigts.

— Mme Shonfield m'a appris ta situation. Et je dois dire que c'est la première fois que je rencontre une personne sans... Enfin, j'estime qu'il est très courageux de ta part de venir à l'école. N'hésite pas à me prévenir, si tu as besoin de soutien, si tu as du mal à suivre.

La caresse discrète se transforma en petite tape amicale agrémentée d'un sourire, après quoi la jeune femme regagna sa salle.

Bailey resta stupéfait. Il avait anticipé des moqueries et des regards méprisants de la part de Taylor et autres petits caïds s'ils venaient à découvrir cette histoire d'Absence... mais il ne s'attendait pas à ça.

Sans doute Mme Sucrette avait-elle cherché à bien faire. Il n'empêche qu'il était mal à l'aise.

— Eh ben…, souffla Hal. Je vais finir par croire que Tori a vu juste. Cette prof n'est franchement pas une lumière. (Il donna à Bailey une tape dans le dos.) Allez, bouge, on a cours de faune et flore.

Bailey lui emboîta le pas. Il pensait à ses parents, qui s'étaient toujours donné beaucoup de mal pour qu'il se sente normal. À Montclair, visiblement, ça allait être tout le contraire.

Six

Le lendemain après-midi, Bailey et Hal se retrouvèrent après le dernier cours et, ensemble, se rendirent sur le terrain de chavage.

— Si je ne participe pas aux sélections, raisonnait Hal pour la quatrième fois de la journée, Taylor va me pourrir la vie jusqu'à la fin de mes jours. (Les yeux plissés, il ôta ses lunettes pour en nettoyer les verres.) En même temps, si j'y vais, ça ne sera pas mieux, vu que je vais me ramasser.

Hal sortait du cours de biologie du lien. Bailey ne possédant pas d'Animas, il avait été inscrit au cours d'histoire de M. Nillow, à un niveau inférieur au sien. Néanmoins, il avait emprunté un exemplaire du manuel de biologie du lien à la bibliothèque et passé l'essentiel du cours d'histoire (sur la naissance du Parlement) à le feuilleter consciencieusement, admirant les schémas précis des systèmes énergétiques de l'homme et des animaux.

— Tu ne crois pas que tu exagères un peu ? demanda-t-il à son ami. On ne sait jamais, si ça se trouve, tu vas, euh... (Il examina Hal de la tête aux pieds, en passant par les épaisses lunettes sans lesquelles il était pratiquement aveugle et ses quatre membres maigrichons.) Si ça se trouve, tu vas déchirer.

— Ha, ha, grimaça Hal. Enfin, heureusement que tu m'accompagnes. Tu comptes passer les tests, toi aussi ?

Bailey eut une vision éclair : Taylor le pourchassant en le bombardant de claqueurs affutés comme des couteaux.

— Hein ? T'es pas fou, non ?

— Rôô, allez, quoi. Je parie que tu assures ! Tu te rappelles ton lancer d'hier ? Tu vas cartonner ! (Il baissa la voix.) En plus, si tu es accepté dans l'équipe, on s'en fiche que tu n'aies pas d'Animas.

— Hal, je ne tiens pas à attirer l'attention.

Bailey était trop petit pour intégrer l'équipe, il en était sûr, et il savait aussi que le chavage nécessitait une bonne communication humain-Animas. S'il *essayait* seulement d'y jouer, il ne ferait que mettre en évidence son Absence.

Hal s'immobilisa. Derrière eux, en contrebas, se trouvaient les bâtiments en marbre réservés aux cours ; devant, des tribunes de bois dressées autour d'un terrain forestier. Le garçon se tourna vers son ami.

— Écoute, commença-t-il, les yeux gros comme des balles de ping-pong derrière ses lunettes. Si ça se trouve... ton Animas n'existait pas dans les Terres-Basses. Mais il t'attend peut-être ici, et si tu tentes ta chance sur le terrain de chavage, il te trouvera peut-être. Les autres élèves, on s'en fiche. Tu es ici pour repousser tes limites, pas vrai ? À toi de saisir ta chance.

Bailey hésitait, l'assurance que manifestait Hal le touchait. Il n'avait peut-être pas tort. Comme son camarade, Bailey craignait de se ridiculiser sur le terrain, or il était effectivement là pour repousser ses limites.

— OK, accepta-t-il. Mais si on se fait massacrer, ça sera ta faute.

Hal poussa un long soupir avant de répondre :

— Merci. Je te revaudrai ça.

Le terrain de chavage n'était pas un simple terrain. Il était composé d'une végétation variée : du pré herbeux à la forêt dense. L'extrémité en était délimitée par une petite falaise rocheuse enfouie sous les arbres. Les tribunes qui en garnissaient trois côtés étaient suffisamment hautes pour permettre à tous les spectateurs ou presque de suivre toutes les actions. Ceux qui étaient installés en partie basse pouvaient écouter les commentaires de trois speakers perchés en trois points du terrain au sommet de structures dangereusement hautes.

Bailey commença à stresser dès qu'il aperçut la foule des candidats aux sélections ; et pire encore, la foule de leurs supporters et des spectateurs. Le chavage avait été inventé à Montclair, avant de séduire le reste du royaume, si bien qu'une ligue professionnelle avait été créée sous le règne de Melore. La plupart des joueurs de la ligue étaient bien sûr d'anciens élèves de Montclair. Et l'équipe de l'Académie était donc suivie de près par les observateurs. Leurs entraînements eux-mêmes passionnaient les foules.

Bailey avait le trac, comme s'il s'apprêtait à entrer en scène sans pantalon dans un théâtre bondé. Les mains glacées, il ne sentait plus rien en dessous des genoux. Hal, lui, semblait sur le point de vomir son déjeuner.

La première personne qui les salua fut le coach Badin : un grand gaillard aux épaules carrées et au crâne rasé. Son Animas était Bulldog ; deux de ces chiens le suivaient d'ailleurs partout.

— Bienvenue, les garçons, leur lança-t-il avec un signe de tête.

Puis il leur indiqua la feuille d'inscription, qu'ils allèrent signer sous le regard d'une rousse costaude affublée d'épaulières dorées.

— C'est *toi*, le petit frère de Taylor ? demanda-t-elle à Hal.

— Oui, se crispa celui-ci. Ça te pose un problème ?

— Tu ne lui ressembles carrément pas, c'est tout.

Hal n'avait pas fait preuve d'une repartie de feu, mais Bailey se réjouissait malgré tout de le voir se défendre. Et il se réjouit encore plus quand il repéra Phi, la fille au faucon, assise à l'écart sur les bancs réservés aux candidats. Elle scrutait avec gourmandise les arbres du terrain.

La rousse remit aux deux garçons des genouillères et des mitaines en leur recommandant :

— Protégez-vous. Croyez-moi, ça ne sera pas du luxe.

— Génial, marmonna Hal. Comme si j'avais besoin de ça…

— T'inquiète, voulut le rassurer Bailey.

Lui-même n'avait d'yeux que pour la place libre à côté de Phi sur le banc. La jeune fille avait noué ses cheveux bruns ondulés en un chignon serré ; elle portait une paire de chaussettes de sport délavées, qu'elle avait dû récupérer de seconde main. Son épaulière en cuir était en place, et elle avait également opté pour des protections sur les avant-bras. Bailey lui trouvait des airs de guerrière prête au combat. Il rassembla tout son courage pour aller s'asseoir à côté d'elle. Hal resta debout près d'eux, à s'escrimer avec ses genouillères.

— Tu attires toujours le même faucon ? demanda de but en blanc Bailey.

Sous le regard froid que lui renvoya la fille, il bredouilla :

— Je, euh… On a latin ensemble, avec Sucrette.

— Je sais, lui répliqua calmement Phi. (Elle marqua une pause.) En général, oui. Nous ne sommes pas liées à vie, mais elle m'a accompagnée depuis les Plaines Arides. C'est une femelle, elle s'appelle Carin.

— Trop cool, approuva Bailey.

La fille haussa les épaules, mais un début de sourire lui étirait le coin des lèvres.

— Merci. Ma coloc' apprécie moins que toi. Carin terrorise littéralement ses serpents.

Du doigt, elle désignait les tribunes derrière eux. Au milieu d'un groupe d'élèves agités, Victoria avait la mine des mauvais jours, comme si elle avait été exclue du terrain pour mauvais comportement. Son voisin, un garçon au visage constellé de taches de rousseur, lui posa une question ; un des serpents de

Tori dressa la tête et siffla. Le garçon bondit. La fille ne réagit même pas.

— Ta coloc', c'est Tori ? s'empressa de demander Hal en tentant de dissimuler son émotion.

— OK, les nouveaux ! tonna soudain une voix.

Celle de la rousse, qui réclamait l'attention des candidats. À son côté, sur le terrain, se tenait Taylor. Son chat se frottait contre ses chevilles. L'un et l'autre avaient en main une écritoire à pince sur laquelle ils allaient prendre des notes sur les performances des candidats.

— On commence. Nous allons vous répartir en deux équipes pour la mêlée. Je suis Arabella, capitaine de l'équipe Bleue, et voici Taylor, capitaine de l'équipe Or. Si nous vous choisissons, vous devrez nous obéir au doigt et à l'œil, comme si vos misérables vies en dépendaient !

— Elles en dépendent, je confirme, ajouta Taylor avec un sourire maléfique.

Hal avait une boule dans la gorge.

Bailey, Phi et lui, ainsi que la vingtaine d'autres candidats se mirent en rangs pour qu'Arabella et Taylor puissent mieux les examiner. Le coach Badin leur laissait visiblement les mains libres, il restait assis dans les tribunes, les pieds sur la rambarde, à lire un journal de Grisville en émettant des grognements désapprobateurs.

— Quand nous passons devant vous, déclinez votre nom et votre Animas, aboya Taylor. Plus votre lien sera fort, plus vous serez utiles à l'équipe, donc merci de nous indiquer de quoi vous pensez être capables. Après quoi… (Il eut soudain le regard noir) c'est nous qui jugerons.

Bailey avait l'impression qu'on l'avait rempli de sable des pieds à la tête. Il aurait voulu partir en courant, mais ça lui était impossible. Il n'arrivait même pas à respirer.

Phi se présenta la première.

— Sophia Roque… Phi. Je suis Animas Faucon.

Comme pour le prouver, un cri de rapace retentit dans le ciel. Tous les regards se tournèrent vers les deux faucons qui volaient en cercle au-dessus du terrain.

— Soit, commenta Arabella en levant un sourcil.

Elle nota trois mots sur son écritoire.

Puis ce fut au tour de Hal.

— Je, euh, je suis le frère de Taylor, déclara-t-il.

Son aîné roula les yeux et marmonna « Si peu… ». Hal le fusilla du regard.

— Ton *nom*, je te prie, réclama Arabella.

— Hal Quindley. Chauve-souris.

Taylor murmura à l'oreille de sa collègue, qui pouffa de rire tout en prenant note.

Quand ce fut enfin son tour, Bailey avait les mains à la fois frigorifiées et moites.

— Bailey Walker, se présenta-t-il.

Hal le scrutait. *Tout le monde* le scrutait.

— Je… Je…

C'est comme si le monde s'était arrêté, comme si le royaume tout entier le toisait. Il aurait voulu disparaître de la terre.

— J'attends, s'impatienta Arabella.

Bailey jeta un coup d'œil à Hal. Celui-ci le soutenait en silence.

— Je ne veux pas en dire plus, finit par déclarer Bailey.

Taylor et Arabella plissèrent les yeux.

— Tu es obligé de répondre, insista le frère de Hal avec un sourire mauvais.

Bailey n'avait pas le choix. Taylor devait être au courant des rumeurs qui couraient dans les Terres-Basses et, si lui-même n'avouait pas, Taylor se ferait un plaisir de tout balancer.

— Je…, commença Bailey.

Tout à coup, une silhouette sombre fondit sur Taylor et lui arracha son écritoire.

— Hé ! s'indigna le capitaine de l'équipe Or.

Le faucon de Phi venait de frapper. Le rapace se pavanait à présent sur le toit du vestiaire, l'écritoire entre ses serres.

— Dame Nature ! s'exaspéra Arabella.

Taylor et elle accoururent au pied du vestiaire pour tenter d'amadouer le faucon. Bailey poussa un gros soupir de soulagement. Hal pouffa de rire quand son aîné se mit à sauter dans tous les sens en agitant les bras pour effrayer l'oiseau. Bailey se tourna vers Phi. La fille regardait droit devant elle, comme si de rien n'était.

Bailey lui était reconnaissant de lui avoir ôté cette épine du pied.

Hélas ! le faucon finit par lâcher l'écritoire et s'envoler. Entre-temps, Taylor avait oublié qu'il n'avait pas noté l'Animas de Bailey. Arabella et lui enchaînèrent avec la répartition des équipes. Phi fut sélectionnée comme éclaireuse dans l'équipe Bleue.

— Parfait pour elle, chuchota Hal à Bailey. Les éclaireurs sont chargés d'infiltrer le territoire de l'équipe adverse. Elle est super discrète, et son lien d'Animas est sensationnel, non ?

Bailey approuva. Cependant, il tremblait encore de honte. Il ne voyait pas quel rôle Taylor et ses coéquipiers allaient pouvoir lui confier.

— Quindley. Position : souche ! Équipe Or ! annonça Arabella.

Hal allait devoir occuper le poste de son frère, dans l'équipe de son frère.

— De mieux en mieux, pesta-t-il.

Il lança un regard affligé en direction des gradins. Bailey s'aperçut que Tori les observait.

— J'hallucine qu'elle soit venue, gémit Hal. Il ne me reste plus qu'à tomber avec les honneurs, quoi.

— Excellent état d'esprit, l'encouragea son ami, et il lui donna une tape dans le dos.

Tout le monde avait été appelé sauf Bailey et une poignée d'élèves trop petits et qui n'avaient pas l'air bien sportifs. Il ne restait plus qu'un poste à pourvoir. Taylor et Arabella discutaient sur le bord du terrain. La fille faisait de grands gestes avec ses mains, et Bailey crut la voir le désigner du doigt. Taylor faisait non de la tête. Bailey reprenait espoir : il allait peut-être être exempté, finalement. Et ainsi échapper aux murmures et aux regards.

— Walker ! Batteur, équipe Or ! Ramène-toi. Les autres, désolé. Il faudra attendre l'an prochain !

Sur ce, Taylor vint passer un bras sur les épaules de Bailey… d'un geste un peu plus appuyé que nécessaire.

— OK, monsieur le grand mystérieux, lui souffla-t-il à l'oreille. Arabella veut voir ce que tu as dans le ventre. Moi je dis : on va bien se marrer.

Les nouveaux joueurs se réunirent à l'avant du terrain, le temps que le coach Badin, secondé par Taylor et Arabella, leur rappelle les règles. Les sélections n'avaient pas encore débuté que Bailey apercevait déjà des animaux : un écureuil, deux lapins et même le faucon de Phi s'aventuraient sur le terrain, attirés par leurs compagnons humains et le frisson de la compétition.

— On m'écoute ! aboya le coach. Chaque équipe possède un drapeau. Les drapeaux sont cachés. Votre mission consiste à protéger le drapeau de votre équipe par tous les moyens, hormis le meurtre, et à localiser celui de l'équipe adverse pour vous en emparer. Vous êtes neuf joueurs par équipe, trois par poste.

» Éclaireurs ! enchaîna-t-il. Votre mission est de localiser et de dérober le drapeau de l'adversaire. Simple. Les souches, vous restez auprès de votre drapeau. Les batteurs, vous évoluez entre les deux lignes. Votre rôle consiste à repérer les éclaireurs adverses avant qu'ils aient pu localiser votre drapeau. Vous devez les égarer, les intercepter, les faire disjoncter et les marquer au claqueur afin qu'ils ne puissent pas s'emparer du drapeau. Cependant n'oubliez pas : un joueur marqué n'a pas le droit de s'emparer du drapeau, mais il continue à jouer tant que ses deux partenaires ne sont pas marqués. Et il peut faire diversion comme bon lui semble. C'est bien compris ? Parfait !

Le coach n'attendit pas que les joueurs répondent. D'un geste, il ordonna à Taylor et Arabella d'emmener les candidats, qui furent applaudis par un petit groupe de spectateurs.

Taylor conduisit Bailey jusqu'à un ruisseau qui serpentait dans la partie la plus boisée du terrain, au nord, à quelques mètres de l'emplacement du drapeau Or. Celui-ci était en berne et protégé par une espèce d'échafaudage de métal et de bois. Les autres membres de l'équipe Or prirent place autour du drapeau, ils n'attendaient plus que le coup de sifflet. Au signal, les éclaireurs quitteraient la base pour tenter d'infiltrer celle de l'équipe Bleue et de s'emparer de son drapeau.

En tant que batteur, Bailey s'était vu remettre un claqueur, le fameux manche rempli de capsules de peinture et terminé par des poils. Une rotation du poignet permettait de projeter une capsule sur un éclaireur pour le marquer. Bailey avait testé son claqueur au sol. La peinture dorée pétillait littéralement. Personne, pas même un éclaireur Animas Caméléon, ne pourrait rester discret avec une tache pareille sur le corps.

Hal, quant à lui, était censé protéger le drapeau à tout prix. Il courait de grands risques, car ses adversaires ne reculeraient devant rien pour tromper sa vigilance. Il se mit en position. On aurait dit qu'il cherchait à s'accroupir derrière un buisson pour se cacher.

Un coup de sifflet retentit, aussitôt suivi par une bordée de cris et de vivats. Des poulies motorisées hissèrent les drapeaux jusqu'en haut des mâts et les éclaireurs se dispersèrent.

Le match avait commencé.

Bailey évoluait entre les arbres, aux aguets. Il n'entendait que le vent, le gargouillis du ruisseau et les cris lointains des spectateurs.

Et maintenant ? Il ne savait ni où aller, ni quand ses adversaires risquaient d'approcher du drapeau. Il se dit qu'il valait mieux rester en place, attendre la première menace. Il s'assit sur une branche morte.

Grosse erreur.

Au-dessus de lui, un faucon décrivait des cercles à basse altitude ; il émit soudain un cri perçant. Cela ne pouvait signifier qu'une chose : Phi connaissait sa position, et sans doute aussi l'emplacement du drapeau. Bailey se releva, en état d'alerte. Il enjamba le ruisseau d'un bond et détala entre les branches basses des arbres, les yeux rivés au ciel. Il aboutit ainsi dans une clairière, d'où il apercevait le haut des tribunes et tous les regards braqués sur lui. L'angoisse le saisit. Tout le monde attendait qu'il agisse… mais de quelle façon ?

Il restait les bras ballants, ne sachant que faire. Puis la foule se mit à hurler. Bailey pivota sur lui-même : Phi traversait la clairière à toutes jambes, cap au nord, droit sur la base de l'équipe Or. La main du garçon se crispa sur le manche de son claqueur, et il prit en chasse la fille.

Il s'engouffra dans les buissons où il avait vu disparaître Phi, se figea, darda son regard dans toutes les directions. En pure perte. Le faucon lui aussi s'était volatilisé. Bailey se dit que le mieux était de regagner la base. Hélas ! il était perdu, désorienté, il ne savait plus par où aller.

Il enrageait de ne pas avoir d'Animas, contrairement à Phi ; un sixième sens qui saurait le guider. Il en était réduit à faire de son mieux.

« Concentre-toi. Réfléchis. Respire. » Il ferma les yeux, s'efforça de visualiser le secteur parcouru. Le faucon l'avait entraîné au sud-est, Bailey devait donc s'orienter vers le nord-ouest pour retrouver la base, ou du moins s'en rapprocher.

Il courait comme un dératé. Son cœur martelait sa poitrine.

Le terrain était plus rocailleux, plus vallonné aussi, et les feuilles mortes le rendaient glissant. Son claqueur en main, Bailey se dissimula sous l'un des rares buissons de l'endroit, le plus discrètement possible, et croisa les doigts pour que Phi trahisse sa présence.

Il n'eut pas à attendre longtemps. Il était caché depuis moins d'une minute quand une chaussure en toile bleue passa furtivement dans son champ de vision. Bailey sortit lentement de sa cachette, en rampant, sans perdre de vue la silhouette qui disparaissait déjà au sommet d'une butte. Les cuisses en feu, le garçon se mit à courir, le dos courbé, pour le cas où Phi serait postée sur l'autre versant. Parvenu au sommet de la butte, il chercha des traces de pas dans la couche de feuilles mortes. Là… Elle avait pris la mauvaise direction, vers le ruisseau. Bailey décida de la perdre encore un peu plus en s'élançant vers l'autre rive du ruisseau.

Il avait vu juste : aussitôt, il aperçut Phi qui filait vers l'ouest. *Stop*. Non. Ce n'était pas Phi. C'était un garçon, plus grand, un autre éclaireur. Bailey n'en démordait pourtant pas : il avait bien reconnu Phi quelques instants auparavant. Où avait-elle pu passer ?

Le temps pressait. Bailey dévala la butte pour tenter de rattraper le nouvel éclaireur et lui barrer la route avant que ses pas l'entraînent vers le drapeau. Hélas ! l'autre le repéra. Sourire aux lèvres, il redoubla d'efforts. Bailey donnait lui aussi tout ce qu'il avait, frôlant les troncs et les buissons dans sa course folle.

Tout à coup, sa cible obliqua à gauche, s'éloignant du drapeau, et Bailey aperçut comme un éclair dans des branches supérieures : Phi ! Il braqua immédiatement son claqueur vers la fille, mais elle s'abrita derrière un tronc, et le coup la rata de quelques centimètres.

Bailey serra les dents.

Phi redescendait de son perchoir, toujours à portée de claqueur. Bailey se déplaça pour l'avoir en ligne de mire ; la fille aurait bientôt dépassé la clairière. Il visa, tira. Et toucha Phi. Quel plaisir de voir, une fraction de seconde, cette explosion de couleur dorée sur le dos et les épaules de sa cible, comme une paire d'ailes qui lui auraient poussé subitement ! Dans la foulée, sa cheville céda et il s'écroula. Il dévala la pente jusqu'au ruisseau. Il termina sa course en étoile de mer sur un tas de rochers détrempés. Il releva la tête, un goût de sang dans la bouche. Il s'était mordu la lèvre.

Encore hébété, Bailey s'assit en grimaçant.

L'endroit semblait plus calme, comme si le match se déroulait à des kilomètres de là. Des branches basses surplombaient un coude du ruisseau. Les petites collines qui encadraient le cours d'eau offraient ombre et fraîcheur ; par endroits le soleil filtrait à travers les rares feuilles à ne pas être encore tombées.

Bailey alla clopin-clopant s'asperger le visage à l'eau claire et froide du ruisseau. Quand il se releva, le bout d'une branche lui effleura l'épaule. Il se retourna.

Ces arbres ne ressemblaient à rien de ce qu'il avait pu voir dans sa vie. Ils ne possédaient pas de feuilles, mais des espèces de coques, des petits appendices qui pendouillaient comme des doigts, remplis de minuscules graines jaunes.

À cet instant précis, un coup de sifflet retentit depuis les tribunes, et Bailey entendit la voix bourrue du coach tonner :

— MERCI À TOUS ET À TOUTES ! LES NOMS DES CANDIDATS RETENUS SERONT AFFICHÉS DANS LE RÉFECTOIRE EN FIN DE SEMAINE. VOUS POUVEZ QUITTER LE TERRAIN !

Bailey se retourna vers l'arbre étrange, puis prit la direction des tribunes.

— Tu penses avoir impressionné quiconque ? lui lança une voix grave dans son dos.

Bailey fit volte-face : Taylor s'avançait vers lui.

— Attends un peu. Qu'on voie de quoi tu es capable *en dehors* du terrain.

Bailey parcourut du regard les environs. Lentement. Les deux garçons se trouvaient dans un secteur isolé. Et l'apprenti batteur avait peur. Il se redressa comme un piquet, prêt à se défendre, mais Taylor se contenta de le bousculer au passage. Le frère de Hal poursuivit son chemin comme si de rien n'était, laissant Bailey seul dans la clairière.

— Hé !

Bailey se retourna. Phi venait d'apparaître à sa droite, toute souriante malgré la tache de peinture qui lui souillait le dos.

— Tu as assuré, le complimenta-t-elle.

— Merci, répondit Bailey, encore sous le coup de l'émotion. Toi aussi. J'ai eu du mal à te suivre.

— J'aimais bien le sport, dans les Plaines. Enfin, disons que j'aimais surtout… courir.

Elle se mordilla la lèvre et sourit encore.

Bailey voulait la remercier pour l'intervention de son faucon, qui lui avait évité une humiliation face à Taylor, juste avant les sélections. Il aurait aussi voulu savoir si elle l'avait fait exprès. Mais les mots refusaient de sortir. Alors les deux ex-adversaires regagnèrent les tribunes dans un silence gêné.

Sept

Ce soir-là, la pluie battait les toits de cuivre du Parlement. L'Ancien avait enfin regagné Grisville après cinq jours d'absence. Aucun passant ne reconnut sa silhouette enveloppée d'un grand manteau lorsqu'il pénétra dans le majestueux bâtiment par la porte étroite donnant dans une ruelle pavée. Aucun garde ne prêta attention à lui.

Dans la salle de réunion, en dépit de l'heure tardive, les membres du Parlement étaient installés autour de la table centrale illuminée par deux lampes à gaz fixées au plafond. Un vent violent ayant endommagé la turbine principale, le courant avait sauté une heure après le début de la réunion.

Gwen était assise dans la pénombre, sur un banc qu'elle partageait avec d'autres assistants et apprentis. Elle était censée prendre des notes, mais avait du mal à suivre les débats enflammés. Une fois de plus les parlementaires discutaient de Viviana et de son parti.

— Personne n'ignore que nous demeurons fidèles à l'ancien roi, affirma une femme Animas Rouge-gorge. Comment pourrions-nous rejeter Viviana, sa fille, sans trahir la lignée de Melore ?

La question souleva une bordée de huées de la part de la cinquantaine d'hommes et de femmes présents. Trois rouges-gorges survolèrent la table, paniqués ; le bruissement de leurs ailes résonna contre les murs en marbre de la salle.

— Cette lignée est morte le jour où Melore a été assassiné ! argumenta un autre parlementaire. Viviana n'a pas reçu l'éducation d'une reine. Ce n'est qu'une prétendante, comme le Chacal en son temps ! Elle affirme vouloir le progrès, mais qu'a-t-elle à offrir hormis sa philosophie rétrograde ? La Dominance…

— La Dominance est une doctrine de la haine ! s'emporta un troisième. Elle encourage les humains à forcer leurs coliés à travailler, ou pire ! Elle agit comme si elle ne croyait pas que les animaux possèdent le libre arbitre !

— Elle est pourtant l'héritière légitime, insista l'Animas Rouge-gorge. Le peuple risque d'approuver son retour. Une fois qu'elle sera parmi nous, nous arriverons peut-être à assouplir ses positions.

— Le peuple ignore ce qui est bon pour lui ! Nous régnons depuis que le Chacal a été chassé du pouvoir ! Que sait-elle de la tenue d'un royaume, cette femme des Plaines Arides ?

— Je vous demande pardon ! lança une voix.

— Le peuple pense déjà que nous ne savons pas gouverner ; qu'est-ce qui l'empêchera de la porter au pouvoir ? Il ne nous aime pas !

— Pourquoi voudriez-vous qu'il nous aime ? Si vous aviez accepté de ratifier mes propositions de loi, nous ne serions pas dans une telle pagaille !

Les reproches gagnaient en volume et en intensité, si bien que Gwen ne parvint bientôt plus à identifier les différentes voix. Une foule d'oiseaux et de rongeurs jacassaient eux aussi aux portes de la grande salle.

Gwen ferma les yeux pour essayer de se concentrer sur l'image d'une chouette perchée sur une branche au clair de lune, seule ; elle n'entendit plus que le bruit de ses griffes sur l'écorce. Le vacarme de la réunion disparut… hélas ! remplacé par une sensation d'urgence. L'apprentie de l'Ancien perçut la présence d'une chouette très familière, ainsi que des battements d'ailes frénétiques qui détournèrent son attention vers le couloir…

Elle rouvrit les yeux. Choc. Grimsen et l'Ancien étaient là.

La porte de la salle de réunion s'ouvrit bruyamment, imposant le silence à l'assemblée. Les yeux se plissèrent pour distinguer qui venait d'entrer. L'Ancien s'avança. Le cœur de Gwen fit un bond.

— Veuillez excuser mon retard, prononça l'homme.

Il tenait à la main un baluchon d'une forme étrange.

— J'espère pouvoir me mettre à la page au plus vite, mais avant tout, je dois vous montrer ce que j'ai découvert.

Il déposa son baluchon sur la table. Grimsen, perchée jusque-là sur son épaule, s'envola pour rejoindre un faucon au-dessus de l'arche principale.

— Dites-moi comment vous interprétez la chose..., réclama l'Ancien.

Il défit son baluchon. Gwen vit apparaître un gros éclat de ce qui semblait être du granit. La roche avait la forme d'une patte, mais l'érosion l'avait beaucoup abîmée.

— Certains parmi vous reconnaissent peut-être cette pierre, déclara l'Ancien. Pour les autres... apprenez qu'elle provient des ruines de la Statue des Jumeaux, le plus important des symboles de l'antique lien d'Animas.

Plusieurs personnes dans l'assistance retinrent leur souffle.

— Il y a de cela quelques jours, poursuivit l'Ancien, je me suis rendu dans le territoire des Prophètes, où j'ai découvert que la statue avait été détruite. Est-ce l'œuvre des Dominae, les partisans de Viviana, sur requête de cette dernière ? Les Dominae ne veulent pas simplement imposer la servitude obligatoire pour les animaux : ils cherchent à pervertir le lien d'Animas afin de permettre aux humains de contrôler les animaux, sans plus éprouver la moindre empathie envers eux. Je ne doute pas que la destruction de la statue soit leur œuvre, et qu'elle annonce d'autres épisodes de violence. Certains parmi vous refusent de considérer Viviana comme une menace pour Aldermere. Pourtant, nous savons que l'orage gronde ; et nous devons demeurer unis.

Au discours de l'Ancien répondit le silence angoissé des parlementaires.

Gwen n'osait pas respirer.

Enfin, une femme assise en retrait de la table se leva. Un babouin se cramponnait à sa jambe comme un petit enfant, elle le chassa d'un geste impatient.

— Devons-nous considérer ce... cette... *démonstration* comme une déclaration d'intention ?

Des murmures et des marmonnements accueillirent la question.

— Souhaitez-vous que nous déclarions l'unique enfant du roi Melore traîtresse au royaume ? reprit la femme. Vous jouez un jeu dangereux, Finn.

Plusieurs personnes la huèrent et tapèrent du poing sur la table. L'Ancien leva la main pour imposer le silence.

— Chère amie, répondit-il, j'arpente les couloirs de ce palais depuis fort longtemps. J'ai appris qu'il est parfois dangereux de ne pas écouter les avertissements. Je viens simplement porter à votre connaissance un signe. À vous de décider quoi en faire, à vos risques et périls.

Ces mots dits, l'Ancien remballa son éclat de roche et se dirigea vers la porte. Au moment d'en franchir le seuil, il se retourna pour conclure :

— Avant de reléguer ce signe au rang de délire d'un vieillard, sachez ceci : la destruction de la statue n'est que le début. Viviana ne vous paraît peut-être guère menaçante, mais elle gagne chaque jour de nouveaux partisans. Une troupe d'Animas Coyote et leurs bêtes ont quitté les Plaines Arides en longeant le fleuve. Grimsen m'a appris qu'une meute de fouines – humains et coliés – comptaient les rejoindre dans les Bois de l'Ombre. Il est d'ailleurs fort probable que la jonction ait déjà eu lieu, et qu'ils fassent route vers le nord. Vers Grisville.

Gwen étudiait les visages des parlementaires. Tous étaient livides, effrayés.

— Nous nous sommes unis, il y a de cela neuf ans, pour chasser le Chacal du trône et mettre un terme à son règne d'assassin. Nous ne sommes pas sans force, et il nous faudra employer à nouveau cette force. Les Dominae sont puissants, ils pervertissent le lien d'Animas. Je vous avertis, mes amis : bientôt nous devrons lutter contre la mort.

Huit

Cette nuit-là, dans sa chambre de la Tour, Bailey ne trouvait pas le sommeil. La journée avait été longue et… pas banale. Sa situation risquait de se compliquer énormément s'il ne s'éveillait pas à son Animas avant la fin de sa scolarité à Montclair. Il comptait sur Tremelo pour l'aider. Or Tremelo avait tout l'air d'un fou furieux.

Bailey perçut un grattement, et se dressa aussitôt sur les coudes. Un bout de papier dépassait sous la porte. Il se leva, ouvrit. Personne. Il tendit l'oreille, guetta d'éventuels pas (humains ou animaux), mais le mystérieux facteur avait déjà disparu.

Le garçon ramassa le message et le lut à la faveur du clair de lune.

Bailey : le mât. À minuit.

Il s'assit sur son lit, son cœur cognait comme un sourd. Le réveil posé sur le lavabo indiquait 23 h 40. Devait-il montrer ce message à Hal ? Son ami saurait peut-être en identifier l'auteur.

D'un autre côté, raisonnable et prudent, Hal risquait de vouloir le dissuader d'honorer le rendez-vous.

Bailey enfila donc son pantalon de travail et ses bottes de ferme. Il quitta sa chambre sur la pointe des pieds, se faufila jusqu'à la pièce commune où une partie d'échecs était en cours, aux bruits qui lui parvenaient. Un coup d'œil lui permit de voir Hal en train de faire ses devoirs de latin. Pete, un autre élève de première année, montrait à ses copains que son opossum arrivait à se suspendre par la queue à une poutre du plafond.

Le responsable des Tours, un quatrième année du nom de Benjamin, logeait dans une chambre privée, en face de la pièce commune. Bailey remercia dame Nature : sa porte était fermée, aucune lumière ne filtrait dessous. Il se fit malgré tout le plus discret possible, se glissant en apnée vers la porte de sortie du bâtiment.

Pour rejoindre le mât situé au centre du campus, d'après ce qu'il se rappelait avoir vu sur le plan de Hal, il allait devoir passer devant la guérite du veilleur de nuit. Mais s'il coupait au nord par le réfectoire et le Grenier, il pouvait contourner le bâtiment administratif et atteindre son but. Le tout était de savoir s'il croiserait un veilleur ; ou pire, un professeur. À lui d'être vigilant.

Bailey traversait le jardin d'herbes aromatiques quand une brindille craqua derrière lui. Il se figea. On le suivait. Taylor ? Pour lui tendre une embuscade ?

Il fit volte-face et lança « Qui est là ? ».

Des crissements de pas sur le gravier. L'individu s'arrêta derrière une serre.

— Je sais que vous me suivez, insista Bailey. Montrez-vous, qu'on en finisse.

— Je t'ai entendu filer, déclara la voix derrière la serre.

Et Hal fit soudain son apparition.

— J'ai cru que c'était ton frère, dit Bailey avant de pousser un soupir de soulagement.

Hal grimaça comme si on l'avait forcé à avaler de la térébenthine.

— Ne redis plus jamais ça !

— Comment tu as fait pour me voir passer ? Tu étais plongé dans ton livre.

— Je n'ai pas dit que je t'avais vu. Je t'ai *entendu*.

Hal s'approcha, les mains dans les poches. Il portait un pull-over par-dessus son pyjama, remarqua Bailey, ainsi qu'une paire de pantoufles.

— Qu'est-ce que tu fiches dehors ? demanda Hal.

Bailey lui tendit le message.

— J'ai préféré ne pas t'en parler. Pour éviter que tu me dissuades d'y aller.

— Ça m'a tout l'air d'un coup monté, estima son ami.

— Possible. Il n'y a qu'un moyen d'en avoir le cœur net.

Hal hésita, puis haussa les épaules.

— Au pire, on risque quoi ? L'exclusion ?

— Voilà, dit Bailey avec un sourire, soulagé que Hal accepte de l'accompagner. On est partis.

Les garçons traversèrent la pelouse située devant les bâtiments des salles de classe pour aller jeter un coup d'œil au coin de celui de l'administration.

La nuit, la pelouse n'avait rien à voir avec ce qu'elle était le jour. Bailey se croyait revenu dans les prés des Terres-Basses, sauf que l'herbe vert foncé, tondue à ras, évoquait plutôt un océan trouble (ou du moins les images que le garçon avait pu voir de l'océan), tandis que les bâtiments en marbre du campus ressemblaient à des icebergs sur lesquels se reflétait le clair de lune. Au centre de ce terrain circulaire se dressait le clocher de Montclair, la plus ancienne structure de l'établissement. Chaque aiguille de l'énorme cadran était au moins aussi grande que Bailey. Et chaque chiffre était représenté par un animal doré différent, le tout formant comme une parade mécanique. Le drapeau de Montclair flottait devant le clocher, au sommet d'un mât d'une hauteur prodigieuse, tel un doigt menaçant les nuages.

Un petit groupe d'élèves était réuni au pied du mât, quelques mètres au sud du clocher. Taylor et ses copains du chavage, ainsi qu'une poignée de première année. Bailey n'en fut pas surpris le moins du monde.

— Viens, souffla-t-il à Hal.

Les deux amis se rapprochèrent du groupe, tapis derrière un buisson à deux pas du clocher, de sorte à pouvoir épier les conversations.

— OK, Chair Fraîche, regarde un peu ! déclara le frère de Hal en montrant du doigt le cadran.

Bailey sentit son cœur s'emballer.

Un panneau du clocher pivota sur une charnière, une nuée de chauves-souris s'en échappa. Hal ferma les yeux. Bailey devina qu'il tentait de créer un lien avec les volatiles, de voir et d'entendre ce qu'ils voyaient et entendaient.

Un garçon apparut dans l'ouverture. Il se tenait sur une étroite margelle en pierre à une quinzaine de mètres du sol.

— Qu'est-ce qui se passe ? s'inquiéta Bailey auprès de Hal.

Celui-ci plissa le front.

— Aucune idée…

Il secoua la tête. Les chauves-souris trouvèrent refuge dans un arbre à proximité du clocher. Hal avait l'air embêté.

— Je ne capte rien de clair, se désola-t-il.

Le garçon du clocher adressa un coucou à ses spectateurs. Puis, sans la moindre hésitation, il se jeta dans le vide.

Le cœur de Bailey se figea dans sa poitrine. Le plongeur se rapprochait du sol… de plus en plus vite.

Mais soudain, il saisit la corde accrochée au sommet du mât. En une fraction de seconde la situation avait basculé : il ne chutait plus, il se balançait.

Des applaudissements et des rires saluèrent sa performance. Sans s'en rendre compte, Bailey s'était dressé sur la pointe des pieds, exalté. Le plongeur rejoignit ses camarades qui l'accueillirent en lui tapant dans le dos.

— Le truc de malade, s'étouffa Hal. Faut être fou…

— Je vais le faire, affirma Bailey.

— Ah ! ça, sûrement pas !

— Oh ! que si.

Et il disait vrai. S'il suffisait de se jeter du haut d'un clocher pour prouver qu'il n'était pas une mauviette « zarbie », alors il n'hésiterait pas.

— Je dois le faire, Hal, obligé, affirma-t-il.

— Tu n'as pas à leur prouver quoi que ce soit, lui répliqua son camarade.

Bailey savait que c'était faux. Il avait tout à prouver, au contraire.

Taylor et sa bande guidèrent alors les première année vers la porte en bois qui donnait accès au clocher. Les gamins n'en menaient pas large. Trois d'entre eux jetèrent même l'éponge et regagnèrent les dortoirs en courant.

— Animas Poule mouillée ! leur lança Taylor en même temps que ses sbires caquetaient.

— Trois de moins..., recensa un des aînés. Il en reste combien ?

Bailey pressa l'épaule de Hal et déclara à son ami :

— Attends-moi là.

Puis il se dirigea vers le clocher. Les rires des joueurs de chavage cessèrent, et c'est avec un regard noir que Taylor vit Bailey s'approcher du groupe.

— Je viens plonger, annonça le garçon.

Un petit sourire ironique aux lèvres, Taylor plissa les paupières et répondit :

— Tu es sûr de toi, Walker ? C'est une sacrée chute.

— Sûr à cent pour cent.

Bailey avait pourtant l'impression d'avoir avalé un sac de sable. Mais il était trop tard pour faire machine arrière, il le savait.

Dans le clocher, cela sentait la poussière et le moisi. L'escalier en colimaçon semblait ne pas avoir de fin. Bailey serra les dents et commença l'ascension. Il entendait les rires des garçons, dehors, derrière les parois en pierre, ainsi que le tic-tac sinistre qui résonnait dans la tour. Plus il prenait de l'altitude, plus il s'essoufflait, plus il percevait d'autres voix, provenant du sommet : les candidats au saut.

— Même pas en rêve ! pesta un garçon.

— Ils nous font marcher, c'est pas possible ? dit un autre.

— C'est du suicide, oui, murmura un troisième.

Arrivé au niveau de la plate-forme, Bailey reconnut trois élèves de première année, dont un qu'il avait croisé dans la salle commune. Il se demandait ce que ce garçon avait bien pu faire à Taylor pour se retrouver là. Les trois candidats au plongeon tournèrent vers Bailey leurs visages livides et surpris. Ils se blottissaient contre les énormes rouages de l'horloge, le plus loin possible de la porte ouverte sur le vide.

— Tu comptes sauter ? l'interrogea le garçon qu'il connaissait.

— Pourquoi pas ? lui rétorqua Bailey avec un haussement d'épaules.

En réalité, son cœur battait à tout rompre. Bailey se glissa sous une roue dentée pour s'approcher du précipice.

Aussitôt, le silence se fit autour de lui. Il n'entendait même plus le mécanisme de l'horloge, ni les murmures des élèves, ni le tic-tac. Il ne voyait plus que l'immensité obscure de Montclair, ses bâtiments nimbés de brume. Les odeurs du fleuve lui parvenaient vaguement et, l'espace d'un instant, il éprouva une sensation pour le moins inattendue : le bonheur.

Il s'avança sur le rebord. L'adrénaline déferla en lui, il se rendit compte qu'il tremblait. Non, il *vibrait*, plutôt. En contrebas, Taylor l'observait les bras croisés.

« Je n'ai pas peur ; ni de toi ni de quoi que ce soit », songeait Bailey.

Hélas ! il ne pouvait pas maîtriser ses *vibrations* lorsqu'il regardait en contrebas. Le sol lui paraissait infiniment lointain. Ses jambes flageolaient déjà ; il se força à respirer profondément. Un petit saut, ça n'était rien. Un jeu d'enfant. Pas de quoi être effrayé.

Pour éviter de changer d'avis, il se mit en position de départ, jambes fléchies. Puis il inspira à fond et se jeta dans le vide.

La chute lui sembla durer plusieurs minutes. Il sentait le vent lui fouetter les oreilles, l'étrange lourdeur de son corps. Il avait l'impression que le temps freinait sa course à mesure que le sol se rapprochait.

Alors il avisa la corde, à portée de main, et tendit le bras à l'aveuglette. Il sentit la corde dans sa main puis une secousse brutale. Soudain, au lieu de chuter, il se balançait autour du mât ; en suspension, il volait ! Jamais il n'avait connu de sensation aussi fabuleuse. Il riait, entraîné dans la rotation folle de la corde.

Les autres éprouvaient-ils la même chose lorsque, en se concentrant, ils parvenaient à capter les visions et les pensées de leurs coliés ? Pour une fois, alors qu'il planait au-dessus de la pelouse, Bailey crut comprendre ce que cela faisait de se sentir *plus grand*, d'être *autre chose* que le simple Bailey Walker… « M. Zarbi ».

Et lorsqu'il toucha terre, il était quelqu'un d'autre ; plus fort qu'auparavant. Les autres première année l'observaient du haut du clocher, applaudissaient et poussaient des vivats en découvrant la mine choquée de Taylor.

— Alors, c'est qui, maintenant, l'Animas Poule mouillée ? claironna Bailey.

Le frère de Hal ne répondit pas. Il recula lentement, comme si Bailey était porteur d'une maladie contagieuse.

— Nom d'une fourmi ! gronda-t-il. On se casse !

Sous le regard confus de Bailey, Taylor et ses compères regagnèrent les dortoirs au pas de course. Qu'avait-il bien pu faire de mal ?

— Jeune homme ! tonna une voix dans son dos.

Bailey se retourna, et se liquéfia. Tremelo s'avançait vers lui d'un pas déterminé, flanqué de sa renarde rousse.

« C'est bien ma veine », râla intérieurement Bailey. Le seul première année à plonger, le seul à se faire prendre.

Trop tard pour s'enfuir : Tremelo était déjà sur lui. En plus, Bailey avait encore les jambes en coton. Il chercha du regard Hal, sans le trouver. Il avait réussi à filer, tant mieux.

— Performance honorable, mais vous n'ignorez pas, j'espère, que d'autres ont été renvoyés de l'Académie pour moins que ça, annonça Tremelo en se plantant devant son élève.

Puis il sortit de sa poche sa flasque argentée, à laquelle il but une longue gorgée.

— Je crains fort que Montclair ne tolère pas que l'on enfreigne son règlement.

— Dans ce cas, pourquoi vous ont-ils engagé ?

Les mots étaient sortis tout seuls ; Bailey les regretta immédiatement.

Mais, à sa grande surprise, Tremelo partit d'un rire sonore.

— Bien joué. Vous pouvez remercier dame Nature que je ne sois pas doyen, autrement vous auriez été renvoyé avant même d'avoir pu dire « Animas Ornithorynque ».

L'homme gloussait encore lorsqu'il poussa Bailey dans le dos pour l'entraîner vers le bâtiment principal et les dortoirs.

— J'ai hélas ! l'obligation de vous raccompagner à... ?

Aux Tours, marmonna Bailey.

Tremelo se mit à fredonner un vieil air de Grisville : « J'ai connu une dame, Animas Limace ! » La renarde jouait dans l'herbe constellée de rosée.

Bailey se demandait ce qui avait pu pousser Tremelo à sortir se promener en pleine nuit. En tant que professeur, il en avait le droit. Tandis que Bailey venait d'intégrer Montclair et avait déjà enfreint une bonne centaine de règles.

Comme ils passaient devant la guérite au toit de cuivre, Tremelo s'arrêta.

— Un instant, je vous prie, réclama-t-il avant de basculer le buste à l'intérieur de la cabane.

Bailey constata que M. Bindley, le veilleur de nuit, et ses deux chiens ronflaient paisiblement. Tremelo huma l'intérieur de la guérite puis s'avança, ramassa un petit paquet posé sur la table de Bindley, à côté d'une espèce de grosse pièce de mécanisme. Il surprit le regard de Bailey.

— Monocle à vision nocturne, révéla fièrement Tremelo. Les verres spéciaux réfractent le clair de lune et l'amplifient. J'ai créé cet appareil pour notre veilleur il y a de cela des années. Mieux vaut être sur ses gardes... quand il ne dort pas.

Sur ce, il rangea le petit paquet dans une poche de son veston.

— Chaque année, c'est pareil..., grinça-t-il en secouant la tête. (Il adressa un clin d'œil à Bailey.) L'équipe de chavage a pris l'habitude de me dérober de la myrge afin d'endormir ce cher Bindley, et ainsi pouvoir faire la java dehors.

Le professeur et l'élève reprirent leur route. Il était tard, près d'une heure du matin, et le campus résonnait de la chorale des grillons.

— C'est bien vous, le garçon de l'Absence ? demanda soudain Tremelo.

Encore ce mot... Il ne vint même pas à Bailey l'idée de mentir ou d'éluder la question. Comme il s'en doutait, Tremelo était déjà au courant.

— Mme Shonfield vous l'a dit ?

— Exact. Vous êtes un de mes élèves, aussi. Quand bien même elle ne me l'aurait pas révélé, cela saute aux yeux. Nous avons beaucoup en commun, Bailey.

Le garçon n'était pas sûr de bien comprendre. Que pouvait-il avoir en commun avec cet homme qui, malgré toutes ses excentricités, était censé être l'un des entraîneurs d'Animas les plus puissants du royaume ?

— Ça va me venir, se défendit Bailey, mais ça prend du temps.

— Ne m'en parlez pas. J'avais onze ans passés quand Fenouil, ma renarde, m'a trouvé. Jusque-là, j'étais persuadé d'être Animas Rat, à l'instar de mon père.

L'homme sortit le petit paquet récupéré dans la guérite. Il en tira une bonne pincée d'une herbe foncée que Bailey n'avait jamais vue de sa vie, et l'enfonça dans sa pipe.

— Ça ne vous dérange pas ? demanda le professeur.

Sans attendre la réponse, il frotta une allumette. Dans la foulée, il fut enveloppé d'une fumée douce, un rien amère.

Bailey avait la bouche qui picotait, la gorge sèche.

— Monsieur, dit-il, avant de venir à Montclair, j'ai lu que vous aidiez les gens à s'éveiller : c'est vrai ? On raconte que vous êtes un expert pour ce qui est de renforcer le lien d'Animas.

Tremelo scrutait les arbres au loin, derrière les dortoirs. Il secoua la tête.

— Cette partie de moi-même est morte, mon garçon. Ce que vous dites fut vrai, les premières années où j'enseignais ici… mais c'est fini.

Bailey sentit son cœur se briser.

Comme s'il lisait dans ses pensées, Tremelo lui tapota l'épaule et tenta de le réconforter.

— Ne désespérez pas, mon petit. Voyez la chose comme une énigme à résoudre. Après tout : *Les arbres produisent des graines, mais pas de fruits.*

Il observa Bailey d'un œil rêveur, à travers l'épais nuage de fumée. Il semblait pianoter dans le vide sur un piano imaginaire.

— *Les coliés renaissent des cendres, la main dans la patte / Grâce aux Lombrics les Meilleurs dévient de la Traîtrise / Le Soleil appelle le Fou.*

— Pardon ? s'étonna Bailey.

— C'est une énigme, répondit Tremelo comme si cela tombait sous le sens.

Bailey s'interrogea sur la nature des herbes que le professeur fumait.

— Décryptez cette énigme, Bailey, et alors peut-être trouverez-vous votre Animas. (Il rit.) C'est ce que répétait mon père, en tout cas… Pas sûr que ça aide. Si j'ai fini par m'éveiller, ça ne fut pas grâce à ses délires.

Tremelo secoua la tête en gloussant, à l'évocation d'un souvenir que Bailey ne pouvait connaître.

Celui-ci décortiquait l'énigme dans sa tête. Elle lui semblait vaguement familière. Sa mère lui chantait beaucoup de berceuses lorsqu'il était bébé… La phrase « *Le Soleil appelle le Fou* » venait-elle de ces airs ?

— Il me semble l'avoir déjà entendue, déclara-t-il. Dans une berceuse. C'est bien ça ?

Tremelo haussa les épaules et souffla un panache de fumée.

— Mon père ne m'a jamais chanté la moindre berceuse. Sauf si on compte dans le lot ses chansons de bistrot. Je ne me rappelle pas toutes les paroles, mais je doute qu'on trouve une référence à l'énigme dans *La Fille à tête d'écureuil*…

Ils étaient parvenus au pied des Tours. Tremelo lâcha l'épaule de son élève.

— Ne baissez pas les bras, Bailey, l'encouragea-t-il. Et maintenant, rentrez vous coucher.

Neuf

Tremelo avait raccompagné Bailey depuis un bon moment, il avait fumé deux pipes de myrge coup sur coup, et pourtant il n'arrivait pas à calmer ses esprits.

Il avait à peu près autant de chances de croiser un garçon affligé par l'Absence que de voir dame Nature se présenter à lui dans un nuage de brume et lui offrir une tasse de thé et un biscuit. Bailey avait l'air vif et fort, contrairement à la plupart des enfants dans son cas, dont la santé mentale et physique laissait souvent à désirer.

Le professeur se versa un verre de rhum-aumoût, ralluma sa pipe et s'affala dans son fauteuil, unique meuble de ses appartements à ne pas crouler sous les livres ou autres documents. D'une main, il remonta la manivelle du gramophone installé à côté sur une tablette. Le disque se mit à tourner, et Tremelo abaissa le bras mécanique muni d'une aiguille. L'homme ferma les yeux tandis que le pavillon diffusait la *Symphonie de Grisville*. Fenouil, la renarde, vint se blottir entre ses pieds ; Tremelo percevait la caresse de son esprit, son réconfort sans paroles.

Fenouil s'endormit, Tremelo le perçut également, mais il ne parvenait pas à la rejoindre dans le sommeil. Depuis toujours, il avait du mal à bien dormir. Trop de rêves. Au réveil, il avait invariablement la sensation de suffoquer. Mais en plus de ses problèmes habituels d'insomnie, il ne pouvait s'empêcher de revoir en boucle Bailey en train de plonger. Le courage dont ce garçon avait fait preuve… La grâce du mouvement. Le tout sans Animas ? Était-ce seulement possible ?

Le professeur n'aurait peut-être pas dû confier l'énigme à ce garçon, l'initier aux vieux délires de son père. En même temps, si ce n'étaient que de « vieux délires », s'interrogeait-il, Bailey n'avait pas grand-chose à craindre, si ? L'enfance de Tremelo avait été bercée par les récits de son père – le fameux Fou – et d'autres fanatiques des anciens mythes, tous fidèles à feu le roi Melore, qui s'échangeaient prophéties et récits comme d'autres s'échangeaient des potins. Les souvenirs de Tremelo étaient nimbés d'énigmes et d'histoires, or cela ne l'avait pas empêché de réussir sa vie, n'est-ce pas ? Mieux valait peut-être ne pas répondre, se disait-il.

À ses pieds, Fenouil s'étira, et le professeur eut une vision fugace. Une vision qui lui venait très régulièrement. Une silhouette floue qui fuyait dans les bois, une queue de lapin qui passait en coup de vent devant lui.

« Je n'ai que trente-deux ans, se raisonnait-il. Pourtant, je me sens vieux. » Une bouffée de fumée franchit ses lèvres, chassée par le courant d'air.

Tremelo récupéra sous son fauteuil un petit coffret fermé par un cadenas. Il le posa sur ses genoux puis sortit la clé de sa poche. Ce coffret contenait un livre à la reliure en cuir craquelée ; ce cuir, qui provenait d'une peau de chèvre de montagne, avait été offert en cadeau à son père il y avait de cela fort longtemps. Un bien précieux du Fou, hélas malmené par le passage du temps et les mauvais traitements. Il faillit prendre le livre, mais se retint.

Non. Cet ouvrage n'avait ni queue ni tête : une collection de gribouillis, de symboles incompréhensibles. Son père prétendait que ces symboles lui avaient été enseignés par les Prophètes dans les montagnes de l'Ouest, et Tremelo l'avait cru, même si lui-même n'avait jamais rencontré les fameux Prophètes lors des voyages, pourtant nombreux, qu'il avait faits là-bas avec son père, enfant. À une époque, il était persuadé que ces gribouillis composaient un code… Désormais il se demandait si son père n'avait pas tout bonnement perdu la raison. Chercher à percer le sens de l'ouvrage ne lui vaudrait qu'une déception de plus.

Sans compter que le Fou était mort, et avec lui ses histoires.

Tremelo s'empressa de refermer le coffret et de le fourrer sous son fauteuil. Fenouil se réveilla dans un sursaut.

— Fini les énigmes, expliqua le professeur en devinant la question dans les yeux de la renarde. Fini les codes.

Mieux valait faire comme si le passé n'avait jamais existé.

Dix

L'énigme de Tremelo tourna en boucle dans l'esprit de Bailey jusqu'à la fin de la semaine, telle une boîte à musique détraquée. Elle s'invitait dans ses récitations de conjugaisons latines, dans ses listes de formes de feuilles pour le cours sur la flore et la faune, ainsi que dans les noms des parlementaires célèbres en histoire. Elle revenait encore lorsqu'il s'apprêtait à s'endormir. *Les arbres produisent des graines, mais pas de fruits… Le Soleil appelle le Fou.*

Le vendredi soir, alors que Hal et Bailey faisaient leurs devoirs dans la pièce commune des Tours, Hal offrit à son camarade un précieux indice pour la résolution de l'énigme.

— Tu stresses pour demain ? l'interrogea-t-il.

— Je devrais ? s'inquiéta Bailey.

— On sera samedi. Les résultats des sélections seront affichés. Tu sauras si tu es accepté !

Bailey n'avait même pas imaginé cette possibilité. Il ne s'était pourtant pas si mal débrouillé, tout compte fait. Jusqu'à sa fameuse glissade, il avait même très bien joué.

Alors il se souvint de cet arbre au bord du ruisseau ; celui sans feuilles, couvert de graines. *Les arbres produisent des graines, mais pas de fruits.* Cet arbre était-il un indice ?

Bailey évoqua l'énigme avec Hal, ainsi que l'anecdote du drôle d'arbre. Hal l'écouta d'une oreille peu convaincue, un sourcil levé derrière ses grosses lunettes.

— Je ne vois pas trop ce que veut dire cette énigme, expliqua Bailey, mais si elle peut m'aider à découvrir… tu sais quoi… ça vaut le coup d'essayer.

— À condition de faire confiance à « M. Myrge »… Si ça te tente de m'accompagner, moi le matin j'aime bien me promener à la fraîche.

Le lendemain, les deux garçons se réveillèrent avant l'aube. Bailey s'emmitoufla dans son blazer bleu tandis qu'ils longeaient les dortoirs et le jardin d'herbes aromatiques pour rejoindre le terrain de chavage. L'air vif annonçait déjà l'automne, et un brouillard vaporeux nimbait le campus.

Hal portait un pantalon bien repassé, un gilet et une chemise blanche, son éternelle cravate remplacée par un nœud papillon. Bailey se demandait si son camarade avait emporté une tenue décontractée dans ses malles.

— Écoute, Bailey, ne te fais pas trop d'illusions concernant Tremelo. N'oublie pas qu'hier il a passé l'heure à nous raconter que le meilleur moyen de ne pas se faire dévorer par un ours, c'est de s'enduire le nez de sirop. Sa langue maternelle, à lui, c'est le grand-n'importe-quoi.

Le portail du terrain de chavage étant fermé à clé, les garçons décidèrent de pénétrer par la partie forestière. Les tribunes laissèrent place à un grillage, puis le grillage disparut et il n'y eut plus que des arbres. Bailey sentait son cœur tambouriner. Il n'avait pas remarqué que le terrain de chavage était si proche des Bois de l'Ombre, qui commençaient cinq cents mètres à peine après la lisière de cette forêt inoffensive. Bailey savait que au-delà de ces arbres se dressaient les Velyns – la chaîne de montagnes qui s'étirait vers le sud, jusqu'aux Terres-Basses Dorées. Un frisson lui parcourut le dos. Il faisait frisquet, ce matin-là. Les garçons s'engouffrèrent dans la forêt pour atteindre l'arrière du terrain.

Après plusieurs minutes de recherche, ils localisèrent enfin la butte où Bailey était tombé pendant les sélections. L'arbre paraissait plus petit dans la grisaille matinale. Les coques renfermant les graines pendaient comme des poids morts, et les branches s'inclinaient en amples courbes.

Hal fit le tour de l'arbre pour l'examiner de près.

Bailey toucha les coques : elles étaient sèches et aussi fragiles que du tissu. Il en pinça une, la membrane s'effrita et les graines se répandirent à ses pieds. L'énigme tournait en boucle dans sa tête. *Les coliés renaissent des cendres, la main dans la patte…* Qu'est-ce que cela pouvait bien vouloir dire ?

— On fait quoi ? demanda Hal.

— Aucune idée, lui répondit Bailey en haussant les épaules.

Les lueurs de l'aube avaient été remplacées par d'éclatants rayons de soleil qui filtraient à travers les branches.

Les arbres produisent des graines, mais pas de fruits… Bailey poussa un soupir, puis il ramassa une des graines tombées par terre. Elle était lisse et ronde. Il l'écrasa : l'intérieur avait la couleur violet foncé des myrtilles cuites. Il la jeta. Quelque chose lui disait qu'il ne trouverait aucun indice concernant son Animas ici, à moins que son Animas soit un pot de confiture de myrtilles.

— Franchement, je sèche, capitula Hal.

— C'était débile de venir, concéda Bailey en fourrant les mains dans ses poches. Viens, on rentre.

À leur retour, les deux amis constatèrent que le jardin d'herbes aromatiques n'était plus désert. Une petite dame ronde, les jambes de son pantalon retroussées et un gros tablier sale en protection, était penchée sur une rangée de poivrons. Bailey la reconnut, il l'avait vue à la gare : c'était Mme Bosquet, la responsable des parcs et cultures. Deux marmottes grassouillettes se pourchassaient dans la rangée de tomates derrière elle. Bailey entrevit de nouveau une lueur d'espoir. Mme Bosquet pourrait peut-être lui en apprendre davantage au sujet de ce drôle d'arbre.

À sa grande surprise, la dame partit d'un grand rire quand il lui décrivit l'arbre en question.

— « Étrange », tu dis ? M'enfin, ces arbres poussent comme des champignons !

Le garçon sentit le désespoir l'envahir à nouveau.

— C'est juste que…, bredouilla-t-il, on n'en avait encore jamais vu.

— Vous venez des Terres-Basses, ou je me trompe ? demanda Mme Bosquet.

— Des Terres-Basses, oui, confirma Bailey.

— Forcément. Les chênes doigt-du-roi poussent comme du chiendent, par chez nous.

Les chênes doigt-du-roi. À l'énoncé du nom, Bailey frissonna ; il lui sembla le reconnaître… alors qu'il était certain de ne l'avoir jamais entendu.

— Et pour les graines ? intervint Hal. Est-ce qu'il n'y aurait pas un animal en particulier qui s'en nourrit ?

Les deux marmottes de Mme Bosquet folâtraient toujours dans le jardin.

— Ha ! s'exclama-t-elle. Si, justement : nous !

Elle jeta une herbe séchée dans un panier à compost et s'essuya les mains sur son tablier.

— Pas vraiment de quoi se régaler, mais elles se mélangent très bien à du sucré. Je me rappelle, quand mes enfants étaient tout petits – ça remonte aux débuts des temps difficiles, le règne du Chacal –, on faisait rôtir ces graines et on les mangeait avec le porridge. On les appelle les enfants-du-roi.

Un léger sourire aux lèvres, Mme Bosquet avait le regard perdu au loin.

Bailey et Hal la remercièrent puis se rendirent au réfectoire.

L'aube paisible avait laissé place à une grande pagaille. Des élèves se massaient contre une des fenêtres. Certains portaient le blazer de l'établissement, d'autres étaient encore en pyjama ; tous se dévissaient le cou pour mieux voir et s'interpellaient vivement. Une meute de chiens joueurs se coursaient autour d'eux, plusieurs oiseaux piaillaient, perchés sur les corniches qui surplombaient les fenêtres. Le campus entier semblait ne plus vivre que pour une feuille de papier punaisée à un mur.

— La liste ! s'écria Hal.

— Hé, par ici ! lança une voix familière.

Ils repérèrent Tori dans la foule, qui leur faisait de grands signes. Phi aussi était là et les attendait, les yeux pétillants. Son faucon, cramponné à son épaule, paraissait aussi heureux qu'elle. Hal et Bailey les rejoignirent en courant. Ensemble, ils jouèrent des coudes pour se frayer un chemin jusqu'à la liste des nouveaux joueurs de chavage.

Bailey scruta les positions et les noms, rédigés en lettres bleues et or sur une longue page. Le premier nom qu'il reconnut fut celui de Sophia Roque : éclaireuse.

— Félicitations ! dit-il à Phi.

Celle-ci lui répondit par un sourire avant de pointer une autre ligne de la liste.

— Regarde encore, l'encouragea Tori.

C'est alors qu'il vit : *Batteur : Bailey Walker.*

Hal lui tapa dans le dos en s'exclamant :

— Bien joué, Bailey !

Le nouveau batteur en tomba presque à la renverse ; ses jambes ne le portaient plus. Avait-il la berlue ? Il était parvenu à intégrer l'équipe sans Animas. La tête lui tournait un peu. Il regarda autour de lui. Plusieurs élèves se congratulaient. Bailey aurait dû être euphorique, mais il était sous le choc. Il se tourna, incrédule, vers Hal. C'est alors qu'il prit conscience que le nom de son ami ne figurait pas sur la liste.

— Hal…, commença-t-il. Je suis désolé, sérieux.

— Pas la peine ! lui assura son ami.

Et il ne faisait visiblement pas semblant d'être heureux !

— Pour être honnête, ajouta-t-il à l'oreille de Bailey, je n'ai jamais été aussi soulagé de toute ma vie.

— Bienvenue dans l'équipe, lança une voix.

Une main puissante saisit le nouveau batteur par l'épaule et le força à se retourner. C'était Arabella, capitaine lors des sélections. Elle lui serra la main vigoureusement, et en fit autant avec Phi.

— Vous allez vous débrouiller comme des cracks !

La surprise passée, Bailey put sourire et articuler un « Merci ! ».

L'excitation retombait, laissant place au seul plaisir. Mais dans la foule, le garçon aperçut un visage manifestement furieux. Le seul. Celui de Taylor. Il restait planté là, les bras croisés, le regard noir. Et quand Arabella partit féliciter les autres heureux élus, lui en profita pour s'approcher de Bailey, Hal, Tori et Phi.

— Félicitations, Walker.

Dans sa bouche, cela sonnait moins comme un compliment que comme une menace.

— J'espère que ton petit *numéro* sur le terrain n'aura pas été qu'un coup de chance.

— Lâche-nous, Taylor, grogna Phi à la grande surprise de Bailey comme de Taylor.

— Ça n'était pas un coup de chance, enchérit Hal. Bailey assure.

Bailey crut que son cœur allait se décrocher tant il cognait fort. Il espérait que Hal voyait juste. Si jamais ça n'avait été qu'un coup de chance… À cet instant précis, il remarqua le chat de Taylor, qui se léchait les babines à deux pas de leur petit groupe.

— On verra bien, conclut Taylor avec un petit sourire.

— Oh, dame Nature ! s'indigna une voix.

Personne ne s'intéressait plus aux résultats des sélections : tout le monde s'était tourné dans la direction d'où provenaient ces cris.

C'était Mme Bosquet, qui se dirigeait vers les élèves, l'air complètement désespéré, en montrant les arbres au bord de la pelouse.

— Où est Pinson ? Où est Shonfield ? Écartez-vous, les enfants, écartez-vous !

Elle bouscula les rares élèves qui ne s'étaient pas encore ôtés de son chemin, et poursuivit jusqu'au bâtiment de l'administration. Tremelo et le doyen Pinson venaient justement à sa rencontre.

— Oh, dame Nature, monsieur Pinson ! C'est terrible… je n'ai jamais vu pareille mise à mort ! Et si près des locaux !

Les élèves murmuraient entre eux. Bailey sentit un picotement dans la nuque. Une mise à mort… cela signifiait qu'un animal en avait pourchassé et tué un autre. Cela se produisait tous les jours. Alors, pour que Mme Bosquet se mette dans un état pareil…

M. Pinson s'efforçait d'apaiser la responsable des parcs et cultures. Il adressa un regard aux élèves comme pour les mettre en garde.

— Je suis sûr qu'il n'y a pas lieu de s'alarmer, affirma-t-il en agitant ses petites mains pour signifier à tout le monde de partir. (Puis, comme personne ne bougeait, il fit diversion.) Mes chers élèves… la cantine sert des tartes oignon-poireau pour le petit déjeuner, ne traînez pas. Je vous ordonne à tous de vous rendre immédiatement au réfectoire !

Les adolescents obéirent, non sans grogner et chuchoter. Bailey et ses camarades s'apprêtaient à obtempérer eux aussi, quand M. Pinson les interpella.

— Monsieur Walker, monsieur Quindley, si vous voulez bien nous accompagner.

Derrière ses lunettes, Hal ouvrit des yeux comme des soucoupes.

— Nous ? s'étrangla Bailey. Pourquoi ?

— Suivez-nous, insista le doyen en ajustant le col de sa veste en tweed.

Aussitôt, il pivota sur ses talons et se dirigea vers la forêt.

— Pas question de rater ça, souffla Tori.

Elle empoigna Phi par le bras, et ensemble elles emboîtèrent le pas aux adultes et à leurs amis. M. Pinson, s'apercevant de leur présence, les interrogea du regard ; Tori afficha en retour sa mine la plus inquiète.

— Quindley s'évanouit quand il voit du sang, monsieur, affirma la fille en donnant un coup de coude à l'intéressé.

— Elles viennent me soutenir moralement, confirma Hal.

Pinson secoua la tête, et la petite troupe poursuivit son chemin.

Quand ils arrivèrent en bordure de la pelouse, Mme Bosquet plaqua ses deux mains sur sa bouche. Tremelo, qui était déjà sur place, tenta de la réconforter en passant un bras sur ses épaules. Pinson se protégea le nez derrière un mouchoir. Bailey et ses amis s'avancèrent pour voir ce qui bouleversait à ce point-là Mme Bosquet.

Une grosse ourse noire était étendue, morte, dans l'herbe. Son cou et son flanc avaient été lacérés profondément par d'énormes griffes.

— Nom d'une fourmi..., souffla Tori en empoignant Phi par le bras.

Les deux filles observaient Tremelo qui, avec une attitude très solennelle, faisait le tour de l'animal, l'étudiant sous toutes les coutures. Hal plissait les yeux derrière ses lunettes et émettait une espèce de bourdonnement, comme s'il réfléchissait furieusement.

— *Très* intéressant, murmura-t-il.

— Qu'est-ce qui a bien pu faire une chose pareille ? demanda Phi. Sans doute une bête gigantesque.

— Quindley, Walker, intervint M. Pinson. Mme Bosquet affirme vous avoir vus dans le secteur tantôt. Auriez-vous par hasard aperçu quoi que ce soit d'inhabituel ?

Les deux garçons échangèrent un regard inquiet.

— On ne faisait que se promener, répondit Bailey.

— Vous ne craignez rien, assura Tremelo. Nous cherchons simplement à déterminer ce qui a pu faire cela. Il n'est pas banal qu'un animal se fasse tuer si près du campus, ou de manière aussi brutale.

— Oui, c'est bizarre, confirma Hal. En général, les plus grosses bêtes ont le réflexe de ne pas s'approcher du campus, non ? Même si les humains auxquels elles sont liées s'y trouvent ? Cela dit… (Il montrait les griffures profondes) l'animal qui a fait ça n'a pas demandé son reste. Il a frappé, et pris la fuite. Soit parce qu'il a eu peur, soit parce qu'il a frappé pour se défendre.

— Je partage votre analyse, monsieur Quindley, approuva Tremelo.

Pinson observait Hal avec intérêt : sa tenue très sérieuse, le ton presque professionnel qu'il prenait.

— Répondez à la question, je vous prie, réclama-t-il.

— Avec Bailey, on se promenait du côté du terrain de chavage. Nous n'avons rien remarqué d'étrange.

Pinson se tourna vers Tremelo.

— Monsieur Loren, puis-je vous demander d'assister Mme Bosquet dans l'organisation des funérailles de cet animal ? Je vous recommande le plus grand tact. Deux de nos élèves au moins sont Animas Ours, il me semble… (Le doyen parlait la main crispée sur son mouchoir.) Quant à vous quatre… je vous saurai gré de rejoindre vos camarades au réfectoire, à présent.

Il s'éloigna avec Mme Bosquet.

Tori et Phi, bras dessus bras dessous, regardaient les garçons.

— On y va ensemble ? proposa Tori.

Phi s'appuyait légèrement sur elle, en quête de réconfort.

— Moi je dis oui, accepta Hal. Bailey ?

Bailey n'était pas dans son assiette. Tout le monde se demandait quel animal avait pu commettre une telle atrocité, et lui ne pensait qu'à l'espèce de fantôme qu'il avait aperçu du rigimobile. La seule créature qu'il ait jamais vue qui soit de taille à faire cela. Pourtant, il n'osait pas le révéler. C'était trop étrange.

— Allez-y, je vous rattrape, déclara-t-il.

Hal acquiesça, après quoi il s'en alla avec les deux filles. Bailey adressa un regard à Tremelo.

— Une mise à mort comme ça, j'imagine que tu n'as pas dû en voir souvent, dans les Terres-Basses, commenta le professeur.

Bailey étudiait le corps sans vie de l'ourse. Son expression sereine, comme si elle n'avait pas eu le temps d'avoir peur.

— J'ai vu une mise à mort, une fois, dit-il calmement. Ma mère est Animas Cheval, et une de nos juments, Érable, s'était fait attaquer par des coyotes. Maman a mis plusieurs semaines à s'en remettre. Elle ne quittait même plus son lit. Mon père disait que c'est la vie… (Il donna un petit coup de pied dans une motte de terre.) Quand un animal tue un de ceux auxquels vous êtes lié, vous ne pouvez pas le reprocher à dame Nature, contrairement aux reproches qu'on peut faire à un être humain. C'est la vie, voilà.

— Ton père possède une grande sagesse, estima Tremelo. Nous allons rendre cette ourse à dame Nature d'ici une heure, si tu souhaites être présent. D'ordinaire, les professeurs gèrent la mort d'un animal dans la discrétion, mais les élèves qui désirent assister à ces rites sont les bienvenus.

Une heure plus tard, Bailey se tenait auprès de Tremelo, Phi, Hal et Tori autour du corps de l'ourse, qui avait été transporté dans une petite clairière. Mme Bosquet et Mme Sucrette, ainsi que deux élèves des classes supérieures – un garçon et une fille –, s'étaient joints à eux. Mme Bosquet avait troqué son tablier de jardinage contre une élégante robe à motifs floraux et un cardigan. Elle gardait toutefois aux pieds ses bottes en caoutchouc. Les deux élèves qui les accompagnaient étaient en larmes, c'était des Animas Ours. Bailey se demandait s'ils avaient ressenti la mort de l'animal avec autant de force que la victime elle-même.

Les Animas Ours avaient ramassé de longs bâtons dans les sous-bois. Ensemble, sans bruit, ils érigèrent une petite clôture rectangulaire autour de la bête morte. Bailey se rappela que sa mère avait procédé au même rituel pour Érable après qu'ils l'avaient retrouvée morte en bordure du champ de blé familial. Tout comme sa mère, le garçon et la fille recouvrirent ensuite l'ourse de fleurs. Tremelo assistait à la scène en silence, il attendait le moment de mettre le feu à ce bûcher de fortune.

Quand les élèves eurent terminé, la fille s'essuya le nez à la manche de son blazer, et baissa les yeux. La clairière resta un moment silencieuse. Ensuite, la fille releva les yeux, se tourna vers le garçon, apparemment paralysé par le chagrin.

Mme Bosquet, qui se tenait près de la tête de l'ourse, prit la parole.

— Cette ourse était bien connue ; elle avait des frères et des sœurs chez les animaux comme chez les humains qui, toutes et tous, partageaient ses joies et ses peines. Elle vivait, et nous qui sommes réunis ici, nous étions connectés à cette vie, elle nous a changés à tout jamais.

Ces mots étaient plus ou moins les mêmes que ceux que la mère de Bailey avait prononcés pour la jument morte. Cette fois encore, le garçon éprouvait un mélange de gravité et d'une forme de jalousie qui le mettait mal à l'aise. Cette créature n'était pas « connue » que de ses proches, mais du royaume de dame Nature tout entier. Une part de Bailey, triste et solitaire, mourait d'envie de s'éveiller. Et il se demandait si cette solitude le quitterait un jour.

La semaine qui suivit ce pénible événement, l'école ne parla que de la mort de l'ourse. Les rumeurs allaient bon train, d'une théorie à la suivante, toutes plus ridicules les unes que les autres.

— Une seule créature est capable de massacrer comme ça une ourse de ce gabarit, affirma ainsi un jour Pete, un voisin de dortoir de Hal et Bailey.

Pete avait l'air le plus sérieux du monde. Les garçons réunis dans la pièce commune des Tours attendaient la suite.

— Cette créature s'appelle le liloup. Moitié lion, moitié loup.

L'assistance éclata de rire, un élève jeta même une pièce de jeu d'échecs à la tête de Pete.

— Hé ! s'indigna celui-ci en esquivant le tir. C'est une possibilité, quoi !

Le mystère de l'ourse avait éclipsé l'énigme de Tremelo dans l'esprit de Bailey, mais une nouvelle préoccupation prit bientôt le relais : l'emploi du temps chargé des première année. Latin, faune et flore, histoire, introduction à la mécanique, sans compter bien sûr l'heure quotidienne avec le professeur principal, Tremelo. Les membres de l'équipe de chavage se retrouvaient à cinq heures et demie, pour deux heures d'entraînement : course, sauts, tirs de claqueur. Bailey n'avait jamais eu autant à faire, pas même durant les moissons dans les Terres-Basses.

Ces séances auraient été plus agréables pour lui sans Taylor. Le frère de Hal s'était apparemment donné pour mission de prouver que Bailey n'avait pas le niveau. Quand ses amis et lui n'essayaient pas de le bousculer, ou de lui claquer de la peinture en pleine figure, ils évoquaient à voix haute le sujet sensible : le fait que Bailey n'avait pas d'animal près de lui.

— Il a peut-être honte, supposa Taylor un jeudi avant l'échauffement. (Ses copains l'écoutaient en ricanant, Bailey bouillait intérieurement.) Si ça se trouve, il est Animas Ver de terre.

— Ou Cafard ! lança un autre fanfaron.

Taylor pouffa de rire et lui tapa dans le dos. Bailey s'assit sur le banc pour enfiler ses genouillères et ses gants, s'efforçant de ne pas prêter attention aux moqueries.

— Ou alors carrément il est Animas Fourmi, enchérit Taylor. Si ça se trouve, ça existe. Ça serait toujours mieux que rien, pas vrai, Bailey ? Une fourmi… Nom d'une fourmi !

L'intéressé se hérissait. Qu'avait bien pu deviner Taylor, au juste ? « Ne dis rien à personne, lui avait recommandé son père. Ne leur montre pas que ça t'embête. »

— Tu sais ce qui arrive à ceux qui n'ont pas d'Animas ? bava encore Taylor. Ils finissent à l'asile. Fous furieux. La cervelle en vrac.

— C'est pas possible, objecta un quatrième année, bouche bée. Tout le monde a un Animas !

Taylor afficha un petit sourire ironique.

— Faux, répliqua-t-il. T'as jamais entendu parler de l'Absence ?

Il s'adressait à son camarade, mais avait les yeux rivés à Bailey. Il ajouta :

— Il y a eu… attends… trois cas recensés dans toute l'histoire du royaume. Les trois ont fini à l'asile. Ils s'arrachaient les cheveux, ils ont même essayé de se suicider. Ça se comprend, hein. Si on est… rien du tout. Tellement terne que dame Nature ne te remarque même pas. Il y a de quoi péter un câble.

Bailey était rouge comme une tomate. Il aurait donné n'importe quoi pour pouvoir arracher son petit sourire à Taylor.

— C'est une bonne chose que notre Bailey ne soit pas dans ce cas, poursuivit Taylor. Sinon, on serait obligés de l'enfermer à double tour, pour le bien de tous.

Bailey serra les poings et se leva. Taylor ne savait peut-être pas toute la vérité, mais il avait visiblement entendu les rumeurs qui couraient dans les Terres-Basses Dorées et faisait en sorte que ces rumeurs suivent Bailey jusqu'à Montclair.

— Bailey !

Le garçon se retourna. Phi venait à sa rencontre. Remarquant ses poings serrés, elle leva un sourcil.

— Je me disais qu'on pourrait s'échauffer ensemble, proposa-t-elle en indiquant un secteur à l'écart des bancs.

— Oups, sauvé par sa petite amie, railla Taylor.

Ses copains gloussèrent avec lui.

— Quel débile ! commenta Phi. J'hallucine que Hal et lui soient frères.

Les deux amis commencèrent à s'étirer le long du terrain. Phi passait elle aussi une mauvaise semaine : son faucon, Carin, celui qui avait perturbé le cours de Mme Sucrette, avait disparu depuis les funérailles de l'ourse.

— Elle part quand elle veut chasser, expliqua Phi. Je déteste ça. Quand elle n'est pas là, tout le reste est pire.

— Comment ça ? demanda Bailey.

La fille baissa la tête, les yeux cachés derrière ses boucles marron.

— Sais pas. Parfois, ça me gêne d'avoir un lien aussi intense avec Carin. Je n'y peux rien, mais on ne m'avait pas prévenue que ce lien allait me changer à ce point. En même temps, ça ne fait peut-être pas ça à tout le monde.

— Ça t'a changée, tu penses ? Tu peux m'en dire plus ?

Bailey ne s'attendait pas à ce que Phi se dévoile autant. D'ordinaire, elle n'alignait pas trois phrases.

— Je voudrais pouvoir voler comme Carin, avoua-t-elle en détournant le regard. Ça paraît débile, je sais. Mais quand elle s'envole, ça me saoule. J'aimerais tellement pouvoir la suivre.

Bailey n'avait jamais envisagé le lien d'Animas sous cet angle : toute la souffrance que pouvait provoquer la séparation entre l'être humain et l'animal.

— Moi je ne trouve pas ça débile, dit-il.

Phi lui sourit.

— Merci. Je n'en avais parlé à personne, à part Tori. Mais toi, je sais que je peux te faire confiance.

Le garçon sentit une vague de chaleur l'envahir de la tête aux pieds.

Phi leva la tête, elle cherchait Carin.

— Ce qui est sympa, par contre, quand elle « fugue », c'est qu'à son retour on est encore plus proches, j'ai l'impression d'avoir vécu des choses que je n'ai pas vues dans la réalité. Comme quand tu pars en vacances, et que tu racontes tout à tes copains après, ou quand tu écris à tes parents. Je perçois une certaine fraîcheur de l'air, ou je me rappelle avoir aperçu des pins...

Bailey l'écoutait, fasciné. Il rêvait de posséder un lien tel que le décrivait Phi. Et son cœur se serrait quand elle disait qu'elle en était malheureuse.

— Les bois n'ont rien à voir avec les Plaines Arides, déclara-t-elle. Quand l'ourse a été tuée, la semaine dernière, j'ai éprouvé une sensation émise par Carin : elle n'avait pas peur simplement pour elle-même, mais aussi pour moi. Je n'ai rien visualisé de précis. Il y a des *choses* dans les bois qui lui font peur, mais quoi ? Je ne saurais dire. Je ne perçois qu'un écho de ce qu'elle a ressenti en les voyant.

— Incroyable ! commenta Bailey. Tu penses que Carin sait ce qui a pu tuer l'ourse ?

Phi acquiesça.

— Ce jour-là, je n'ai rien dit parce que je ne savais pas trop comment interpréter la sensation. Mais…

— Mais quoi ?

— La chose est toujours là. Elle guette.

Onze

Ce soir-là, Viviana attendait devant son grand miroir en pied que deux tailleurs finissent de prendre ses mensurations. Ses appartements étaient les anciens quartiers du contremaître, au temps où le bâtiment était une usine : c'était à l'Âge des Inventions, sous le règne de Melore. L'endroit était immense, ses grandes fenêtres donnaient sur les quais. L'usine regorgeait de pièces de machines inachevées, fragments de squelettes d'une époque plus progressiste.

Grisville s'étendait sous sa fenêtre. Viviana la sentait bouillonner. Ses Clamoribus – les fameux oiseaux messagers de Clarke – remplissaient leur mission : perchés aux quatre coins de la ville, ils répétaient les slogans de campagne de la jeune femme et provoquaient des joutes verbales dans les rues. Pas plus tard que la veille, une émeute avait éclaté dans un des quartiers les plus aisés de la ville, à deux pas du Parlement : des miséreux excités par les paroles des Clamoribus étaient venus des Goujons fracasser les vitrines à coups de pierres.

La jeune femme scrutait les toits de la ville ; elle repéra une silhouette sombre qui approchait.

— Partez, ordonna-t-elle d'une voix froide aux tailleurs.

— Encore un petit instant, mademoiselle, et nous en aurons terminé, répondit l'Animas Écureuil.

L'individu était en train d'ajuster les manches du nouveau manteau de Viviana, tandis que son collègue prenait des mesures aux poignets.

Viviana se retourna en un éclair.

— J'ai dit : *partez*. Je vous ferai savoir quand vous pourrez revenir.

Les deux tailleurs ne demandèrent pas leur reste. La porte métallique se referma en coulissant derrière eux. Viviana s'installa face à la fenêtre ; sur le rebord venait de se poser un Clamoribus.

Elle le suivit du regard : l'oiseau mécanique alla s'installer au milieu de la pièce. Les ailes rétractées, ce corbeau conservait encore un gabarit impressionnant. Viviana pressa le bouton doré situé sur la tempe du volatile. Une loupiote rouge s'alluma dans son œil gauche.

Le corbeau ouvrit le bec. Le message enregistré monta du fond de ses entrailles.

« *Je suis là, Viviana. En place.* »

La voix de Joan diffusée par le bec de l'oiseau apaisait Viviana, comme souvent depuis toutes ces années. Sa fidèle assistante. Ensemble, elles s'étaient racheté une conduite après leurs années noires dans les Plaines Arides.

« *Personne ne me soupçonne*, continua le message. *Je pense avoir trouvé la personne qui détient le livre, bien qu'elle ne me l'ait pas encore montré. Nous connaîtrons sous peu le véritable texte de la prophétie.* »

Viviana poussa un soupir de soulagement. Son obsession vis-à-vis de la supposée prophétie semblait parfois puérile. Pourtant, le Chacal, l'homme qui avait tué son père, avait été aussi intelligent qu'impitoyable. Lui aussi obsédé par la prophétie, il avait fini par en perdre la tête et n'avait pas pu conserver le trône. Avait-il été guidé par la crainte d'une menace ? Viviana allait-elle devoir faire face à une menace similaire ?

Dès son retour à Grisville, la jeune femme avait interrogé ses espions au Parlement. Elle voulait savoir précisément ce qui avait pu faire sombrer le Chacal dans la folie. C'est ainsi qu'elle avait découvert que, durant les premières années qui avaient suivi sa violente prise de pouvoir, le Chacal avait eu vent des rumeurs qui circulaient parmi les habitants de Grisville : des rumeurs qui annonçaient l'arrivée d'un Vrai Roi.

Cette prophétie était entretenue par un homme, le Fou, qui d'ailleurs était introuvable. On racontait qu'il se terrait dans les montagnes, peut-être avec son fils. Le Chacal avait tout de même réussi à capturer et interroger un membre des RATS, un groupe de résistants fidèles à Melore et que l'on associait au Fou.

On avait torturé l'homme pour le faire parler. Les espions de Viviana n'avaient su lui répéter les paroles prononcées, mais le fond du message était clair : un roi allait revenir, à la tête d'une armée, et ils descendraient de la montagne. Fou de rage, le Chacal avait tué le prisonnier, lequel avait eu le temps de lâcher : « Mais le tigre ! La bête blanche ! » Après quoi il s'était tu à jamais.

Viviana n'ignorait pas que tous les tigres blancs du royaume avaient mystérieusement trouvé la mort sous le règne du Chacal. L'espèce entière s'était éteinte. La faute du tyran, Viviana n'en doutait pas. Et à en juger par le nombre de silhouettes de bêtes blanches peintes à la hâte sur les murs des ruelles de Grisville, elle n'était pas la seule à avoir remarqué cette disparition. Le tyran s'était efforcé de garder le secret de l'éradication des tigres, mais les RATS avaient propagé la rumeur à travers tout Aldermere. Le tigre blanc était resté un symbole de la résistance même après que le Chacal avait été capturé et tué à son tour. Tôt ou tard, la résistance allait s'en prendre à Viviana.

La jeune femme devait donc découvrir le texte exact de la prophétie, afin de convaincre ces loyalistes, ceux-là mêmes qui croyaient en l'existence de la bête blanche, que son destin était de monter sur le trône.

Un seul détail la gênait : la mention d'un *Vrai Roi*. Au masculin. Dès que Viviana connaîtrait le contenu exact de cette prophétie, elle pourrait faire en sorte qu'aucun autre souverain ne puisse un jour lui contester le trône. Elle avait déjà un temps d'avance par rapport au Chacal : ce dernier avait peut-être tué le Fou, mais il n'en avait soutiré aucune information. Elle, en revanche, avait localisé le livre du

Fou, lequel renfermait sans l'ombre d'un doute la prophétie.

D'un geste, elle chassa le Clamoribus puis retourna devant le miroir. Elle admira son nouveau manteau, au col très haut : il semblait chatoyer dans la lueur dorée du soir. Une fourrure mosaïque – renard, castor, vison et lapin –, parfaitement ajustée à sa silhouette fine. Une armure. Viviana se moquait bien de savoir qui étaient les animaux qui avaient fourni leur pelage pour ce vêtement.

Il serait parfait pour une reine.

Douze

Bailey s'était attardé dans un des grands fauteuils de la salle commune longtemps après que Hal et les autres garçons des Tours étaient partis se coucher. Il ressassait ce que Phi lui avait confié : la peur que Carin ressentait dans les bois. Le garçon était certain qu'une bête mystérieuse y errait, et que c'était elle qui avait massacré la pauvre ourse.

Lors des funérailles de l'animal, Bailey n'avait pas souhaité évoquer la créature qu'il avait aperçue du rigimobile. Hal ne l'avait visiblement pas cru, sur le moment, quand il lui en avait parlé. Pourtant, le souvenir lui revenait souvent et, plus il y repensait, plus il avait la certitude que la créature en question était dangereuse. Elle avait peut-être même un colié humain lui aussi potentiellement dangereux. Si cette bête et son colié étaient parvenus à Montclair, il fallait absolument en avertir l'école.

Cependant, il était certain que s'il allait répéter à l'administration son histoire de bête mystérieuse, on lui rirait au nez. Il avait besoin de preuves, or, à en croire Phi, les preuves se trouvaient peut-être à proximité du campus.

Tout à coup, sa décision fut prise. Il allait sortir mener l'enquête... immédiatement !

Bailey gagna sa chambre dans le plus grand silence, afin de récupérer ses chaussures et une veste. Puis il partit vers la sortie en rasant les murs. Il retint son souffle au moment de passer devant la chambre du surveillant. Une latte craqua sous son pied, le garçon se figea. Il était comme aveugle dans ce couloir noir. Un bruissement lui parvint d'une chambre voisine. Il adressa une prière silencieuse à dame Nature pour que personne ne le surprenne. Il attendit une minute entière. Personne ne pointa le bout de son nez. Bailey se remit en marche.

Au rez-de-chaussée, il se dirigea vers les toilettes, où une petite porte discrète, moins susceptible de grincer, allait lui permettre de sortir incognito.

Il savait qu'il devait traverser le campus au plus vite. Bindley, avec son monocle à vision nocturne, pouvait le repérer n'importe où, et Bailey se doutait que personne n'avait glissé de myrge dans son thé ce soir-là. Il courut cap à l'ouest, contourna le dortoir des Cimes pour gagner le pied de l'immense colline qui abritait le terrain de chavage. Les sièges du stade brillaient au clair de lune. Les arbres qui formaient la partie boisée du terrain ressemblaient à des spectres dans cette pénombre. Bailey obliqua vers le sud et le chemin qui s'enfonçait dans les bois, du côté où l'ourse morte avait été trouvée. Il respira un grand coup avant de s'aventurer dans les ombres.

— Stop, attends ! lança une voix.

Bailey se retourna, s'attendant déjà à voir surgir la meute des chiens de Bindley. Ce n'était heureusement que Tori, qui accourait vêtue d'une robe de chambre en coton enfilée par-dessus un haut de pyjama en soie qui semblait trois fois trop grand pour elle, et un bas de pyjama de garçon. Elle tenait à la main une lampe torche qui se rechargeait en actionnant une dynamo.

— *Chuut !* lui intima Bailey.

— Qu'est-ce que tu fais dehors ? lui demanda Tori sitôt qu'elle l'eut rejoint.

La fille avait l'air ravie de le voir, comme si elle avait attendu dans sa chambre – en pyjama – qu'une occasion se présente. Bailey entraperçut un serpent noir tout fin autour de son bras.

— Et toi, qu'est-ce que tu viens faire là ? murmura-t-il.

— Je t'ai vu passer à la fenêtre. Je n'arrivais pas à dormir, alors je t'ai suivi.

Bailey était anxieux.

— Rentre plutôt te coucher, ça vaut mieux pour toi. À deux, on passe moins inaperçu que seul.

— Nom d'une fourmi ! s'indigna la fille. On s'ennuie à mort dans cette école. *À mort !* Je donnerais n'importe quoi pour un peu d'aventure. Je te suis.

— OK, céda Bailey en espérant que son amie se lasserait de l'« aventure » et déciderait de rentrer avant qu'ils ne repèrent des traces de la bête blanche ou de son colié humain.

Il n'était pas encore prêt à évoquer cette théorie avec qui que ce soit. Néanmoins, un témoin pouvait toujours lui être utile.

— Tâche de ne pas faire de bruit, d'accord ?

Tori se mit à remonter sa lampe torche. La manivelle était comme grippée mais Bailey fit comme si de rien n'était. Chaque fois qu'elle lâchait un « Nom d'une fourmi, ça me saoule ! », il lui renvoyait un « Chut ! ». Et c'est ainsi qu'ils s'enfoncèrent dans l'obscurité.

Sur le plan du campus, une ligne épaisse représentait la limite du domaine. Elle figurait à l'extrémité ouest des falaises qui menaient à la roue hydraulique, et marquait la frontière de la forêt que les élèves n'avaient pas le droit de franchir. Bailey s'était toujours dit qu'il s'agissait d'une ligne imaginaire, et que la nature ne se modifierait pas d'un côté à l'autre. Mais à mesure que Tori et lui s'éloignaient du sentier, les arbres formaient un obstacle de plus en plus important. Le terrain lui-même était difficile, jonché de cailloux et de racines. Quand Bailey perçut au loin les bruits du ruisseau, il sut qu'ils avaient franchi la fameuse ligne. Les deux adolescents firent une pause pour reprendre leurs repères, et le garçon entendit comme un sifflement qui semblait provenir de plusieurs créatures à la fois. Ce son les entourait.

— Ce serait… ? commença Bailey.

— *Thamnophis cyrtopsis*, voire quelques *Elaphe obsoleta*, murmura Tori, tout excitée.

Elle se tourna vers le garçon, qui n'avait manifestement rien compris à sa réponse.

— Des serpents, traduisit-elle.

— Ah !

Rien d'étonnant à ce que Tori considérât Mme Sucrette comme une « quiche » : son niveau en latin était impressionnant.

— On est où ? demanda-t-elle ensuite.

Au son de sa voix, Bailey se demanda si, malgré son grand désir de le suivre, elle ne serait pas en réalité morte de trouille. Elle devait se réjouir d'être entourée d'autant de serpents, son Animas, mais également se douter que quelque chose clochait dans le secteur. Son serpent noir vint se lover sur son épaule.

— Pas de panique, tenta de la rassurer Bailey sans grande conviction. On est près des petites falaises.

— Dame Nature ! s'étrangla Tori en écarquillant les yeux. Mais qu'est-ce qu'on fiche si loin ?

Elle tapotait sa lampe. L'appareil clignota, se ralluma puis baissa d'intensité.

— Tu cherches quoi ? insista Tori.

— Je ne sais pas bien encore, avoua Bailey.

Il hésitait à expliquer à sa camarade qu'il était sur la piste d'un prédateur géant. Il préféra s'accroupir et scruter les troncs pour tenter d'y repérer d'éventuelles marques.

— Tout le monde fait des secrets, en ce moment, dit Tori.

Sa voix chevrotait. Elle s'efforçait de dissimuler sa peur, mais Bailey n'était pas dupe.

— Phi s'installe dans l'atelier de mécanique pour travailler au calme ; toi tu pars à la recherche de *je-ne-sais-pas-bien-quoi-encore* dans les Bois de l'Ombre. Et moi qui croyais être mystérieuse…

— Qu'est-ce qu'elle mijote, Phi ?

— Aucune idée. Mais elle passe tout son temps libre avant l'entraînement dans l'atelier de Tremelo. Et quand je lui ai demandé ce qu'elle fabriquait, elle m'a répondu qu'elle me le montrerait le moment venu.

Une brise fraîche balaya les bois. Tori rentra ses mains dans les manches de son pyjama et croisa les bras. Bailey remarqua au passage des cicatrices à ses poignets.

— Super calme, ce coin, murmura Tori. Ça fout les jetons.

Le garçon était bien de son avis. Les sifflements avaient cessé, il régnait dans les Bois de l'Ombre un silence étrange, comme si l'endroit retenait son souffle, guettait un événement. Bailey éprouvait une sensation bizarre, l'impression d'être observé.

— Tu… tu ne penses pas qu'il y a quelqu'un dans les parages, si ? souffla Tori, comme si elle avait lu dans ses pensées.

Bailey avait des frissons dans les bras et la nuque.

— Non, mentit-il.

Un bruissement traversa les buissons derrière les deux adolescents.

D'instinct, Bailey saisit Tori par la main tandis qu'ils se retournaient. Son cœur cognait fort dans sa poitrine. Un éclair passa, une silhouette fugace ; le garçon retint son souffle.

Ce n'était qu'un renard surgi de derrière un rocher.

Bailey poussa un soupir de soulagement ; Tori partit d'un petit rire nerveux.

— Désolé, bredouilla Bailey en lui lâchant la main.

Tori rajusta son haut de pyjama et lui sourit.

— Pas grave. Moi aussi j'ai eu peur.

Son serpent l'étranglait presque, elle s'en dégagea en pestant :

— Qu'est-ce qui te prend ? Ça n'était qu'un…

À cet instant précis, un énorme loup gris jaillit des ténèbres, les babines retroussées. Bailey ressentit une douleur mordante dans le bras avant même d'avoir compris ce qui se passait.

Il tomba à la renverse en se tenant le bras. Tori hurla : la créature lui faisait face. La fille brandit sa pauvre lampe torche au-dessus de sa tête, la seule « arme » à sa disposition, puis l'abattit sur la truffe du loup. La lampe rendit l'âme. Le loup recula d'un pas en grondant.

— Bailey ! hurla Tori. Tout va bien ?

Le garçon voulut se relever pour aider son amie à repousser le loup. Or, en tombant, il avait heurté sèchement un tronc d'arbre : son dos l'élançait à présent autant que son bras. Le loup montrait les crocs, prêt à l'attaque. Dans un mouvement éclair, Tori attrapa un gros caillou et le jeta sur l'animal, le touchant à une patte. Le loup s'écarta en grondant encore. Bailey se remit debout tant bien que mal. À voir l'animal planter ses pattes avant dans le sol, le garçon comprit qu'il s'apprêtait à bondir sur eux.

— Tor…

D'une main tremblante, Bailey saisit son amie pour la forcer à s'écarter, mais son bras n'avait plus de force.

Tout à coup, derrière eux, un cri primal retentit. Celui d'un homme : une voix si forte et rageuse, si proche d'un rugissement, que le loup marqua un temps d'arrêt. Une flèche fusa entre les deux adolescents, qui alla se ficher dans l'arbre situé derrière l'animal.

— Va-t'en ! hurla l'homme en dépassant Tori et Bailey pour fondre sur le loup.

C'était Tremelo. Sa veste volait derrière lui. Deux pas devant les élèves il braqua un arc sur l'animal. Un arc spécial, avec un mécanisme. D'une pression de la détente, Tremelo décocha une flèche qui frôla l'oreille gauche de sa cible et rejoignit la première flèche dans le même arbre. Le loup glapit puis décampa.

Bailey le suivit du regard et crut apercevoir quelque chose entre les arbres. Ce qu'il vit lui coupa le souffle : c'étaient les silhouettes de deux hommes. Il plissa les yeux pour tenter de percer l'obscurité, mais les deux individus avaient déjà disparu. Bailey n'avait pourtant aucun doute : il les avait vus.

Tremelo bascula son arc sur son épaule puis se dirigea vers Bailey.

— Où avais-tu la tête ? l'interrogea-t-il, furieux.

— Des hommes, là, répondit le garçon en s'efforçant de montrer la direction avant que sa blessure au bras se rappelle à lui.

— Suis-moi, ordonna Tremelo. (Il avait malgré tout une lueur de surprise dans le regard.) Ton bras, il faut le faire soigner.

— Mais, monsieur, leur Animas nous a attaqués, et depuis l'incident avec l'ourse…

— Il n'y a personne dans les parages, le coupa le professeur. Tu as eu des visions.

Sur ce, Tremelo empoigna Bailey par son bras valide d'une main, Tori de l'autre, et il prit la direction de l'école. Bailey s'interrogeait déjà : comment le professeur avait-il pu apparaître ainsi dans les bois, avec son arc et ses flèches ? Les avait-il suivis ? Ou bien avait-il des raisons personnelles de se promener dans la forêt ? Croyait-il sincèrement qu'il n'y avait personne dans les parages, ou avait-il menti ? Le garçon en avait la tête qui tournait… Il se demandait même ce que Tremelo était venu faire à Montclair.

Fenouil, la renarde du professeur, ouvrait la route au petit groupe. Cela ne surprenait pas Bailey. C'est elle qu'il avait aperçue quelques instants avant que ne surgisse le loup. C'est grâce à elle que Tremelo avait su qu'ils étaient en danger. Mais pourquoi la renarde les avait-elle suivis ?

Tout à coup, une idée atroce vint à l'esprit du garçon. Ils avaient été surpris en train d'enfreindre le règlement de Montclair. Par Tremelo, certes, lui-même grand habitué de ce genre d'écarts, mais cela ne les excusait en rien. Si le professeur décidait de les dénoncer, ils seraient exclus. Au-to-ma-ti-que-ment.

Comme ils ressortaient des bois et apercevaient au loin les bâtiments de l'école, Tremelo lâcha les deux élèves.

— Monsieur…, bredouilla Bailey.

— Essayez seulement de m'implorer de ne rien dire à Pinson, et je vous plante sur place, gronda Tremelo. La suite à donner à cette affaire ne regarde que moi.

Tori et Bailey échangèrent un regard gêné. La fille avait le teint encore plus pâle que d'habitude.

Fenouil s'arrêta à la porte d'une petite remise en pierre nichée au milieu des arbres. Tremelo indiqua aux deux adolescents une porte latérale, basse, qu'il ouvrit à l'aide d'une clé. Il s'assura qu'il n'y avait de lumière à aucune fenêtre de l'école.

Bailey comprit que le professeur avait préféré les conduire dans ses quartiers plutôt qu'à l'infirmerie de Montclair. Et il n'aimait pas cela.

— Qu'est-ce qu'on vient faire ici ? s'inquiéta-t-il.

— Si tu te présentes à l'infirmerie avec une histoire à dormir debout, tu seras renvoyé de l'école en moins de temps qu'il n'en faut pour dire « Je suis débile ».

L'appartement de Tremelo, un vrai bazar, était un peu exigu pour trois personnes. Les adolescents s'installèrent au fond du salon, tandis que le professeur slalomait entre des tours de livres pour accéder à une pièce attenante. Des bruits de bouteilles leur parvinrent.

— Merci de ne pas saigner sur mon plancher, mon garçon, lança Tremelo.

Bailey inspecta sa blessure. La plaie avait beaucoup saigné, mais ce n'était qu'une égratignure. Inutile d'y poser des points ; du moins, c'est ce qu'espérait le garçon. Tori lui donna un coup de coude.

— Tu as vu tous ces livres ? murmura-t-elle.

Bailey observa la pièce. Les étagères croulaient sous les ouvrages de toutes sortes, très anciens pour certains. Parmi les plus récents, il y avait parfois de simples brochures imprimées à bas coût, portant des titres tels que *Le Pouvoir du faux roi : Le Chacal et le Parlement* ou *Les Crimes du Parlement à l'encontre du peuple*. Bon nombre de ces livres traitaient du lien d'Animas, de son historique et de sa puissance. L'un d'eux en particulier attira l'attention de Bailey : *Les Velyns et leurs Animas : Étude d'une transformation.*

Tremelo les rejoignit au salon.

— Nom d'une fourmi, cette baraque…, pesta-t-il. Je ne trouve jamais ce que j'y cherche.

Une malle était rangée derrière un fauteuil fatigué ; Tremelo la traîna au milieu de la pièce. Bailey et Tori s'adossèrent à une étagère pour lui laisser le passage. L'homme souleva le couvercle. Tournant le dos aux deux élèves, il les empêchait de voir le contenu. Bailey réussit tout de même à entrapercevoir un méli-mélo de fioles et de gobelets en verre bizarroïdes, ainsi qu'un énorme livre à reliure en cuir dont la couverture représentait un animal. Tori et lui échangèrent un regard inquiet.

— Ha ! triompha soudain Tremelo en brandissant un petit pot d'un baume grisâtre. Très rare, très puissant. Tends le bras.

Bailey obéit, sans l'assurance de ne pas le regretter ensuite.

Ce baume piquait comme si on vous frottait du sable sur un coup de soleil. À présent son bras tout entier le démangeait.

— Ne touche pas, surtout ne touche pas, l'avertit Tremelo en lui lâchant le bras.

La malle était restée ouverte. Bailey se pencha pour mieux voir à l'intérieur. Fenouil bondit aussitôt sur le couvercle pour le refermer et le garçon n'eut pas le temps de découvrir quoi que ce soit. Les yeux dorés de la renarde se plissèrent.

— Elle dévore des élèves curieux au petit déjeuner, gronda Tremelo. Vous êtes prévenus.

Il s'assit sur un bras du fauteuil, les coudes sur les genoux, et scruta Bailey et Tori d'un regard sévère.

— Mes petits, déclara-t-il, si vous tenez à poursuivre votre scolarité à Montclair... si vous tenez à rester en vie... écoutez-moi bien.

Treize

— Je sais bien que je ne suis pas l'homme le plus responsable du monde, reconnut Tremelo. Cela dit, j'ai le pouvoir de vous faire renvoyer de cet établissement, tous les deux, alors je vous conseille de m'écouter très attentivement.

Bailey jeta un coup d'œil à Tori. Avec ses cheveux noirs en pagaille devant la figure, la fille ressemblait à une gamine prise en faute. Son serpent s'était réfugié sous le col de son pyjama, figé comme un gros collier.

— Certaines règles sont stupides, nous le savons tous, concéda Tremelo en faisant les cent pas. Le couvre-feu, entre autres. En revanche, vous aventurer au-delà des limites du campus, dans les Bois de l'Ombre, c'était de la bêtise pure. J'ignore ce que vous voulez prouver, tous les deux, mais vous devez le faire *sur le campus*.

Les yeux sombres de l'homme ne lâchaient pas les adolescents. Tremelo était en colère, Bailey n'en doutait pas une seconde. Il avait les sourcils froncés, les lèvres crispées sous sa moustache comme s'il se retenait de cracher un juron. Mais ça n'était pas tout. Bailey remarqua aussi que le professeur avait les doigts qui tremblaient… alors qu'ils avaient été fermes et précis au moment de tirer des flèches pour effrayer le loup. Sans compter la sueur qui perlait sur son front. Autant de signes qui trahissaient son inquiétude.

— Ce n'est pas sans raison que l'accès aux Bois de l'Ombre est interdit, ajouta Tremelo. Des dangers bien réels vous guettent dans cette forêt. Vous auriez pu vous faire tuer. Me suis-je bien fait comprendre ?

— Oui, souffla Tori.

Bailey savait qu'il était déjà assez dans le pétrin comme ça, et qu'il avait plutôt intérêt à répondre « oui » lui aussi pour échapper à une sanction. Hélas ! il ne pouvait pas faire comme s'il n'avait rien vu dans les bois. Il y avait des gens dans cette forêt, accompagnés de bêtes dangereuses et agressives. Et Tremelo semblait s'en moquer.

— Je ne comprends pas, monsieur, finit par déclarer le garçon en s'efforçant de soutenir le regard de l'adulte. Il y a des gens dans les bois. Je veux savoir pourquoi. Pourquoi ils nous ont attaqués, et ce qui les intéresse à Montclair.

Tremelo le scrutait de son regard le plus noir.

— Vous n'avez pas oublié ce que j'ai dit au sujet des élèves curieux, j'espère, répondit-il. Je ne saurais trop vous conseiller d'arrêter de fureter : cela ne vous attirera que du malheur, pour vous-même et pour vos amis. (Il se frotta les yeux.) Vous vous laissez emporter, Bailey, et cela n'arrangera pas vos affaires dans cet établissement. Contentez-vous de rester à l'abri, et laissez les adultes compétents gérer les menaces réelles. Je vous repose la question : me suis-je bien fait comprendre ?

Bailey bouillait de rage mais il acquiesça. Tremelo en savait plus qu'il ne voulait bien le dire, c'était évident. Le professeur était-il en colère parce que Bailey avait enfreint le règlement... ou parce qu'il posait des questions ?

Tremelo décida de raccompagner Tori et Bailey à leurs dortoirs. Les deux amis marchaient quelques pas en retrait de l'homme.

— Ton bras, ça va ? demanda discrètement Tori.

Bailey avait presque oublié sa blessure depuis que les picotements du baume s'étaient estompés. Il l'inspecta. Le sang avait séché, la peau se reformait déjà.

— Ça va, je crois, estima-t-il en passant une main sur la plaie lisse.

— Tu auras de la chance si tu ne conserves pas de cicatrice, déclara la fille.

Bailey repensa aux cicatrices de Tori, et au soin qu'elle mettait à les cacher. Mais ce soir-là, dans le feu de l'action, elle avait oublié. Ses manches étaient retroussées jusqu'au coude et, à la faveur du clair de lune et des rares lampadaires qui éclairaient le sentier, le garçon put voir les bourrelets de peau qui couraient sur les avant-bras de Tori. Celle-ci surprit son regard, poussa un soupir et baissa ses manches.

— Il y a eu un incendie, répondit-elle à la question qu'elle lisait dans les yeux de Bailey. Dans notre appartement, quand j'étais petite. Je devais avoir deux ou trois ans. Des partisans du Chacal ont mis le feu à différents quartiers de la ville après que le

Parlement l'a chassé du trône. Depuis, mes parents ont une peur bleue des Dominae. Grisville est toujours pris entre deux feux.

Tremelo s'était arrêté pour les attendre. Ils avaient atteint le dortoir des Cimes.

— Nous sommes les seuls à savoir jusqu'où vous vous êtes aventurés cette nuit, rappela le professeur. Tâchons de garder le secret, vous voulez bien ? Si le doyen Pinson l'apprend, vous serez dans de beaux draps, je vous le garantis. Mais en échange de mon silence, vous allez me promettre de ne plus *jamais* remettre les pieds dans ces bois.

Bailey acquiesça, à contrecœur. Tori glapit un minuscule « Oui, monsieur ».

— Bien, conclut Tremelo. Je vous aurai à l'œil, n'en doutez pas.

Sur ce, il indiqua à Tori la porte d'entrée des Cimes. La fille s'éclipsa non sans adresser un dernier regard à Bailey. Son serpent en profita pour darder la langue en direction du garçon. Bailey répondit par un petit coucou.

Tremelo le prit par l'épaule et l'entraîna vers les Tours.

— Je m'en veux, monsieur, s'excusa Bailey.

Il n'avait pas oublié que c'était la seconde fois que le professeur le surprenait en pleine sortie nocturne, et il se demandait quelles pensées cela pouvait lui inspirer.

Tremelo leva la main pour lui imposer le silence. De l'autre, il retira le pendentif qu'il avait au cou et le tendit avec sa chaîne à l'élève.

— C'est pour vous, dit-il.

Le pendentif était une espèce de pièce de monnaie, avec une effigie d'un renard endormi sur une face, et quelques lettres sur l'autre. Les deux côtés étaient usés : c'est à peine si Bailey réussit à déchiffrer le nom de Tremelo sur ce talisman.

— Je ne saisis pas, déclara-t-il. C'est votre pendentif. Il y a même votre nom dessus.

Tremelo détourna le regard, comme s'il avait du mal à trouver une réponse.

— On me l'a offert le jour où, après une longue Absence, je me suis enfin éveillé à mon Animas. Mon père m'a expliqué que cet objet me protégerait. Je ne suis pas sûr d'y croire vraiment. Mon père avait parfois de ces superstitions… Mais disons que j'aime me dire que oui, dans ce cas précis, ça marche.

L'homme se pencha pour regarder Bailey en face.

— Prenez-en soin pour moi. Et n'oubliez pas ce que j'ai dit, au sujet des Bois de l'Ombre. Votre Absence est un gros problème, je le sais. C'est peut-être ce qui vous pousse à chercher des réponses partout. Mais vous n'êtes pas en sécurité dans les bois. La prochaine fois, je ne serai pas forcément là pour vous.

Bailey hocha la tête. Il jeta un dernier coup d'œil au renard endormi gravé sur le pendentif et fourra le tout dans sa poche. Tremelo se redressa ; il repartait déjà vers les appartements des professeurs quand Bailey l'interpella :

— Le chêne doigt-du-roi.

Tremelo fit volte-face, un sourcil relevé.

— Un arbre qui donne des graines mais pas de fruits, enchaîna le garçon. C'est bien une partie de l'énigme, non ?

Tremelo resta de marbre, son seul geste fut de se lisser la moustache, pensif. Il semblait sur le point de répondre, mais se ravisa.

— Allez vous coucher, Bailey, dit-il en s'éloignant.

Quatorze

Tremelo consulta l'horloge du clocher de l'école tandis qu'il regagnait les appartements des professeurs : deux heures et demie du matin, l'heure à laquelle toute personne saine d'esprit dort paisiblement dans son lit. Hélas pour lui, l'esprit de Tremelo était bien trop occupé pour le laisser dormir.

— Le chêne doigt-du-roi, répéta-t-il à voix haute en secouant la tête.

Il soupira. Il ne valait pas mieux que son père, à colporter des énigmes qui n'appelaient aucune réponse. Il revoyait son père, son monocle épais comme un culot de bouteille suspendu à un cordon élimé. Ses cheveux blancs frisés, son gilet en velours rapiécé. Son sourire. Ce que Tremelo désirait plus que tout, c'était pouvoir demander au Fou ce qu'il fallait penser des événements de cette nuit.

« À toi de le deviner, mon grand ! » Voilà ce qu'avait coutume de dire le Fou. « À toi de comprendre les choses, d'apprendre le monde par cœur. Tout est comme un vaste engrenage, chaque rouage influe sur le suivant. »

« À toi de comprendre. » Le Fou ne parlait bien sûr pas de vrais engrenages, mais des gens.

Le Fou était un père affectueux quoique pas très attentif. Il avait travaillé pour Melore au titre de savant puis, après la mort du roi – dont Tremelo ne conservait aucun souvenir car elle s'était produite lorsqu'il était très jeune –, il s'était replongé avec ferveur dans l'étude, allant parfois jusqu'à emmener son fils avec lui quand il partait travailler dans la montagne. Il était trop absorbé par ses théories et les récits des anciens Prophètes, de la tribu des Velyns et du roi Melore pour s'occuper d'un enfant ; de plus il vivait entouré des RATS, ses complices en conspiration. C'est justement les RATS qui avaient fait découvrir au jeune Tremelo les vertus de la myrge et du rhum-au-moût ; eux aussi qui l'avaient aidé plus tard à remettre la main sur les livres et les documents de son père, après que le Chacal avait fait tuer le Fou. Tremelo avait alors vingt deux ans.

Le passé, le passé. Récemment, le passé se rappelait à lui avec insistance.

Une fois rentré chez lui, Tremelo rouvrit sa malle. Fenouil attendait patiemment, perchée sur la plus haute étagère du bureau. L'homme sortit le gros livre relié en cuir. Un vrai miracle que cet ouvrage ait survécu à la mort du Fou ; un miracle que Tremelo ait réussi à le retrouver dans la maison mise sens dessus dessous de son père ; un miracle encore qu'il s'en soit sorti vivant. Malgré tout, ce livre ne lui avait jamais été de la moindre utilité… jusqu'à présent.

Tremelo l'ouvrit à la première page, suivit du bout des doigts l'écriture familière ; familière, certes, mais absolument indéchiffrable. Personne chez les RATS non plus n'avait réussi à la décrypter. D'après son père, c'était la langue des Prophètes. Hélas ! depuis la mort du Fou, Tremelo n'avait eu aucune envie de retourner les interroger dans leurs montagnes. Les Velyns auraient sans doute pu l'aider, mais ils étaient tous morts. Le Chacal y avait veillé. Ce bain de sang avait poussé Tremelo à traiter le livre comme il traitait les prophéties de son père : en relique d'un passé qui n'avait plus aucun sens.

Mais avec ce qui s'était produit cette nuit… il commençait à se poser des questions.

Les deux individus que Bailey avait entraperçus dans les bois, lui aussi les avait vus. Fenouil les pistait, et Tremelo, en transe à la lisière des arbres, avait partagé sa vision à distance. Ç'avait d'abord été des flashs : deux ados effrayés qui n'avaient rien à faire dans le secteur. Puis deux visages, et des vêtements sombres confectionnés à la main : un long manteau orné de fourrure de loup ; une griffe de corbeau en guise de boucle d'oreille.

Et sur le dos d'une main ridée, un tatouage.

Désormais installé dans son fauteuil, bien au chaud dans ses appartements, Tremelo demeurait inquiet. Il feuilletait le gros livre avec frénésie. Soudain, il s'arrêta sur une page, incapable de faire un geste, incapable d'en détourner les yeux.

Sur cette page du livre de son père, il venait de découvrir la série de lignes et de tirets qu'il avait vus, tatoués, sur la main de l'inconnu des bois.

Quinze

Gwen marchait d'un pas déterminé dans un couloir du Parlement. Elle se rendait aux cuisines, afin d'y prendre un en-cas pour le dîner de l'Ancien. Les murs de l'édifice avaient beau être fortifiés, elle percevait les slogans que l'on scandait à l'extérieur.

Au cours des deux semaines qui s'étaient écoulées depuis que l'Ancien était revenu au Parlement, les émeutes qui embrasaient la ville avaient gagné en ampleur et en force. Excités par les promesses de pouvoir formulées par les Dominae, les citoyens misérables des quartiers les plus pauvres de Grisville s'étaient réunis sur la place du Parlement pour manifester. De nombreux magasins et immeubles d'habitations proches du centre-ville avaient été vandalisés ou, pire, incendiés. Pas plus tard que la nuit précédente, un incendie s'était déclaré dans les rues adjacentes du palais. Par une haute fenêtre du Parlement, à travers la fumée et les flammes, Gwen avait distingué les émeutiers armés de bâtons qui hurlaient : « Nous voulons être libres ! Nous voulons être libres ! »

Pour dangereux que soient les abords du palais, le vrai danger se situait toutefois entre ses murs. L'atmosphère y était chargée de murmures et de conflits. Au lieu de faire front uni contre Viviana, les membres du Parlement se déchiraient, tous les deux ou trois jours certains disparaissaient, craignant peut-être les émeutes.

— Ces troubles devraient pourtant leur prouver que Viviana constitue une menace, non ? avait fait remarquer Gwen à l'Ancien, quelques minutes auparavant.

— La violence a le don de nous détourner de nos objectifs, avait répondu le sage en observant la foule massée sur la place. Je suis certain que les Dominae ont des espions au Parlement, qui se délectent d'assister à notre chute. Notre incapacité à déclarer Viviana ennemie officielle du peuple est la preuve qu'elle a déjà su rallier nombre de parlementaires à son camp.

Gwen approchait des cuisines quand elle aperçut le reflet de deux parlementaires dans un miroir : un grand personnage à la mine mauvaise, suivi par un phacochère, et une femme toute maigre qui semblait très irritée. Gwen faillit passer son chemin, mais elle s'immobilisa en entendant un nom connu.

— Êtes-vous prête ? demanda l'Animas Phacochère. J'ai appris que Viviana y assisterait en personne.

L'apprentie se tassa contre le mur, où on ne pourrait pas la voir. Son cœur accélérait.

— Du moment que la populace reste à l'écart, répliqua la femme. Je ne veux pas que l'on me reconnaisse.

D'une fenêtre ouverte au bout du couloir, les voix de la « populace » parvenaient à la cachette de Gwen. « Nous serons libres ! Nous serons libres ! »

— N'ayez crainte, la rassura l'Animas Phacochère. Cette réunion est réservée à un cercle restreint.

— L'essentiel est que l'Ancien et les autres loyalistes dans son genre ne découvrent pas…

— Bah ! L'Ancien a fait son temps. Il sera le premier à s'en aller quand Viviana prendra le pouvoir. Peut-être plus tôt que…

Gwen n'en croyait pas ses oreilles.

Les deux conspirateurs se déplaçaient. Leurs ombres s'étiraient au détour d'un coude du couloir. Ils approchaient. Paniqué, l'adolescente chercha une cachette. Une porte entrouverte à deux pas de là où elle se tenait… Les parlementaires qui approchaient… Gwen se réfugia dans un cabinet privé rarement utilisé. Elle retenait son souffle, de crainte d'avoir été surprise.

À la seconde même où les deux adultes passèrent devant la porte du cabinet, Gwen prit sa décision. Elle allait les suivre. Elle allait assister à cette réunion et récolter le plus d'informations possible. Informations grâce auxquelles l'Ancien et elle pourraient ensuite dénoncer les espions au sein du Parlement. L'Ancien lui avait sauvé la vie ; elle lui devait bien cela. Réunir des preuves qui permettraient de rallier d'autres loyalistes à sa cause pouvait tout changer.

Gwen emboîta donc le pas aux deux sympathisants des Dominae, à bonne distance. Ils s'enfoncèrent dans un couloir froid et humide du sous-sol. L'éclairage y était faible, les pierres dégageaient un parfum de pluie. Gwen se figea quand les deux personnages poussèrent la lourde porte qui concluait le couloir, puis gravirent les marches en pierre débouchant dans une ruelle. Elle patienta une dizaine de secondes avant d'oser sortir à son tour. Quand enfin elle se retrouva dans la ruelle, en pleine nuit, elle tenta de lancer un appel : elle percevait la présence des chouettes qui avaient l'habitude de se percher dans les tours du palais. Leur aide lui serait précieuse pour continuer la filature incognito. C'est alors qu'une forme ténébreuse surgit de la masse nuageuse qui surplombait la ruelle, et Gwen vit une jeune chouette qui lui montrait le chemin.

Elle repensa à l'Ancien, seul dans son bureau. Il allait s'inquiéter si elle ne revenait pas très vite avec un bol d'amandes grillées. Hélas ! elle ne pouvait pas lui révéler qu'elle partait en mission : il lui interdirait de quitter le Parlement. La jeune fille tenait enfin la possibilité de lui prouver de quoi elle était capable.

Au-dessus de sa tête, la chouette l'encouragea d'un petit cri. Gwen pressa le pas. Elle croisa un groupe d'hommes rassemblés autour d'une poubelle dans laquelle ils avaient allumé un feu, et s'enfonça dans les ruelles sombres qui menaient aux Goujons. « Du cran, se répétait-elle. L'Ancien a besoin de toi. »

Elle partait à la rencontre des Dominae.

Seize

Au moment même où Gwen entendait l'Animas Phacochère menacer la vie de l'Ancien, Bailey se trouvait une nouvelle fois à bord d'un rigimobile. Les première année partaient en sortie scolaire à Grisville, afin d'y entendre le célèbre Orchestre Équilibre, composé de musiciens humains et de leurs coliés oiseaux qui constituaient la partie bois. L'ensemble mêlait harmonieusement chants d'oiseaux et compositions musicales. Tori, qui avait déjà assisté à deux récitals de l'orchestre, estimait pour sa part qu'il n'y avait « pas de quoi s'extasier ».

Depuis le fameux épisode du loup, quelques jours auparavant, Bailey n'avait plus la tête aux cours. Il était angoissé. Il enrageait aussi d'avoir découvert quelque chose d'énorme (et peut-être dangereux), et d'avoir été contraint de l'« oublier » par Tremelo. Et puis il y avait Fenouil, qui désormais surgissait comme par magie n'importe où, dans le réfectoire comme dans les allées menant aux Tours, pour lui rappeler qu'il était sous surveillance.

Bailey n'était pas le seul élève tourmenté. L'école avait en effet eu vent des troubles qui agitaient Grisville et en particulier des émeutes proches du Parlement. Voilà pourquoi des accompagnateurs supplémentaires avaient été prévus pour cette sortie. Le doyen Pinson avait convoqué une assemblée extraordinaire le matin même pour assurer à tout le monde que les « événements regrettables » se déroulaient bien loin de l'Opéra.

Pourtant, quelques élèves avaient refusé de participer à la sortie, expliquant que leurs parents craignaient que les violences atteignent justement le quartier de l'Opéra. Bailey avait écrit à ses parents pour les prévenir. Sa mère lui avait répondu dans une longue lettre. Elle lui rappelait notamment qu'elle possédait deux enregistrements de l'Équilibre, et lui demandait de se renseigner pour savoir si le chef d'orchestre qui officiait quand elle était enfant était toujours en poste. Soulagé, Bailey s'était inscrit pour cette sortie l'esprit tranquille.

Une cinquantaine de première année attendaient donc en rang au bout du quai. Ils accueillirent l'entrée en gare du rigimobile par un concert de vivats et de sifflets. Bailey, Hal, Tori et Phi s'installèrent au premier des quatre niveaux du wagon. Près de la porte coulissante dorée qui donnait accès à la voiture suivante, occupée par les accompagnateurs. Parmi la demi-douzaine de professeurs qui avaient accepté d'« escorter » les adolescents, il y avait M. Nillow, le professeur d'histoire ; Mme Sucrette, qui comptait étudier en parallèle le répertoire de l'orchestre et les chants d'oiseaux latins ; enfin Tremelo, qui avait bien stipulé qu'il ne venait pas jouer les baby-sitters mais profiter du concert. L'humeur était au beau fixe chez les adultes : on parlait fort, on riait, on se réjouissait autant que les élèves d'échapper à quelques heures de cours. Tremelo et Mme Sucrette voyageaient côte à côte et discutaient des performances des altistes sur les derniers enregistrements de l'Équilibre.

Phi s'était assise sur une banquette en bois. Bailey trouva le courage d'aller la rejoindre. Tori lui adressa un regard en biais et prit place sur la banquette d'en face. Hal, lui, n'osait pas s'installer à côté de Tori, il alla donc faire cavalier seul sur une banquette de l'autre côté de l'allée centrale. Bailey se rappela alors que le trajet en rigimobile de Montclair à Grisville durait plus de trois heures. Il allait devoir discuter avec Phi tout ce temps… en évitant de passer pour un crétin.

Tori était dans une forme olympique.

— Il démarre quand, cet engin, nom d'une fourmi ?

— Je ne suis jamais allée à un concert, embraya Phi en ramenant une boucle brune derrière son oreille.

Bailey aurait bien voulu étaler sa culture ou son expérience. Hélas ! il dut avouer :

— Moi non plus… Enfin, une fois, mais c'était dans une grange.

Le rigimobile s'ébranla, les élèves firent de grands gestes par les vitres alors qu'il n'y avait sur le quai que la seule Mme Bosquet pour leur répondre.

Tandis que le rigimobile prenait de la vitesse le long du fleuve, Hal chercha un moyen de se rapprocher de Tori. Celle-ci, visiblement pas disposée à bavarder avec le garçon, avait sorti un livre de son sac et n'en levait pas le nez.

Bailey décida d'aborder le sujet le plus facile avec Phi : leur première rencontre de chavage contre une école rivale, prévue pour le week-end suivant. Montclair devait affronter Chêne-Rouan, un collège technique situé dans le nord des Terres-Basses, une région constituée pour l'essentiel de plaines herbeuses.

Le temps qu'apparaisse au loin la ville, Bailey avait fait rigoler Phi trois fois.

La fille rougit quand son camarade la complimenta parce qu'elle grimpait très bien aux arbres.

— Je ne blague pas, lui assura-t-il, tu vas gagner le match à toi toute seule. Je connais un peu la région de Chêne-Rouan, et je te garantis qu'il n'y a que des buissons là-bas ! Même s'ils étaient Animas Aigle, ils auraient du mal à prendre de l'altitude, si tu vois ce que je veux dire.

Et Phi rit de nouveau. *Quatre fois.*

— Pas besoin d'Aigle quand on est Faucon, plaisanta-t-elle ensuite. En plus, ça m'aide à repérer les éclaireurs, alors…

Bailey remarqua que Hal se donnait beaucoup de mal pour épier leur conversation.

— Je parie que Hal aussi assurerait, pour tout ce qui est reconnaissance, dit-il à voix suffisamment haute pour que Tori l'entende. Son Animas peut voler, et en plus Hal a l'ouïe extrêmement fine.

— Sauf que les rencontres de chavage ne se disputent jamais la nuit, répliqua Tori toujours sans lever le nez de son livre.

Bailey pensait que Hal n'interviendrait pas. Il se trompait.

— C'est arrivé une fois, il y a trois ou quatre ans. À l'époque où Alastair Smith jouait pour Grisville. Il y a eu une éclipse, et les joueurs dont l'Animas était un nocturne ont permis à leur équipe de gagner.

— Je ne savais pas que tu étais expert, glissa Phi.

Bailey aurait juré avoir vu Hal rougir. Tori, elle, n'était pas plus impressionnée que ça.

— Le chavage, franchement, c'est de la gnognotte, affirma-t-elle. Moi je préférerai toujours une *vraie* aventure.

Là, comme si la jeune fille avait prononcé la formule magique permettant de déclencher une « vraie aventure », le rigimobile freina en urgence. La secousse arracha les élèves à leurs sièges, certains atterrirent même dans l'allée centrale. Les wagons n'étaient plus qu'un tumulte de coups de pattes, de griffes et de queues, ainsi que de cris d'oiseaux furieux.

Hal était à cheval entre les deux wagons, adossé à la porte du wagon des professeurs. La porte s'ouvrit brusquement, Hal partit en arrière, sa tête s'écrasa sur… les pieds de Mme Sucrette.

— Quindley ! s'écria la professeure comme si le garçon l'avait fait exprès.

Tremelo vint la soutenir.

— Tout le monde va bien ? s'inquiéta-t-il.

Il obtint en retour un concert de grognements et un aboiement.

— Bien, conclut-il d'une voix guillerette.

Sucrette renifla.

Bailey alla aider Hal à se remettre debout. Au même instant, le chef de train déboula dans l'allée. Le petit homme, affublé d'une fine moustache grise, portait un uniforme bleu impeccable, rehaussé de franges dorées presque comiques. Un petit singe criaillait, perché sur son épaulette.

— Dégagez, dégagez, réclamait le contrôleur.

Il ouvrit un coffret mural et en sortit un micro. Son singe se mit à bondir comme un kangourou quand le haut-parleur crépita.

— Votre attention, s'il vous plaît. Nous avons dû nous immobiliser à la suite d'une déchirure du dirigeable. Nous sommes à environ une demi-heure du centre de Grisville, dans la grande banlieue. Il vous est demandé à tous de ne pas descendre du rigimobile, le temps que nous réparions la déchirure. *Tout le monde reste en voiture.*

L'homme referma le coffret d'un geste sec, puis promena un regard perçant sur les élèves.

— Allez ! du balai, vous deux, pesta-t-il ensuite en écartant Hal et Bailey sans ménagement.

— C'est ridicule, s'indigna Tori. On va rester coincés ici au moins une heure, je parie. Super, la sortie !

Les adolescents regagnaient leurs places en commentant l'incident. Hal, Phi, Tori et Bailey s'attardèrent dans l'espace situé entre les deux wagons, avec Sucrette et Tremelo. Bailey avait l'impression que le rigi s'était arrêté au milieu de nulle part. Ils avaient beau être sur le territoire de Grisville, ils étaient surtout à mille lieues de la place centrale ou de l'Opéra. Les rails longeaient une rue étroite, mal éclairée et encombrée de détritus. Les fenêtres des bâtiments étaient soient fracassées soit condamnées. Tout baignait dans un brouillard poussiéreux. Un groupe d'enfants assis sur un tas de cagettes observaient le rigimobile rutilant avec méfiance.

— Où sommes-nous, exactement ? voulut savoir Mme Sucrette.

— Dans Gribber Street, lui répondit Tremelo d'une voix bourrue, tout en s'allumant une pipe. (Sa collègue chassa la première volute à monter du fourneau.) J'ai connu une jeune contorsionniste épatante, dans le temps, qui habitait cette rue.

L'homme s'abandonna à ses pensées tout en recrachant de la fumée. Puis il adressa un signe de tête à Sucrette, et ensemble ils regagnèrent le wagon des professeurs.

Les quatre amis restèrent en haut de l'escalier qui permettait de descendre du rigimobile.

— Toi qui réclamais de l'aventure…, lança Hal à Tori, le torse bombé. Te voilà servie, on dirait.

Sur ce, il dévala les marches, ouvrit la portière et posa le pied dans Gribber Street. Il se retourna, une main tendue en direction de Tori. Phi ne put s'empêcher de glousser.

Tori dédaigna la main du garçon et le rejoignit en claironnant :

— Pourquoi pas, après tout ?

— Tu en penses quoi, on devrait les retenir ? demanda Bailey à Phi.

Pour toute réponse, la fille sourit et haussa les épaules, puis elle emboîta le pas aux aventuriers. Bailey sourit à son tour, impressionné que Hal prenne l'initiative d'enfreindre le règlement. Le quatuor traversa rapidement Gribber Street et tourna au coin d'une rue, en espérant qu'aucun professeur ne les avait aperçus. Heureusement, personne ne les prit en chasse. Ils débouchèrent dans une nouvelle artère sinueuse flanquée de pensions de famille et de boutiques exiguës.

— Regardez ! s'écria soudain Phi.

Du doigt, elle montrait non pas la rue mais le ciel. Bailey vit passer au-dessus de leurs têtes un drôle d'oiseau blanc. Sa silhouette était trop anguleuse pour qu'il s'agisse d'un véritable volatile, et ses mouvements étaient trop précis. Il alla se percher sur l'enseigne en fer forgé d'un percepteur et émit un piaillement… avant d'exploser. Du moins, c'est la première impression que Bailey eut de la scène. Ce fut comme si l'oiseau se déployait, se dépliait, jusqu'à ce que la créature se soit transformée en une grande affiche, sur laquelle le visage d'une femme à la fois belle, sérieuse et déterminée était accompagné du slogan « NOUS SERONS LIBRES, OU NOUS NE SERONS RIEN ».

— C'est quoi, ça ? questionna Bailey.

— Un joujou des Dominae, lui répondit Hal. Obligé. (Il plissa le front.) « Libres » ? Mais on n'est pas en prison…

— Peut-être par rapport au Parlement ? En tout cas, c'est ce que m'écrit ma mère dans ses lettres, indiqua Tori. Les gens estiment qu'on ne vit pas mieux aujourd'hui qu'à l'époque du Chacal.

— Et la femme sur l'affiche, c'est qui ? demanda Phi en désignant le personnage aux yeux violets.

— Viviana Melore. On dirait une actrice, pas vrai ? commenta Tori. D'après ma mère, c'est louche qu'elle ne révèle pas son Animas.

À cet instant précis, un petit serpent noir – parmi tous ceux que la fille transportait en permanence sur elle – se glissa hors de son sac et disparut dans une ruelle perpendiculaire. Bailey entendit le cri d'effroi que lança un rongeur, et devina que le reptile venait de se trouver un casse-croûte.

— Hé ! s'étrangla Tori en s'élançant après le serpent.

Ses camarades l'imitèrent. Sitôt dans la ruelle, Bailey fut frappé par les affiches qui s'y trouvaient. Les murs de part et d'autre en étaient recouverts, sur plusieurs couches parfois. Certaines affiches, comme celle de l'oiseau, présentaient des visages. D'autres, plus mystérieuses, ne proposaient que de drôles de slogans, tel : « LE BERCEAU DU RAT EST SAIN, ET CE SOIR IL BASCULE ».

— Des délires de conspirationnistes, jugea Tori en tendant le bras à son serpent fugueur.

Le reptile venait de réapparaître entre deux cartons. Il s'enroula aussitôt autour du poignet de Tori.

— Tous ces vieux mouvements politiques ont été forcés de passer dans la clandestinité quand le Chacal a pris le pouvoir. À l'époque, son visage était partout, comme s'il vous surveillait.

Bailey n'avait rien entendu d'aussi intéressant dans les cours d'histoire de M. Nillow. Il se demanda si Tori avait habité non loin de cette rue sordide, et si le reste de la ville était dans le même état.

Une peinture murale capta son attention. Une esquisse réalisée à grands coups de pinceau, plutôt.

— Dis, Tori, et ça, tu nous expliques ? réclama-t-il en s'approchant de l'œuvre.

Il désignait ce qui ressemblait à un chat musclé. La peinture blanche avait souffert du passage du temps mais demeurait vive par contraste avec les briques.

— Ça ? Aucune idée, avoua la fille. Par contre, on la voyait partout quand j'étais petite.

Un rat répugnant, maculé de poussière, surgit soudain devant la petite troupe. Bailey bondit de surprise quand un homme apparut derrière le rongeur. L'inconnu avait perdu presque toutes ses dents, et ses cheveux blancs avaient jauni à force de ne pas être lavés.

— Des petits pioupious de Montclair, gloussa-t-il.

Les adolescents n'eurent pas le temps de songer à regagner leur train que le vieux saisissait déjà Hal par une sangle de son sac à dos.

— Hé ! s'indigna le garçon en se débattant.

Le serpent de Tori réagit plus vite encore. Il rampa le long de la jambe de l'homme pour aller s'enrouler autour de son poignet. Le vieillard hurla et lâcha prise avant de courir se réfugier dans les ténèbres d'où il était sorti.

Le teint livide, la mine concentrée, Tori avait le souffle court. S'apercevant que ses amis l'observaient, elle baissa le bras, ajusta sa jupe et récupéra son serpent qui était sagement revenu vers elle.

— La v-vache. Merci, bredouilla Hal, penaud.

— Sacrée performance, commenta Phi.

Bailey, lui, en restait bouche bée. Le serpent avait réagi à l'unisson des instincts de Tori, aussi vite que la fille. C'était plus fort que lui, Bailey était jaloux.

— Venez, décida Tori avec une nonchalance feinte. On se casse avant que l'autre tas de boue ne reparte sans nous.

Bailey n'avait jamais vu de bâtiment aussi impressionnant que l'Opéra de Grisville. À côté, les plus beaux édifices de la capitale ressemblaient à de vulgaires ateliers de mécanique. Rien que le hall, déjà : haut comme trois maisons, décoré de fresques représentant les plus célèbres scènes du folklore d'Aldermere. Des vitrines encastrées dans des niches éclairées par des lampes renfermaient des livres et des objets précieux anciens. À cause du retard pris par le rigimobile, les élèves avaient raté les trois premiers quarts d'heure du concert et devaient attendre l'entracte pour pénétrer dans la salle. Personne ne s'en émouvait vraiment. Les adolescents se répartirent par deux ou trois pour admirer le plafond du hall. Il sembla à Bailey que le groupe n'était pas au complet. Aucun élève ne manquait à l'appel, mais il aurait juré qu'un professeur ou deux avaient profité de l'incident du dirigeable pour aller se promener en ville. Tremelo était là : il se tapotait la cuisse, visiblement fâché de ce retard.

La tête en arrière, Bailey s'intéressait aux peintures du plafond.

Au-dessus de lui, dame Nature, la déesse, était représentée en teintes rouge profond et bleu canard, sa chevelure cuivrée rehaussée de feuilles d'or. Dans les replis de sa toge colorée, un petit garçon et une petite fille se tenaient par la main. La déesse les incitait du geste à explorer le monde ensemble. Son visage exprimait la bonté.

— Elle les abandonne, déclara Phi qui était venue se poster à côté de Bailey.

Le garçon ne l'avait pas remarquée tant il était plongé dans sa contemplation.

— Dame Nature, tu veux dire ?

Il connaissait le mythe originel comme tout le monde. Il savait même qu'une statue célèbre évoquant la scène se trouvait dans les montagnes de l'Ouest ; mais il ne l'avait jamais vue. À en croire la légende, les Jumeaux avaient grandi ensemble, veillant l'un sur l'autre ; la fille s'était transformée en renard afin de pouvoir pêcher des poissons pour son frère. Et depuis ils évoluaient ensemble.

— Elle a donné naissance aux Jumeaux, acquiesça Phi, mais ensuite elle disparaît du récit, comme si elle les avait livrés à leur sort. Moi j'ai toujours trouvé ça bizarre… La fille sent qu'il lui manque quelque chose en tant qu'être humain, et dame Nature ne peut rien pour elle. Du coup, elle doit se débrouiller seule. Elle doit changer. Moi je dis… (Elle jeta un coup d'œil furtif à Bailey.) Je dis que si dame Nature n'avait pas disparu des radars, si elle avait aidé les Jumeaux, la fille aurait pu trouver le moyen de se compléter.

— Mais alors, on n'aurait jamais eu le lien d'Animas, observa Bailey.

Drôle de réplique, venant d'un garçon qui ne l'avait pas.

La suite, Phi la prononça d'une toute petite voix :

— Je ne suis pas sûre qu'elle l'ait vraiment recherché, ce lien, justement. Pour moi, elle voulait *davantage*.

Bailey s'intéressa à la peinture suivante, qui représentait les Jumeaux après la transformation de la fille : un garçon et un renard, un humain et son Animas, la main dans la patte, avec en arrière-plan un éclair zébrant les nuages. Un souvenir lui revint… un extrait de l'énigme de Tremelo ! *Les coliés renaissent des cendres, la main dans la patte.* « Ça parle forcément des enfants, déduisit-il. Les Jumeaux, le frère et la sœur. » Quant à « renaissent des cendres », l'image surprenait. Phi avait peut-être vu juste, dame Nature les avait abandonnés à un sort terrible. Qui sait, ils avaient peut-être eu à affronter pire encore que la faim.

Bailey chercha du regard Tremelo. Le professeur avait-il lui aussi deviné la signification de ce passage lorsqu'il avait son âge ? L'adolescent se tourna vers la porte voûtée par laquelle ils étaient entrés, et il aperçut Tremelo, à l'écart. L'homme s'assura que personne ne l'épiait – hélas pour lui, son coup d'œil rapide ne lui permit pas de repérer Bailey – puis il ressortit discrètement de l'Opéra.

Ce fut comme si une bourrasque glaciale avait traversé le hall. Bailey ne comprenait rien aux agissements de son professeur. Celui-ci affirmait ne plus être entraîneur. Pourtant, un homme qui s'était montré aussi intrépide face au loup dans les bois ne pouvait être un simple mécanicien. Et puis, cette drôle d'énigme... Bailey allait peut-être découvrir d'autres indices ici.

Il parcourut le hall du regard. Aucun professeur ne le surveillait. Pouvait-il s'élancer à la poursuite de Tremelo ? Après tout, s'il se faisait prendre, il n'aurait qu'à répondre qu'il accompagnait son professeur. Tremelo serait forcé de le soutenir, dans la mesure où lui-même serait en tort...

— Phi, je... j'ai oublié de demander un truc à Tremelo, déclara Bailey. Je reviens tout de suite.

Il s'en voulait un peu d'abandonner son amie. Celle-ci le scrutait d'ailleurs de ses yeux dorés plissés, et elle ouvrit la bouche comme pour répondre.

Mais elle n'en eut pas le temps. Bailey s'était précipité vers la porte pour emboîter le pas à Tremelo dans les rues de Grisville.

Dix-sept

Devant l'Opéra, c'était un défilé continu de notables de Grisville vêtus de robes et de costumes richement décorés. Des images d'animaux partout : non seulement sur les vêtements, mais aussi sur les vitraux qui donnaient sur la place et sur les statues menaçantes perchées sur les toits. Des animaux bien réels arpentaient les pavés ou se reposaient sur les rebords des fenêtres, les yeux rivés à leurs coliés humains.

Bailey aperçut Tremelo à l'autre bout de la place. Il s'engagea à sa suite dans une rue étroite ; la pénombre après les mille feux de l'Opéra. Ici, la plupart des bâtiments étaient condamnés, et Bailey soupçonnait qu'il s'agissait de commerces fermés à cause des émeutes. Tremelo l'entraînait vers les quartiers les plus dangereux de la ville.

Au bout d'un bon quart d'heure de marche, le professeur disparut au coin d'un immeuble. Bailey pressa le pas pour le rattraper ; mais sitôt qu'il eut tourné le coin, il constata que Tremelo s'était arrêté.

Le garçon courut s'abriter sous une porte cochère. Le professeur, lui, se tenait devant une porte basse en bois, donnant accès à une boutique en sous-sol. Une petite plaque clouée au mur portait l'inscription suivante : « LE TIGRE BLANC ». Bailey sentit ses poils se dresser sur ses bras.

Tremelo toqua six fois coup sur coup, et la porte s'ouvrit. Le professeur entra. Bailey demeura en retrait. La vitrine de l'établissement n'annonçait rien de particulier, mais le garçon percevait des cris et même des chants.

La température avait nettement baissé. Bailey frissonnait dans son blazer de Montclair. Que faire ? Il ne pouvait pas pénétrer dans ce magasin et demander des comptes au professeur. Il décida d'attendre que celui-ci soit ressorti pour entrer à son tour et mener son enquête. Il devrait toutefois veiller à ne pas rater le rigimobile pour l'école.

Par chance, il n'eut qu'une vingtaine de minutes à patienter. La porte se rouvrit sur Tremelo. Bailey s'enfonça dans l'ombre quand le professeur passa devant lui. Lorsqu'il eut disparu au bout de la rue, l'adolescent ôta son blazer et le retourna de sorte à cacher le blason de Montclair. Puis il cracha dans ses mains et s'ébouriffa les cheveux. Il ne ressemblait toujours pas à un enfant de Grisville, mais il ne tenait pas non plus à passer pour un élève innocent tout juste descendu du rigimobile. Hélas pour lui, les blazers de son école étaient rehaussés de rayures bleues et or plutôt voyantes. Et ça, il n'y pouvait rien.

Il alla toquer six fois à la porte. Presque aussitôt, le battant s'ouvrit et deux visages ridés apparurent :

une très vieille dame et une tortue perchée sur son épaule. L'animal grignotait une feuille de laitue flétrie. Les deux personnages scrutaient Bailey.

— Quel âge as-tu ? croassa la femme.

L'adolescent se redressa et prit sa voix la plus rude pour répondre :

— L'âge qu'il faut.

La vieille gardienne haussa les épaules ; après tout, Bailey avait toqué six fois. Elle le fit entrer puis se rassit sur son tabouret en soupirant. Peut-être estimait-elle nécessaire d'établir un code secret plus efficace que six coups contre la porte.

Dans un premier temps, Bailey fut comme aveugle. Il avait débouché dans une pièce basse de plafond emplie d'une fumée qui montait lécher les poutres. Des silhouettes se tenaient en groupes autour de tonneaux renversés et de tables en bois bancales. Un long comptoir occupait la moitié de la salle. Bailey distinguait à peine son reflet dans le miroir crasseux accroché au mur, derrière. De plus, le miroir était de guingois. Aucune lampe pour éclairer l'endroit : la seule lumière provenait des fenêtres aux vitres épaisses – petites, sales et masquées par des clients qui discutaient à voix basse.

Bailey avait-il pisté Tremelo à travers la ville pour atterrir dans un bar ?

Il s'avança jusqu'au comptoir. Le bar était tenu par un grand costaud coiffé d'un long bonnet en laine, qui l'observait, un sourire amusé aux lèvres.

— Qu'est-ce que ce sera ? lança l'homme.

Il avait le teint marbré.

— Je cherche quelqu'un, répondit Bailey. Je l'ai vu entrer il n'y a pas longtemps. M. Loren…

— Tremelo ? Tu viens de le rater, révéla le barman.

Bailey simula une grosse déception.

— Je t'offre un petit rhum-au-moût ? reprit l'homme. Il n'est jamais trop tôt pour commencer…

Le garçon chercha une carte, ou ne serait-ce que des bouteilles qui indiqueraient ce que l'on consommait dans cet établissement. Hélas ! il ne trouva rien d'autre que des regards suspicieux braqués sur lui. Alors il commanda la première boisson qui lui vint à l'esprit.

— Vous auriez un lait de sève ?

Ça n'était pas gagné d'avance : un dessert lacté à boire que son père lui rapportait de ses visites aux grands marchés des Terres-Basses, et que sa mère ne l'autorisait à déguster qu'à petites gorgées. Le barman se pencha dans un grand éclat de rire pour lui servir un plein mug de lait de sève.

Bailey y trempa les lèvres. Tiède et sans bulles, mais pas si mal. Il s'apprêtait à sortir de son blazer un dos-d'escargot pour payer, quand il se rappela qu'il avait encore en poche le pendentif de Tremelo. Le métal cliqueta contre les pièces.

Le barman leva la main en disant :

— C'est la maison qui régale.

Il se servit une chope d'un liquide ambré puis s'appuya de ses deux bras musclés sur le comptoir, face à son jeune client. Une grosse taupe vint s'installer près de son coude droit.

— Dis-moi, un petit gars comme toi, qu'est-ce qu'il peut bien lui vouloir, à Tremelo ?

— C'est un vieil ami, euh… de la famille.

Plusieurs clients accoudés au comptoir avaient interrompu leurs conversations et dévisageaient Bailey. Des hommes, pour la plupart, en tenues de travail très élimées. Trois vieilles femmes édentées lui sourirent derrière leurs pintes de bière foncée et nébuleuse.

— J'ai des trucs à lui demander, c'est tout.

— Ça, tu n'es pas le seul ! tonna une voix au bout du comptoir.

La formule provoqua des rires – ou des grondements ? Bailey n'aurait su trancher.

— Moi, ce que je voudrais, c'est apprendre à voler ! lança une femme particulièrement saoule.

Vêtue d'une veste en tissu écossais, elle brandit sa chope de bière, qui se déversa un peu sur sa voisine. Le barman s'esclaffa.

— Il ne s'intéresse plus au lien d'Animas, Delilah, déclara-t-il en soupirant. Depuis que le Fou est… Enfin tu sais.

— Le Fou ? répéta Bailey. Expliquez-moi !

— Ne dis pas que tu n'as jamais entendu parler de son père ? s'étrangla un client.

La barbe blanche de ce personnage était plus longue d'un côté que de l'autre. Un chien de berger l'accompagnait, assis sur une chaise, l'air béat. L'animal glissait vers le sommeil.

— Le Fou était Animas Rat. Personne n'en savait davantage que lui sur le lien.

— Personne ! confirma la vieille ivrogne en arrosant encore sa voisine.

— Quand Melore était encore vivant, le Fou était un de ses hommes de confiance, expliqua l'homme à la moustache. L'un comme l'autre possédaient des liens puissants. À la mort de Melore, le Fou est pratiquement devenu un hors-la-loi. C'est que, vois-tu, il diffusait sa prophétie sur le retour d'un Vrai Roi… alors que les enfants de Melore étaient pour ainsi dire morts. On raconte qu'il tenait ça de la bouche des Prophètes eux-mêmes. De fait, le pouvoir du Chacal, il n'y croyait pas une seule seconde. Il avait réuni tout un groupe de partisans, les RATS.

— Les RATS ! Moi je bois à leur santé ! s'enflamma encore la vieille ivrogne.

— À leur santé, oui, embraya l'homme en levant son verre.

Le regard nostalgique fixé au-dessus de Bailey, il continua :

— Nous… enfin, ils le suivaient aveuglément, répétaient des extraits de la prophétie pour que le peuple ne perde pas espoir.

Bailey avait souri quand l'homme s'était repris. Sans trop savoir pourquoi, être au milieu de ces fidèles de l'ancien roi lui faisait chaud au cœur.

— Et ton Tremelo, il a grandi dans cette ambiance-là, enchaîna le barman. Certains prétendent que le Fou a perdu les pédales après l'assassinat de Melore, et que ses prophéties sur le Vrai Roi ne sont que des délires. Mais pour moi, prophéties ou pas, conspirations ou pas, une chose est sûre : cet homme possédait les liens d'Animas les plus forts que j'aie jamais vus… Son fils excepté.

— Vous pourriez m'en dire plus sur la force de ces liens ? réclama Bailey.

Le barman baissa la voix. Ces hommes étaient manifestement des conteurs-nés ; tous se penchèrent pour mieux entendre la suite.

— Quand Delilah parlait d'apprendre à voler, elle ne croyait pas si bien dire. En grandissant, Tremelo a découvert tout ce qu'il y avait à savoir sur le lien d'Animas. Ses origines. Sa nature sensible. Sa façon de… (L'homme fit un ample mouvement circulaire de ses grandes mains.) Sa façon de se répandre partout, comme… comme un fleuve ! Un fleuve, oui, c'est bien ce qu'il m'a expliqué un jour. Un verre ou deux de rhum-au-moût, et on ne l'arrêtait plus. Mais quand les hommes du Chacal ont capturé le Fou, il a tout laissé tomber. Je me dis qu'il ne voulait pas connaître le même sort. Il a coupé les ponts, sauf, à l'occasion, quand il passe acheter sa myrge.

Le barman but une gorgée de bière avant de poursuivre :

— Un grand gâchis, franchement. Il avait du talent. Il a été engagé à Montclair à vingt ans, ce n'était qu'un bébé. Il était capable d'apprendre à un Animas Moineau à s'envoler. Je l'ai vu entraîner un Animas Chat à se faire pousser des griffes au lieu des ongles. Dangereux, tout ça ; puissant, aussi. Et puis le Fou est mort, il y a de ça dix ou onze ans, et Tremelo a rendu son tablier. Il s'est concentré sur la mécanique. Pour certains, il a perdu la boule à son tour. Forcément, après tant d'années passées dans l'ombre du Fou… Aujourd'hui, bien malin celui qui peut dire où il en est…

Bailey s'efforçait d'assimiler tout ce qu'il entendait. Tremelo, le mécanicien, le fumeur de myrge, capable d'apprendre à voler à un Animas Moineau, mais qui ne lui livrait qu'une énigme à laquelle il ne croyait pas vraiment.

— Il m'a dit un truc, une fois, déclara le garçon. Une énigme. Vous pourrez peut-être m'aider à la comprendre. (Il se concentra afin de répéter les paroles exactes.) *Les arbres produisent des graines, mais pas de fruits. Les coliés renaissent des cendres, la main dans la patte. Grâce aux lombrics les Meilleurs dévient de la Traîtrise. Le Soleil appelle le fou.*

Il se tut. Les clients l'observaient comme ils auraient observé un chien savant. Le barman se frottait le crâne, son bonnet en laine roulé dans le poing. Bailey n'aurait pas cru découvrir une telle touffe rousse sur sa tête.

— Ça ne me dit trop rien, une chanson que j'aurais pu entendre, je ne sais pas. Le passage du milieu… c'est pas exactement ça, mais ça me rappelle quelque chose.

— Quoi ? le pressa Bailey, cramponné à deux mains au comptoir.

— Les lombrics et la traîtrise, là…

Quelques grognements montèrent des clients en signe d'acquiescement. Le barman enchaîna :

— Le vieux roi lui-même avait dit quelque chose dans ce goût-là, que dame Nature préserve son souvenir. Dans sa dernière déclaration publique, à la Foire du Progrès, alors même que les hommes du Chacal déboulaient pour le tuer. J'étais présent ce jour-là, je n'avais pourtant pas dix ans. Il savait que les sbires du Chacal arrivaient, et il a dit que la traîtrise changeait les meilleurs en lombrics, mais que nous ne devions pas l'oublier, lui… Courageux jusqu'à la fin, cet homme-là.

Il serra son bonnet contre son cœur ; plus d'un client l'imita.

Une vision vint à Bailey, celle du personnage souriant, au haut-de-forme, une paire de ciseaux à la main, qu'il avait vu en photo dans le bureau de Mme Shonfield, le jour de son arrivée à Montclair. Il hocha la tête.

— On ne parle plus trop de lui, à l'école, de nos jours, ça non ! gronda l'homme à la barbe blanche. Le Chacal l'a pratiquement fait disparaître des livres d'histoire ! Idem pour les Velyns et les…

— Les Velyns, le coupa Bailey. Ceux des vieux récits ?

— Ceux-là mêmes, oui, confirma l'homme en se frottant la barbe. Le Fou ne parlait que d'eux, pour ainsi dire ! Il les étudiait… il a même vécu quelques années parmi eux, quand Tremelo était tout petit. Pour la plupart des gens, les Velyns étaient une espèce de bande d'anarchistes, qui n'existaient que dans les contes de fées… mais ils existaient vraiment. (Il se pencha vers Bailey.) Je vais te révéler un petit secret : la prophétie du Fou, au sujet d'un Vrai Roi, tu vois ? Eh bien ! il pensait que les Velyns auraient un rôle à jouer là-dedans. Et c'est pour ça que le Chacal les a tous fait tuer, ainsi que leurs coliés animaux. Deux ou trois ans avant de s'en prendre au Fou.

Le barman croisa les bras et acquiesça.

— Des gens formidables, ces Velyns, poursuivit l'autre. Ils vivaient au plus près de leurs coliés et s'y entendaient comme personne à l'art de la guérison. Des liens d'une intensité incroyable ; cela explique toutes ces légendes qui prétendent que les Velyns étaient des loups-garous et des changeurs de forme. Ça n'est pas très éloigné de la vérité : ils voyaient avec la plus grande clarté ce que leurs coliés voyaient ; comme s'ils vivaient à l'intérieur de leurs corps, et que leurs coliés vivaient en eux. Le Fou a étudié leurs méthodes des années durant. Melore lui-même s'y intéressait. C'est sans doute pour ça que les Velyns tenaient une place importante dans ses prophéties, et que le Chacal les a fait exterminer. Parce qu'ils étaient plus intelligents que lui. Ensuite, il a cherché à reprendre la main en détruisant leur réputation. Une horreur. Une période atroce, le règne du Chacal. Je n'imagine même pas ce qu'a dû endurer le pauvre gars qui, le premier, a répété la prophétie à ce monstre. La torture qu'il a subie.

Son chien de berger émit une longue plainte.

— Continuez, insista Bailey.

Il ne voulait surtout pas que les langues se taisent. Il voulait apprendre tout ce qu'il y avait à savoir sur le Fou et l'homme au haut-de-forme : le roi Melore.

— Et puis, ajouta le barman, il y a la fille de Melore. Viviana !

À l'évocation de la jeune femme, le silence s'abattit sur ce bar douteux.

— Écoute-moi bien, petit, et n'oublie pas mes paroles quand tu seras rentré à Montclair. Ça m'étonnerait qu'on évoque ces choses-là dans tes montagnes.

Bailey sentit une boule dans sa gorge. Ils l'avaient démasqué depuis le début ? Sans doute à cause des maudites rayures de son blazer. Quoi qu'il en soit, le garçon se cala sur son tabouret, suspendu aux lèvres de tous ces adultes.

— Melore a eu deux enfants : Trent et Viviana. Quand il a été assassiné, il y a de ça vingt-sept ans, les petits étaient enfermés dans le palais.

— L'horreur, l'horreur, marmonnait Delilah.

— Tout le monde a cru qu'ils avaient été tués. Trent était haut comme trois pommes. Il n'avait aucune chance. Viviana, elle, était un peu plus grande, un peu plus dégourdie. Elle a réussi, ne me demande pas comment, à quitter le palais, mais elle est tombée entre les mains de personnages répugnants. Personne ne sait vraiment ce qu'elle est devenue après cette terrible nuit. On raconte qu'elle aurait été réduite en esclavage ; ou qu'elle serait devenue la chef d'un gang de hors-la-loi dans les Plaines Arides.

— Et la voilà maintenant de retour, embraya l'homme à la moustache. De retour pour récupérer le trône de son père. « Nous serons libres, ou nous ne serons rien. » Un ramassis de sornettes, tout ça.

Bailey frémit en repensant à la femme dont il avait vu le portrait sur l'affiche, quelques heures plus tôt. Ce visage farouche et déterminé.

— Elle est à la tête des Dominae ? s'enquit-il. J'aurais cru que ça vous ferait plaisir... Enfin, puisque Melore était le roi, sa fille est forcément...

— Elle est tout le contraire de son père ! le coupa le barman en tapant du poing sur le comptoir.

Cruelle et égoïste. Une honte pour sa famille, dont elle souille le nom !

L'homme à la moustache hocha la tête vigoureusement, les yeux fermés, la mine triste.

— Elle accuse le Chacal de ceci, le Parlement de cela... Elle affirme qu'elle restaurera le progrès comme l'aurait voulu son père, mais c'est du flan. Melore était un bon roi, car il croyait en la bonté du lien d'Animas. L'objectif de Viviana est de détruire ce lien sous prétexte de progrès. Elle n'a que les mots « travail » et « invention » à la bouche, mais elle cherche surtout à utiliser le lien à ses fins. Elle prétend vouloir se libérer du Parlement, alors qu'en fait c'est du lien qu'elle veut s'affranchir. Afin que nous puissions asservir les animaux au lieu d'apprendre à leur contact. On a vu son usine : Viviana s'amuse à organiser des combats d'animaux.

— Et le garçon ? intervint Bailey. Son frère, Trent ?

Le barman secoua la tête piteusement.

— Il est mort, annonça-t-il en portant à nouveau son bonnet à son cœur.

Bailey prit une longue inspiration. Son cerveau turbinait à fond.

Derrière lui, la porte du bar s'ouvrit en grinçant. Un homme apparut, vêtu d'un pardessus que Bailey reconnut aussitôt. Des brins de fines herbes et des fleurs des champs débordaient de ses poches, et un blaireau ronflait, lové sur ses épaules.

C'était Roger, l'oncle de Hal. Bailey détourna la tête. L'homme passa dans son dos pour rejoindre un groupe de jeunes gens bruyants, au fond de l'établissement.

— Désolé, je… euh… Il faut que j'y aille, glissa Bailey en s'éclipsant.

Une fois qu'il fut dans la rue, les voix et les rires des clients du bar furent aussitôt noyés par les bruits de sabots, les battements d'ailes et les cris des ouvriers.

Bailey resta un moment immobile, mais son esprit carburait comme s'il pourchassait un adversaire au chavage. Le garçon se rendit compte que, dans sa précipitation, il n'avait interrogé personne sur le nom du bar : Le Tigre Blanc. Cependant, il avait déjà énormément appris.

Le père de Tremelo avait été proche d'un roi au destin tragique. Des paroles prononcées par Melore refaisaient surface dans l'énigme de Tremelo. Les Velyns avaient été exterminés et rayés des livres d'histoire… Bailey ne voyait pas trop le rapport entre tout cela et les Dominae, ou les mystérieux personnages des bois, mais sa curiosité était piquée. Il n'avait qu'une envie : découvrir ce qui se tramait dans les bois de Montclair. Et pour cela, il allait avoir besoin de Tremelo.

Dix-huit

Gwen suivit les deux Dominae jusqu'aux Goujons, un quartier qu'elle ne connaissait que trop bien : lorsqu'elle était pickpocket, elle avait « travaillé » dans ces rues sombres, et elle savait qu'il valait mieux y évoluer la tête basse et d'un bon pas. La peur faisait cogner son cœur comme un marteau-piqueur. Sa capuche enfoncée sur le front, elle était une espionne en mission. Une mission que l'Ancien n'avait pas validée.

La rue étroite déboucha sur une petite place miteuse, où des groupes d'hommes et de femmes se massaient à la porte d'un théâtre fatigué. Les ampoules de l'éclairage du fronton étaient éteintes. Gwen s'appuya d'une main à la façade d'un immeuble en brique, le temps de rassembler son courage. C'était bien le lieu de rendez-vous.

— Excuse-moi, dit une femme manifestement en colère.

Le cerveau de Gwen se vida instantanément. Que pouvait-elle répondre ? La femme qui la scrutait était blonde, les cheveux coupés au carré. Une robe jaune vif dépassait sous son manteau bleu, observa la fille.

— Oui, bredouilla celle-ci, le cœur au bord de la rupture.

— Pousse-toi, tu me gênes, râla la femme d'une voix stridente.

— Ah… pardon, répondit Gwen en cédant le passage.

Un merlebleu vint se poser sur l'épaule de l'inconnue et se mit à chanter. La femme poussa un soupir et dégagea l'oiseau d'une pichenette.

— Arrête ça, toi !

Le merlebleu, stupéfait, alla se poser derrière une benne à ordures.

Gwen leva les yeux : un très grand volatile s'était perché au coin du toit, au-dessus de leurs têtes, et observait la dame en jaune qui s'avançait vers le théâtre. Gwen n'aurait su dire à quelle espèce l'oiseau appartenait, mais ça n'était pas un merlebleu.

Elle emboîta le pas à l'inconnue en jaune sans se précipiter. C'est alors que, pour la première fois, elle constata à quel point les personnes réunies là étaient diverses : ce n'était pas qu'une troupe de miséreux. À son grand étonnement, elle remarqua une femme vêtue d'une jolie jupe en laine, qui tenait par la main un garçonnet. Gwen promena son regard sur la foule : une poignée d'autres enfants avaient été traînés là par leurs parents. Au moins elle ne serait pas la seule adolescente présente. En revanche, elle s'inquiétait de ce qui pouvait attendre les enfants de son âge dans ce théâtre.

La foule s'écarta sur le passage de la femme en jaune comme devant une reine. Celle-ci gratifia d'ailleurs au passage les gens d'un sourire bienveillant et d'un signe de tête. Ils pénétrèrent à sa suite dans l'établissement.

L'intérieur était en ruine. La plupart des sièges pliants ayant été arrachés, les gens restaient debout. Gwen se trouva une place près de l'entrée, d'où elle voyait les vestiges d'un balcon dont le sol avait été démoli. Une manivelle installée près de la scène permettait d'alimenter en électricité les ampoules vissées dans des appliques en fer-blanc. Un garçon chargé d'actionner le mécanisme en cas de besoin se tenait à côté de la manivelle. Le reste de la salle, éclairé à la bougie, baignait dans une lueur sinistre. Un immense drapeau tendu contre le mur du fond représentait une main sur fond rouge, enserrant une patte d'oiseau dont les griffes dardaient comme des branches d'arbre. La violence de cette image fit à Gwen l'effet d'un direct en plein ventre. La cruauté de cette main ; son emprise sur la patte. En dessous, la légende annonçait : « LIBRES – OU RIEN » !

Un tonnerre d'applaudissements accompagna l'arrivée sur scène de la femme en jaune. Sur ses épaules, deux merlebleus brodés soulignaient le bleu de ses yeux. Elle ramena une mèche de ses cheveux blonds derrière une oreille et réclama le silence d'un geste de la main.

— Dominae de Grisville ! lança-t-elle d'une voix douce et mélodieuse. Aujourd'hui est un grand jour : nos armées des Bois de l'Ombre se renforcent, notre mouvement prend de l'envergure. Notre chef n'a pas recruté seulement dans les forêts, elle a recruté aussi dans le ciel. Et ici, à Grisville, nous sommes prêts à adresser notre message au Parlement. Les citoyens sont pauvres, ils ont faim, ils sont en colère ; et les coupables de tous leurs maux, à leurs yeux, sont les parlementaires. Ils ont bien raison. Ils méritent mieux, et ils le savent ! Notre chef, Viviana, va nous offrir le véritable progrès, et accomplir tout ce que le Parlement n'a pas su faire. Je vais vous le démontrer maintenant.

À ces mots, la femme indiqua un objet de la main droite. De sa place, Gwen crut reconnaître un interrupteur. L'oratrice appuya en effet sur le bouton et une cacophonie envahit la salle. De gigantesques oiseaux noirs apparurent dans le grand hall. Leurs becs ouverts diffusaient tous la même voix humaine : « *Mes frères et sœurs humains, nous serons libres, ou nous ne serons rien !* » Gwen se boucha les oreilles, comme pas mal d'autres personnes présentes, sous l'effet de la surprise. Elle remarqua que chaque oiseau représentait une espèce différente. Tous étaient en métal poli avec émail noir. Ils déployèrent leurs ailes, répliques fidèles de celles des *vrais* oiseaux, et se tournèrent vers la scène tandis que leur chef faisait son entrée. La foule applaudit.

Gwen retint son souffle : Viviana était encore plus impressionnante que sur les affiches. Elle arborait un tailleur noir sur mesure, jupe longue rehaussée de fils violets, or et argent. Ces motifs ne permettaient pas de dire quel Animas était la jeune femme. Gwen savait pourtant qu'elle était Animas Cochon ; l'Ancien le lui avait révélé. Viviana avait deux oiseaux de proie brodés sur sa taille fine, leurs griffes relevées produisant un effet de corset. Sur ses épaules, des cerfs. Ses cheveux foncés retombaient en vaguelettes impeccables, et ses lèvres brillaient d'un rouge profond.

— Merci, Joan, dit-elle à la femme en jaune avant de s'adresser à son auditoire. Joan vous a promis une démonstration. Le progrès est une chose ; le moyen de le mettre en place en est une autre. Chers citoyens, ne nous perdons pas dans des jérémiades politiciennes. Concentrons-nous plutôt sur ce que nous pouvons accomplir, nous, les Dominae !

Joan s'éclipsa derrière un rideau, en même temps que quatre hommes qui occupaient eux aussi la scène en retrait. Les cinq personnes revinrent chargées d'une cage recouverte d'une bâche en toile qu'ils déposèrent à l'avant-scène. Cette cage était immense, bien plus grande que la petite Joan. Une femme en costume de laine fit alors son entrée. Les épaules larges, elle s'avançait légèrement voûtée.

— Edith, dit Viviana en lui serrant la main.

Des techniciens soulevèrent la bâche. Derrière les barreaux, deux jeunes ours tournaient en rond. Sous les regards attendris des spectateurs, l'un alla fourrer sa truffe dans le cou de l'autre.

— Edith, tu as été élevée en tant qu'Animas Ours, c'est bien ça ? demanda Viviana.

— Oui.

— T'est-il arrivé, au cours de ta vie, de ressentir de la douleur quand tes coliés souffraient, ou qu'ils étaient menacés ?

— Comme tout le monde, oui.

Viviana lui passa la main dans le dos pour la rassurer, puis elle se tourna vers la foule.

— Comme tout le monde. En effet. Mais avec la Dominance, c'en sera fini de cette dépendance. Quoi qu'il arrive de mal à vos coliés, vous n'aurez pas à éprouver leurs souffrances.

La jeune femme claqua des doigts, et un technicien fouetta l'un des deux ours sur le dos. Le pauvre animal glapit de douleur et tenta de se réfugier dans un coin de la cage. Des murmures incrédules et des applaudissements montèrent de la salle. À la stupeur générale, Edith n'avait pas esquissé la moindre réaction. Mieux : elle souriait. Dans la cage, son colié gémissait.

— Edith vient de nous faire la démonstration d'une des premières leçons de la Dominance, reprit Viviana. Le lien qui nous unit aux bêtes ne fait que nous affaiblir ! Avec un peu d'entraînement et de concentration, un être humain peut rompre ce lien sans perdre en force.

Gwen tremblait de rage tandis qu'autour d'elle les spectateurs étaient sous le charme. L'Ancien lui avait enseigné que le lien d'Animas était une force et non une source de faiblesse. Comment pouvait-on considérer comme une faiblesse le fait de prendre soin d'une créature, et de recevoir son aide ?

Viviana n'en avait pas terminé avec Edith. D'un geste de la main, elle fit taire l'assistance.

— Non seulement cette femme a rompu sa dépendance vis-à-vis de ses coliés, mais elle apprend à utiliser la Dominance à son avantage : afin de contrôler ses coliés, de les obliger à travailler pour elle.

La fille de Melore s'écarta pour laisser la vedette à Edith. Les ours étaient blottis l'un contre l'autre. Le visage grave, Edith ferma les yeux et serra les poings. Les animaux se mirent aussitôt à tourner en rond dans leur cage en se menaçant l'un l'autre. Les babines retroussées, ils se donnèrent bientôt des coups de griffes. Jamais ils ne s'étaient battus. Gwen comprit qu'Edith les contrôlait afin de montrer au public qu'elle pouvait les contraindre à se faire du mal.

— Grâce à la Dominance, commenta Viviana, Edith peut influer sur les émotions et les désirs de ses coliés. Elle peut créer la mésentente là où règne l'entente, elle peut transformer ses coliés en armes.

Gwen détourna le regard ; c'était trop effrayant. Son voisin en eut carrément le vertige et dut s'appuyer contre le mur. D'autres spectateurs se couvrirent les yeux. Quelques grognements de douleur montèrent des Animas Ours de la salle. Gwen entendit un spectateur sur le point de vomir.

Mais, à sa grande surprise, la fameuse Edith demeurait muette et immobile sur la scène. Ses yeux à présent rouverts étaient braqués droit devant elle. Quand enfin elle relâcha son souffle, épuisée, les ours s'écartèrent lentement l'un de l'autre. Viviana revint s'installer à l'avant-scène, sous les applaudissements de l'assistance euphorique. Gwen était écœurée. Edith avait peut-être montré qu'elle pouvait contrôler sa souffrance et ses émotions, qu'elle pouvait forcer ses coliés à lui obéir… mais à quel prix ? Ses coliés étaient à présent blessés, en sang, désorientés.

— Merci, Edith, dit Viviana d'une voix chaleureuse avant de l'embrasser sur les deux joues.

Edith regagna les coulisses, Gwen nota au passage que ses mains tremblaient. La Dominance n'était visiblement pas une partie de plaisir.

— Mes frères, mes sœurs, enchaîna Viviana, Edith n'est pas notre seule apprentie-soldat, loin de là ! Le nombre de nos militants grossit de jour en jour. Nous pouvons être encore plus puissants, encore plus *irrésistibles*.

Elle se tourna vers ses techniciens. Ceux-ci ouvrirent la cage des ours avec la plus grande prudence. Les bêtes reculèrent en gémissant.

— La Dominance exige de gros efforts, indiqua Viviana.

Éclairée en contre-plongée, elle avait le visage dans l'ombre.

— Un Dominae authentique possédera le contrôle absolu non seulement sur ses coliés mais aussi sur tous les animaux de la nature. Je vais vous en faire la démonstration…

La jeune femme fit signe aux ours qui sortirent aussitôt de la cage. Leurs yeux noirs n'exprimaient aucune peur. Ils n'exprimaient *rien du tout*. Ils avancèrent jusqu'à se tenir derrière Viviana et, d'un même mouvement, se dressèrent sur leurs pattes arrière. Tels deux parfaits soldats, ils demeuraient immobiles, les yeux dans le vide. Des murmures admiratifs parcoururent l'assemblée.

— Le pouvoir des Dominae ! proclama Viviana. Un pouvoir que je vous offre à tous ! Sur le champ de bataille comme dans nos usines, les Dominae auront toujours le dessus, car nous saurons exercer notre pouvoir sur n'importe quel colié. Pourquoi ? me demanderez-vous. Mais parce que les humains passent avant les animaux. Nous leur sommes supérieurs sur tous les plans, ce contrôle nous revient de droit ! Si nous n'avons pas la priorité sur eux, nous ne sommes rien !

Des vivats, des cris et des applaudissements montèrent de l'assistance. Gwen serrait les poings ; elle tremblait de rage. Elle comprenait à présent pourquoi tous ces gens adoraient Viviana, malgré la noirceur de son cœur. Elle dissimulait son naturel maléfique sous un vernis d'élégance et de beauté, elle exploitait le désir de pouvoir de son auditoire à grand renfort de démonstrations et de discours éloquents.

Soudain, un cri perçant, un cri de colère, mit un terme aux applaudissements. Toutes les personnes présentes dans le théâtre levèrent la tête pour en découvrir l'origine.

Gwen, horrifiée, reconnut Grimsen, la chouette de l'Ancien, en compagnie de deux autres chouettes plus jeunes. Les trois volatiles étaient entrés dans le bâtiment par une fenêtre brisée au fond de la salle. L'Ancien avait dû savoir dès le début que son apprentie pistait les deux parlementaires corrompus. Il avait sûrement envoyé Grimsen pour veiller sur elle. Les deux jeunes chouettes voletaient en rond à vive allure, leurs ailes battant frénétiquement contre les voûtes et les chandeliers. Grimsen les pourchassait, tentait de leur picorer les plumes afin de les diriger du côté de la fenêtre brisée. Gwen comprit que c'était elle-même qui avait fait venir les deux jeunes chouettes. Sa colère et sa peur avaient fonctionné comme un phare dans une nuit noire. Les deux oiseaux voulaient simplement se rendre utiles. Grimsen, elle, était intervenue pour les empêcher de trahir la présence de l'adolescente.

Celle-ci s'efforçait d'établir le contact avec les chouettes. « Ne restez pas là ! Mettez-vous à l'abri », les implorait-elle mentalement. Hélas ! elle n'était pas en état de se concentrer. Et les volatiles réagissaient à son état émotionnel, pas à ses désirs. Elle se tourna vers la porte. Elle avait peut-être une chance de fuir, mais elle serait aussitôt prise en chasse. Ou pire.

— Je connais cet oiseau, déclara Viviana.

Sa voix fit à Gwen l'effet d'une douche glacée. La chef des Dominae se tenait au bord de la scène et désignait du doigt Grimsen.

— Je connais cet oiseau, répéta-t-elle sur un ton plus strident.

Derrière elle, un homme empoigna un arc, glissa la corde dans l'encoche de la flèche, et tira sur les chouettes. Le projectile métallique fendit l'air. La gorge nouée, Gwen vit tout : Grimsen qui tentait d'éviter le tir… en vain.

La flèche lui transperça le cœur.

Le volatile s'abattit au milieu de l'assistance.

Dans le silence, un hurlement de terreur et de douleur monta du fond de la pièce. Gwen était dévastée ; il lui fallut quelques secondes pour s'apercevoir que c'était elle qui criait. Elle était pliée en deux, ravagée de douleur, le cœur au bord des lèvres.

Tous les regards convergeaient vers elle… Elle recula en titubant ; son talon heurta un monticule de caisses en bois qui s'écroulèrent, lui bloquant le passage.

— Arrêtez-la ! ordonna Joan.

La foule se resserra autour de Gwen. Un serpent se glissa à ses pieds, prêt à mordre. La pauvre adolescente était figée de peur.

Tout à coup, une main la saisit par le bras et une voix lui murmura à l'oreille :

— Cours, petite. Cours prévenir l'Ancien que les RATS sont arrivés. Dis-lui de se rendre au Tigre Blanc !

Gwen recula encore, regardant à peine cet homme à la peau foncée et aux yeux verts. Elle bondit pardessus les caisses et s'engouffra par la porte du théâtre, puis traversa la place en courant. Des cris, des aboiements et même un rugissement fusèrent du bâtiment tandis qu'elle regagnait la ruelle par laquelle elle était arrivée. Elle entendit alors une autre voix résonner contre les murs en pierre.

— Cours donc, oui, cours ! s'époumonait Viviana de l'autre bout de la place. Cours répéter à ce vieux cinglé tout ce que tu as vu. Dis-lui bien le peu d'espoir qu'il lui reste !

La voix de Viviana semblait forcir à mesure que Gwen s'éloignait, l'écho se faisait plus net. Une fois, une seule, la jeune fille leva les yeux : elle aperçut trois oiseaux métalliques au-dessus de sa tête et hurla de nouveau. Ils se perchèrent sur un toit pour mieux l'observer.

« *Cours donc, oui, cours ! Cours donc, oui, cours !* scandaient-ils. *Dis-lui bien le peu d'espoir qu'il lui reste, le peu d'espoir, le peu d'espoir…* »

L'écho finit par se taire, noyé dans les bruits de la ville à mesure que Gwen se rapprochait du centre. Les yeux embués de larmes, elle avait du mal à voir où elle allait. Pourtant elle courait toujours. Elle devait retrouver l'Ancien. Tout Animas Chouette avait dû éprouver une souffrance intense, comme elle, à la mort de Grimsen. L'Ancien, quant à lui, avait carrément dû sentir la flèche lui transpercer la poitrine.

Elle déboulait sur la place de l'Opéra quand elle heurta un garçon et s'écroula sur les pavés. Le garçon était un petit blond portant une drôle de veste à rayures bleues et or. Gwen voulut se relever, mais son manteau s'était entortillé sous elle. Le garçon lui tendit la main.

— Ça va aller ? s'inquiéta-t-il.

Gwen n'avait plus de voix. « Non, songeait-elle. Ça ne va pas, rien ne va. » Luttant contre les larmes, elle se remit debout et décampa. Elle sentit le regard du garçon dans son dos tandis qu'elle disparaissait au coin de la rue.

Dix-neuf

Gwen avait les poumons en feu. Elle gravissait deux par deux les marches étroites de la tour de l'Ancien. Ses jambes semblaient sur le point de la trahir, mais elle devait tenir bon. Par les fenêtres, elle voyait des chouettes par dizaines fondre du ciel, en deuil. Grimsen était presque aussi âgée que l'Ancien ; une fois liés pour la vie, l'être humain et l'animal pouvaient vivre plus longtemps que la normale. Gwen avait le cœur brisé d'avoir assisté à la mort de Grimsen, et les chouettes de la tour partageaient sa peine.

La lueur vacillante d'une bougie filtrait sous la porte de l'Ancien. Gwen s'arrêta, le front contre le battant pour reprendre son souffle. Puis elle franchit le seuil en silence.

L'Ancien était assis à sa table de travail surchargée de livres et de cartes, les épaules voûtées sous son vieux manteau élimé à motifs de chouette autrefois si splendide, les mains croisées sur ses cuisses, pesamment. Il ne leva pas les yeux vers Gwen.

— Je m'en veux, déclara celle-ci sans oser s'avancer. Je n'aurais pas dû y aller. Si j'étais restée…

L'Ancien secoua la tête, tendit la main à son apprentie.

— Tu as fait ce que tu pensais devoir faire. Ma brave enfant. Tu n'es pas responsable de la mort de Grimsen.

Gwen courut s'agenouiller devant l'homme et lui saisit la main. Il la serra très fort, sans rouvrir les yeux.

— Comment te sens-tu ? s'inquiéta-t-il.

Gwen secouait la tête, au bord des larmes.

— Tu dois tout me dire, insista l'adulte.

Gwen lui raconta les effrayants oiseaux mécaniques, les deux conspirateurs du Parlement, et la terrifiante démonstration avec les ours. Pendant la description du combat, la main libre de l'Ancien devint un poing de colère.

— Le lien d'Animas, s'il est fort, nous rend plus forts, affirma-t-il comme il l'avait répété plus d'une fois depuis que Gwen était son apprentie. Melore a unifié Aldermere grâce à cette force. Si sa fille poursuit la voie qu'elle semble avoir choisie, elle ne connaîtra que le malheur. Je la plains.

— Moi, je la crains, avoua Gwen. Elle sait qui vous êtes. Elle sait que j'ai assisté à sa réunion.

L'Ancien plongea son regard dans celui de la jeune fille. Il avait les yeux rougis et les joues luisantes à cause des larmes.

— Ta crainte n'est pas déplacée, jugea-t-il.

Gwen avait le cœur lourd comme une enclume. Elle aurait voulu pouvoir remonter le temps, corriger les événements de la nuit.

— Je m'en veux à mort, dit-elle.

L'Ancien secoua la tête, comme si cet aveu ne faisait qu'ajouter à sa peine.

— Tu n'as pas à t'en vouloir, assura-t-il. Ce n'est pas toi qui as ôté la vie à Grimsen, c'est la cupidité et la peur dont font preuve d'autres personnes. Pas toi.

On entendit un coup puissant sur la porte. L'Ancien posa sa main sur l'épaule de Gwen en un geste protecteur.

— Qui est-ce ?

Une voix d'adolescent en train de muer, celle d'un garçon des cuisines, répondit :

— Lait de sève.

La main de l'Ancien se desserra ; Gwen alla ouvrir. Entre la terreur et les bouleversements, elle n'avait pas remarqué qu'il n'était pas si tard que ça. On montait à l'Ancien sa traditionnelle tasse de lait de sève comme si de rien n'était. Comme si le monde n'avait pas basculé.

Le garçon tout maigre vint déposer la tasse brûlante sur le bureau. Puis il s'éclipsa en vitesse, sans paraître prêter attention à Gwen, qui en fut soulagée. L'adolescente était certaine de faire peur à voir : ses yeux baignés de larmes, ses cheveux en pétard, son manteau crotté.

— Gwen, si ça te tente…, proposa l'Ancien en désignant le lait de sève. Moi je ne peux pas.

Il se tourna vers les chouettes qui allaient et venaient devant sa fenêtre. Le clair de lune projetait les ombres de leurs ailes sur les toits en contrebas.

— Je n'ai pas soif non plus, répondit la fille.

Elle ressortit déposer la tasse devant la porte, dans le couloir, où un serviteur viendrait la récupérer. Quand elle eut rejoint l'Ancien, elle ôta son manteau… Quelque chose tomba de sa capuche. Elle se pencha pour ramasser un pendentif accroché à une chaînette en or. En forme de pièce, il présentait sur une face un renard endormi, sur l'autre des lettres. Lettres bizarrement espacées mais qui formaient le nom *TREMELO*. L'objet devait provenir du garçon qu'elle avait heurté dans sa fuite. Elle le mit en sûreté dans la poche de sa robe. Reverrait-elle un jour ce garçon ? Elle en doutait ; mais, si dame Nature le permettait, elle veillerait à lui rendre son pendentif. En souvenir de Grimsen.

Ses pensées furent interrompues par un étrange râle étranglé dans le couloir, suivi d'un bruit sourd. L'Ancien et elle échangèrent un regard interloqué. Gwen alla entrouvrir la porte pour épier de l'autre côté.

Aussitôt, elle plaqua une main sur sa bouche et étouffa un cri. Par terre, il y avait un chat au pelage jaune rayé, le colié d'un employé du Parlement qui travaillait tard au palais. L'animal gisait inerte sur le flanc, le poil humide de lait de sève. Sa figure et son ventre étaient enflés, déformés. La pauvre créature était morte, cela ne faisait aucun doute.

— Laisse-moi voir, fit l'Ancien qui s'était porté au côté de Gwen.

L'homme étudia la scène un bref instant avant de refermer la porte.

— Poison, trancha-t-il.

Ses traits ne trahissaient aucune émotion, en dehors d'une assurance grave et inébranlable. Gwen se sentait nauséeuse. Quelqu'un avait essayé d'assassiner l'Ancien. Cela paraissait impossible.

— Le Parlement grouille de lombrics, affirma son mentor. Après ce qui s'est produit ce soir, il est clair que les espions des Dominae ne reculeront pas devant le meurtre pour parvenir à leurs fins.

Gwen se souvint alors d'un détail qu'elle avait oublié de raconter à l'Ancien.

— Qui sont les rats ? l'interrogea-t-elle. Un homme m'a aidée quand je m'enfuyais ; il voulait que je vous dise que les rats sont arrivés. Qu'est-ce que ça signifie ?

L'Ancien écarquilla les yeux mais fit non de la tête.

— Les RATS ? Des agitateurs. Fidèles à Melore, comme nous, certes, mais surtout des rêveurs et des idéalistes qui croient mordicus à la prophétie et à de simples rumeurs. Les RATS se sont opposés au Chacal, mais ils n'aiment pas non plus le Parlement. Je doute qu'ils nous viennent en aide.

Il allait et venait entre la porte et la fenêtre, les mains croisées dans le dos.

— Cet inconnu m'a aidée, assura Gwen. Et il vous a nommé personnellement. Il sait que vous soutenez le Parlement, mais il vous demande de vous rendre au Tigre Blanc.

— Trop dangereux, estima l'Ancien en secouant la tête.

— Plus dangereux que de rester ici ? rétorqua Gwen. Vous n'êtes pas en sécurité. Vous l'avez reconnu vous-même.

L'Ancien ne répondit pas. Il scrutait le mur comme s'il guettait les conseils de quelqu'un. Puis il se dirigea vers sa grande armoire, dont il sortit son sac de voyage.

Les oiseaux perchés sur les poutres émirent des piaillements nerveux.

— Dans ce cas, nous partons sans tarder, décida l'homme. Avant que les espions des Dominae comprennent que leur tentative d'empoisonnement a échoué.

Il fouillait déjà les tiroirs de son bureau, récupérait des papiers qu'il rangeait avec soin dans son sac.

— « Nous partons » ? s'étonna Gwen. Cette fois-ci j'ai le droit de venir ?

Elle repensait au dernier voyage de l'Ancien, à ces jours très durs pour elle, passés à s'inquiéter pour son maître ; des jours solitaires.

Le vieux sage s'interrompit, lui fit un sourire d'autant plus poignant qu'on voyait encore qu'il avait pleuré.

— Bien sûr, mon enfant. Nous sommes tous deux en danger, et tu es désormais la seule famille qu'il me reste en ce monde. Va préparer tes affaires.

Vingt

Bailey réussit à regagner l'Opéra et à rejoindre sa place avant la fin du concert. Personne ne lui fit le moindre commentaire et, quand ses camarades et lui remontèrent à bord du rigimobile pour rentrer à Montclair, il était certain que sa petite escapade n'avait été remarquée par personne – hormis Hal, Tori et Phi.

— Où es-tu allé ? l'interrogea Tori dans le train, les bras croisés sur son appuie-tête.

Assise devant à côté d'elle, Phi ne s'était pas tournée. Bailey ne voyait que ses boucles brunes. Hal était assis à côté de lui, un genou appuyé contre le dossier du siège de devant. Il somnolait la bouche ouverte, les lunettes de travers.

— Nulle part, mentit Bailey. J'ai assisté au concert. J'étais dans le fond.

— Mais..., commença Phi avant de se reprendre.

Elle continua à regarder devant elle. Et Bailey se cala dans son fauteuil, en s'efforçant de ne pas prêter attention au sourcil relevé de Tori. Ce qu'il avait *réellement* fait pendant le concert, il le leur révélerait dès qu'il aurait eu le temps de tout digérer. Il avait pour l'instant besoin de renseignements sur le dernier discours du roi Melore, dont l'énigme de Tremelo reprenait des passages. Il se sentait près de la résoudre… Et il était plus que jamais convaincu que cette énigme n'était pas l'unique mystère à élucider.

Entre les devoirs, les entraînements quotidiens et les heures passées à analyser l'énigme, Bailey n'avait pratiquement pas le temps de stresser à l'idée de disputer sa première rencontre de chavage. Pourtant, le jour était venu : Montclair contre Chêne-Rouan. Il enfila son équipement ; il trépignait d'avance à l'idée d'impressionner ses coéquipiers. Pour autant, il n'arrivait pas à chasser de son esprit les événements étrange de la semaine passée : la fille paniquée qui l'avait bousculé près de l'Opéra, ou sa petite visite au Tigre Blanc. Il restait déterminé à en apprendre davantage sur Melore et les Velyns… Mais pour aujourd'hui, il ne devait penser qu'au chavage.

L'équipe de Chêne-Rouan était arrivée le matin par rigimobile, avec toute une ménagerie de coliés : cerfs, lapins, hérissons entre autres. Les deux formations étaient à présent en place sur le terrain – humains et animaux. Les tribunes étaient pleines à craquer : des élèves de Montclair tout de bleu et d'or vêtus, une poignée de supporters de Chêne-Rouan qui avaient fait le déplacement et arboraient les rayures vertes et noires de leurs favoris. La plupart des spectateurs avaient apporté des jumelles afin de mieux suivre la partie. Une loge située au sommet d'une tribune accueillait les deux élèves de Montclair qui s'apprêtaient à commenter en direct le match à la radio de l'école. Bailey se demandait si ses parents, dans les Terres-Basses, allaient suivre la rencontre sur le poste de la cuisine.

Mme Shonfield monta alors sur l'estrade installée face aux tribunes et réclama le silence. Puis elle porta un mégaphone à ses lèvres.

— Bienvenue à tous ! En particulier à nos chers amis des plaines de Chêne-Rouan. Nous avons hâte de vous retrouver ce soir pour notre Fête d'Automne annuelle qui marque le début de la saison de chavage !

Un tonnerre d'applaudissements accueillit la nouvelle. Bailey avait presque oublié cet événement. Les membres des deux équipes étaient censés y assister, et représenter leurs établissements respectifs.

Mme Shonfield conclut son allocution et passa le mégaphone au coach Badin.

— Pas de coups bas, jeunes gens ! réclama l'homme. Il est interdit de mordre, de griffer, de blesser ou encore d'utiliser des excréments !

Bailey entendit des rires parmi les spectateurs ; il sourit. Les joueurs étaient alignés au bord du terrain, chaque équipe devant son « territoire ». Bon nombre de coliés avaient déjà pris possession du terrain. Bailey enviait à ses coéquipiers et à ses adversaires la faculté de « sentir » où se trouvaient leurs coliés, et, pour ceux qui possédaient les liens les plus forts, de pouvoir récupérer des renseignements avant le début de la rencontre. « Mais je n'ai pas besoin du lien d'Animas pour bien jouer », s'encouragea-t-il. Il l'avait déjà prouvé.

Badin avait entamé le compte à rebours. Le cœur de Bailey cognait comme un sourd ; tous les joueurs s'apprêtaient à courir. Trois éclaireurs, trois batteurs et trois souches par équipe.

Un coup de sifflet retentit. Bailey s'engouffra dans les bois sans s'intéresser à aucun autre joueur, excepté Phi. Lors des entraînements, la jeune fille avait souvent localisé la première le drapeau de leur équipe, puis guidé batteurs et souches au bon endroit avant de se lancer à la recherche du drapeau adverse. Carin évoluait dans le ciel, lui montrant le chemin.

Quand enfin les adolescents avisèrent leur drapeau, Bailey ressentit une bouffée de panique. La bannière bleu et or était installée sur une paroi rocheuse au fin fond du terrain, presque en lisière des Bois de l'Ombre. Ils allaient devoir se mettre en position au pied de la paroi, et grimper si un adversaire parvenait à franchir leur ligne. Bailey laissa les souches prendre leurs marques pour aller s'installer à l'écart, là où il aurait la meilleure vue.

Il n'eut pas longtemps à attendre : une éclaireuse de Chêne-Rouan se présenta très vite dans son secteur. Un cerf nerveux évoluait entre les arbres, suivi par une fille à la carrure sportive, une blonde aux longues jambes. Elle ne repéra pas Bailey, elle n'avait d'yeux que pour le drapeau qu'elle observait, cachée derrière un rocher. Le garçon en profita pour s'approcher à distance de tir, claqueur en main. Soudain un éclair bleu et or fusa dans son champ de vision.

C'était Taylor. En tant que souche, il était censé rester en défense à proximité du drapeau. Bailey se concentra sur sa cible, brandit son claqueur.

À cet instant précis, un aigle qui passait au-dessus de leurs têtes poussa un cri strident, alertant l'éclaireuse. Elle déguerpit, Taylor sur ses talons. Bailey étouffa un juron. Chêne-Rouan avait apparemment un Animas Aigle dans ses rangs, comme il l'avait évoqué avec Phi en plaisantant. Il allait devoir maintenant localiser l'Animas Aigle, et déterminer si son colié l'avait repéré.

Un changement de tactique s'imposait : Bailey passa à l'offensive. Quitta sa cachette sans pour autant se mettre à découvert. Une tache verte sur un tronc d'arbre lui indiqua qu'un de ses coéquipiers avait failli se faire marquer par un batteur adverse. Il avait donc pénétré sur leur territoire.

Mais il n'était pas le seul de son équipe. En effet, il aperçut de nouveau Taylor. À quelques pas de lui, le frère de Hal semblait remonter la piste des éclaireurs de Chêne-Rouan pour localiser leur base. Bailey s'assura que personne ne les épiait, et il rattrapa Taylor.

— Qu'est-ce que tu fiches si loin de notre drapeau ? l'interpella-t-il. Tu joues souche, tu devrais le défendre.

— Et toi, qu'est-ce que tu fiches ? lui répliqua Taylor. Tu cherches à prendre le drapeau de Chêne-Rouan ? C'est le boulot des éclaireurs, ça. Mêle-toi de tes affaires, monsieur Zarbi.

Bailey enrageait, mais il ne voulait pas déclencher une bagarre, alors il fit machine arrière. Il fallait bien que l'un d'eux retourne protéger le drapeau. Il courut en espérant ne pas arriver trop tard.

Arrivé à quelques dizaines de mètres de leur base, Bailey entraperçut des rayures vertes et noires. La fille de tout à l'heure : elle était revenue sur ses pas après avoir éloigné Taylor. Pour l'intercepter, Bailey n'avait pas le choix, il allait devoir escalader la paroi rocheuse et protéger le drapeau de là-haut. Il jeta un coup d'œil au pied de la muraille : où étaient passés les souches ? Et les autres batteurs ? Les Chêne-Rouan ne savaient peut-être pas grimper aux arbres, mais ils étaient experts en diversion. Ses coéquipiers s'étaient envolés, sans doute attirés ailleurs par des éclaireurs adverses, comme Taylor et lui venaient d'en faire l'expérience. Le drapeau de Montclair était sans protection.

Bailey coinça son claqueur sous sa ceinture et entreprit l'ascension de la roche. Il n'était pas certain que l'Animas Cerf l'ait déjà repéré. La fille risquait d'avoir une sacrée surprise lorsqu'elle pointerait le bout de son nez : il serait là pour l'attendre avec son claqueur.

De son perchoir rocheux, Bailey apercevait tout juste le sommet des gradins, il entendait les encouragements des spectateurs qui résonnaient à travers le terrain. Soudain, quelque chose l'agrippa par le pied. Il faillit perdre l'équilibre mais réussit à se rattraper de justesse. Il regarda alors en contrebas. Un batteur de Chêne-Rouan, large d'épaules, cheveux bouclés, l'avait pisté et le tenait à présent par la cheville.

— Je le bloque, dit le joueur. À toi, Ruthie !

L'Animas Cerf apparut aussitôt tout en haut de la paroi et se dirigea vers le drapeau. Le batteur tirait comme un beau diable sur la jambe de Bailey.

— Lâche-moi ! grognait en vain le pauvre joueur de Montclair.

— Même pas en rêve !

Bailey se cramponnait de la main gauche afin de tenter de marquer Ruthie avec son claqueur. Hélas ! les forces lui manquaient déjà, et les gants spécial chavage qu'il portait ne suffiraient pas à lui permettre de se maintenir en place. Sa paume glissa, les deux garçons chutèrent.

Quand ils se relevèrent dans un duo de grognements, ils virent une silhouette jaillir des arbres et fuser vers le pied de la falaise. Phi.

— Phi ! Le drapeau de Chêne-Rouan est à l'autre bout du terrain ! s'écria Bailey en montrant la direction opposée.

Son amie ne l'écoutait pas. Les yeux rivés au ciel, elle semblait chercher quelque chose, mais quoi ?

Tout à coup, un cri de joie retentit au sommet de la falaise, suivi par un coup de sifflet puissant du côté des tribunes : le drapeau de Montclair venait d'être pris. Ils avaient perdu.

Phi s'approcha de Bailey, sans quitter du regard le ciel.

— Tu nous fais quoi, là ? voulut savoir Bailey. La partie est terminée.

— C'est Carin. Elle a trouvé quelque chose.

Bailey entendait l'éclaireuse de Chêne-Rouan qui triomphait au-dessus de lui, et les souches de Montclair qui grommelaient. Phi désigna le ciel. Son faucon tournait en rond. Puis il émit un cri strident avant de venir se poser sur le gantelet de cuir de sa coliée.

Un objet tomba de ses pattes. Bailey le saisit juste avant qu'il ne touche le sol. Le batteur de l'équipe adverse s'avançait vers eux, sidéré.

— C'est quoi, ça ? demanda-t-il. Un couteau ?

Pas un couteau, non : une griffe. Une griffe énorme, aussi longue que la main de Bailey. La base en était déchiquetée et teintée de sang séché qui paraissait s'y trouver depuis un bon moment. Mais Bailey remarqua surtout que la pointe présentait une courbure menaçante.

— Purée..., souffla-t-il.

— Nom d'une fourmi ! enchérit le batteur de Chêne-Rouan.

Phi ne dit rien, mais ses yeux s'ouvrirent comme des soucoupes. Bailey lui tendit la griffe afin qu'elle l'observe en pleine lumière.

— Elle a l'air ancienne, murmura Phi.

Les autres joueurs redescendaient de la falaise pour rejoindre la zone d'échauffement. Le batteur de Chêne-Rouan, toujours interloqué, regarda une dernière fois la griffe avant de courir rattraper ses coéquipiers.

— On la montre au coach ? proposa Phi.

— Pas encore, chuchota Bailey.

Il repensait aux blessures mortelles qu'avait subies l'ourse, ainsi qu'aux silhouettes ténébreuses aperçues dans les Bois de l'Ombre. Si ces hommes possédaient de telles armes, si c'était eux qui avaient tué l'ourse si près de l'école, la griffe était bien trop importante pour être confiée au coach Badin et à ses bulldogs. Non, mieux valait garder le secret en attendant que Bailey en sache davantage.

Heureusement Phi accepta. Sans un mot de plus, elle fourra la griffe sous sa ceinture. Bailey revit la mine peinée de sa camarade quand il l'avait laissée en plan dans l'Opéra. Il s'en voulut.

— Euh, écoute, Phi…, hésita-t-il.

La nervosité l'empêchait de trouver les mots. Il avait tant de choses en tête : les hommes des bois, la visite au Tigre Blanc, et maintenant cette griffe. Il ne demandait qu'à lui expliquer pourquoi il s'était éclipsé à l'Opéra, mais il ne savait pas par où commencer.

— Je suis désolée, le coupa Phi, c'est à cause de moi qu'on a perdu.

Son regard se perdait du côté des tribunes.

— Oh ! fit Bailey, soulagé de ce changement de sujet. Ça n'est pas ta faute.

La partie de chavage semblait bien dérisoire, désormais.

Les deux amis ressortirent ensemble de la partie boisée du terrain.

Bailey, Hal, Tori et Phi s'étaient réunis dans la pièce commune des Tours. La griffe était posée sur une table basse ronde autour de laquelle ils avaient pris place. Une poignée d'autres élèves lisaient ou jouaient aux cartes, mais pour l'essentiel l'école se préparait pour la grande fête du soir. Les quatre amis se tenaient serrés les uns contre les autres pour éviter que les autres les entendent.

Hal saisit la griffe et la retourna entre ses mains.

— Ça provient d'une grosse bête, c'est sûr. Mais pas d'un ours. Plutôt d'un félin.

— Je ne suis pas certaine qu'il y en ait dans la région, objecta Phi. Cette bête a-t-elle pu tuer l'ourse ?

— Possible, estima Hal d'une voix pas très convaincue.

Il rapprochait et éloignait successivement la griffe de ses yeux. C'est alors qu'il repéra un détail qui avait échappé à Bailey.

— Regardez, indiqua-t-il en passant le doigt le long de la griffe. Elle a été aiguisée récemment, à l'aide d'une lime par exemple. Elle a donc pu servir d'arme pour tuer l'ourse ?

Bailey lui prit la griffe, en caressa le tranchant. Il faillit s'entailler le pouce. Hal avait raison : ça n'était pas dame Nature qui l'avait aiguisée si finement.

— Où Carin a-t-elle bien pu dénicher ça ? demanda Hal à Phi.

La jeune fille resta un moment sans rien dire. Son faucon se lissait les plumes, sur son épaule.

— Je... je ne sais pas trop, avoua-t-elle.

Elle ferma les yeux, ralentit sa respiration. Carin se figea, comme pour l'imiter. Puis Phi écarta les paupières et poussa un soupir d'exaspération.

— Aucune idée, déclara-t-elle. Je ne maîtrise pas encore suffisamment bien le lien. En revanche, je sais qu'elle l'a trouvée près de l'école. Elle ne s'est pas aventurée très loin.

— Que doit-on en conclure ? s'interrogea Hal à voix haute. Une arme comme celle-ci... à deux pas de l'école...

Bailey sentit son ventre se nouer.

— On doit en conclure que quelqu'un rôde dans les parages, affirma-t-il. Et qu'il surveille Montclair. C'était peut-être un avertissement.

— Ou une menace, ajouta son camarade.

— Ces hommes que tu as vus..., intervint Tori. Ce sont eux, non ?

— Peut-être, convint Bailey.

Il examinait la griffe sous toutes les coutures. Lisse. Un peu lourde. Une bonne quinzaine de centimètres de long, avec une incurvation mortelle à la pointe. La surface gris foncé était striée de blanc crème autour de la base. Les hommes des bois étaient de gros costauds sauvages, Bailey frémit en songeant aux dégâts qu'ils pouvaient causer avec ce genre d'arme.

— Mais qui sont-ils ?

Tori retint son souffle.

— Les Dominae, avança-t-elle.

Hal, Bailey et Phi se tournèrent vers elle.

— Pourquoi veux-tu qu'ils se cachent dans la forêt ? demanda Phi. Ils s'intéressent uniquement à la politique, non ?

— D'après mon oncle Roger, les Dominae cherchent à déclencher une guerre, intervint Hal. Mais bon, il est un peu parano sur les bords. Bref, les Dominae veulent plutôt semer la panique à Grisville, non ?

— Si. Mais pas seulement, nuança Tori. Vous ne connaissez pas toutes les rumeurs qui courent en ville... Les gens ont peur. Mes parents m'ont répété ce qui se raconte : les Dominae seraient en train de lever une armée secrète dans tout le royaume. Si ça se trouve, leur point de ralliement est dans ces bois ?

Bailey n'avait jamais vu Tori s'enflammer ainsi.

— Ça me paraît un peu extrême, dit-il. Et je ne vois pas ce qui pourrait les intéresser à Montclair.

— Mais si, répliqua Tori. C'est ici qu'ont vu le jour quelques-unes des plus belles réalisations de l'Âge des Inventions. Si je cherchais à conquérir le royaume, moi, je m'intéresserais de près à ce qui se passe ici.

On tapota à la fenêtre. Les quatre amis levèrent la tête. Trois chauves-souris essayaient d'entrer par un panneau ouvert. Le ciel était noir.

— Nom d'une fourmi, Tori ! On ferait mieux de regagner les Cimes ! dit Phi en se levant. (Carin bondit sur la table en ébouriffant ses ailes d'impatience.) La fête va bientôt commencer.

— Je peux la garder ? demanda Bailey qui n'avait pas lâché la griffe.

L'objet était effrayant, surtout si on l'imaginait entre les mains des Dominae. Mais il refusait de s'en séparer. Pas encore.

— Pour le moment, ajouta-t-il.

— Si tu veux, accepta Phi en l'observant d'un œil soupçonneux.

— Beurk, grimaça Tori. Bon courage pour t'endormir avec ce machin sous ton oreiller.

Sur ce, elle empoigna Phi par le coude et adressa aux garçons un rapide salut.

Hal et Bailey entrèrent dans la grande salle de réception à l'instant où la fête débutait. Malgré la défaite de son équipe de chavage, l'école était d'humeur festive. La salle était décorée de bannières bleu et or ainsi que de gerbes de blé célébrant la saison des moissons. L'établissement avait engagé un orchestre d'une ville voisine, et les musiciens entamèrent une série de danses rapides et compliquées auxquelles personne ne comprenait grand-chose, mais sur lesquelles on pouvait battre la mesure facilement.

Les deux garçons partirent immédiatement à la recherche de Tori et de Phi. Hal s'était mis sur son trente et un, observa Bailey : costume trois-pièces noir rehaussé d'ailes de chauve-souris argentées aux épaules et dans le dos, cravate violette. Bailey, lui, n'avait rien trouvé de mieux à se mettre que son blazer de l'école et un pantalon bleu marine. Il s'était peigné, au moins, et se sentait présentable. Hal avait offert de lui prêter une cravate, mais il avait refusé poliment.

Les deux amis repérèrent Tori près du buffet.

— Ça vous dit de… *ne pas danser avec moi* ? leur lança-t-elle.

Elle ne s'était même pas changée pour l'occasion, conservant ses habits habituels : pantalon en tweed taille haute et blazer. Elle était appuyée contre un mur, les bras croisés.

— Tu ne sais pas danser ? l'interrogea Hal.

— Si, bien sûr. J'ai pris des leçons pendant quatre ans, merci. Je n'aime pas frimer, c'est tout. En tout cas, pas n'importe où.

— Hmm, acquiesça Hal. C'est, euh… toujours une bonne idée de garder des atouts dans sa manche.

L'orchestre s'arrêta, Phi rejoignit ses trois camarades, les joues roses d'avoir dansé. Contrairement à Tori, elle avait opté pour une jupe et un chemisier, et s'était fait un chignon.

— Madame boude toujours ? interrogea-t-elle sa copine.

— Je la joue *mystérieuse*, nuance.

Phi se tourna vers Bailey, un sourire aux lèvres. Celui-ci se liquéfia : il devait l'inviter à danser. Sa gorge se nouait et il avait les mains moites à cette simple idée. Que faire si elle acceptait ?

— Tu… tu dansais avec qui, là, au fait ? demanda-t-il.

— Personne en particulier, répondit Phi. Je ne sais pas vraiment danser. Je me contente de bouger un peu, et de voir ce que ça donne.

Bailey émit un croisement entre le rire et la toux. Hal se tourna vers lui en levant un sourcil.

— Oh ! moi, tu sais, je danse comme un fer à repasser, affirma Bailey.

— Je croyais que tu allais au bal, dans des granges, lui rappela Phi. Tu devais bien t'amuser, non ?

Bailey était gêné. Danser dans une grange des Terres-Basses et danser avec Phi à la grande soirée de Montclair, cela n'avait rien à voir. Heureusement pour lui, une excuse pour ne pas avoir à répondre lui tomba du ciel : il avisa M. Nillow, le professeur d'histoire, en train de se servir un punch.

— Je reviens, déclara-t-il. J'ai un truc à demander à Nillow.

En s'éloignant, il sentit les regards de ses amis dans son dos. Pourtant, il avait bel et bien une question à poser au professeur. Plusicurs questions, même, qui le tourmentaient depuis son incursion au Tigre Blanc.

— Bonsoir, monsieur Nillow, dit-il en s'approchant du buffet.

— Monsieur Walker. Pas de folies ce soir, j'espère ?

L'homme ajustait son gilet rayé. Il le boudinait. M. Nillow avait quelques rondeurs…

— Aucune, monsieur. Je me demandais : on n'a pas encore abordé l'Âge des Inventions, mais j'aimerais traiter cette période pour mon devoir de fin d'année. Est-ce qu'on aurait des copies des discours de Melore, à l'école ?

— Dame Nature, non ! toussota Nillow.

Un filet de punch coula sur son menton, il l'essuya d'un revers de manche.

— Fort regrettable, reprit-il. Pendant les dix-sept années au cours desquelles le Chacal a tenu ce royaume sous sa botte, il a effacé toute trace du règne de Melore. Une sacrée vacherie. Les seules transcriptions fiables, si tant est qu'elles existent, se trouvent aux archives du Parlement.

Un peu déçu, Bailey insista quand même :

— Il a sûrement fait pareil pour les Velyns, non ? Le Chacal, je veux dire.

Nillow lui adressa un regard en biais.

— Là, ça n'a plus rien à voir. Aux yeux de certains, éliminer les Velyns a été la seule chose utile que le Chacal ait effectuée durant son règne. Tous des brigands. Des sauvages. (Il s'éclaircit la voix et but une gorgée de punch.) À votre place, mon garçon, je ne perdrais pas mon temps à étudier ces gens-là. Mieux vaut s'en tenir à l'histoire *qui compte*.

Et il tourna le dos à Bailey, manifestement irrité par sa question. Bailey, lui, se demandait ce que les RATS lui auraient répondu. Pour eux du moins, une certaine histoire comptait encore. Et lui-même commençait à s'y intéresser.

Quand Bailey retrouva ses amis, Phi avait disparu, abandonnant Hal et Tori près de la piste de danse.

Tori remuait un peu, d'ailleurs ; on aurait presque cru qu'elle s'amusait. Elle affichait un sourire ironique.

— Tu as bien foiré, toi ! lui lança-t-elle.

— Foiré quoi ? lui répliqua le garçon, croyant qu'elle parlait de sa conversation avec Nillow.

— Phi voulait danser avec toi, expliqua Hal.

Bailey se sentit les joues en feu.

— Sérieux ?

— Mais c'est trop tard, précisa Tori. (Son sourire s'adoucit.) Elle a dit qu'elle était crevée et qu'elle rentrait aux Cimes. (Elle se tourna vers Hal.) Tu sais danser le *suricate* ?

— Euh, oui..., avoua le garçon en ajustant son gilet et son veston.

— Alors on est partis, décida Tori en lui prenant la main.

Hal la suivit sur la piste, non sans un petit signe en direction de Bailey.

Celui-ci resta seul quelques instants, à regarder ses amis s'éclater. Ne sachant trop quoi faire de ses mains, il les fourra dans ses poches et eut la désagréable surprise de *ne pas y trouver* le pendentif offert par Tremelo. Il l'avait pourtant toujours sur lui. Une déception de plus. Il se promit de fouiller sa chambre en rentrant.

Puis il quitta la salle de réception. Les bruits de la fête résonnaient jusque dans l'atrium. L'entrée de la bibliothèque, une magnifique voûte en marbre, était déserte.

Bailey croyait ce que Nillow lui avait dit mais il refusait d'abandonner l'espoir qu'un détail, une information, l'aiderait à résoudre l'énigme de Tremelo. Le garçon regarda les environs ; l'école était tout à ses réjouissances. Il se glissa dans la bibliothèque plongée dans l'obscurité.

Ne sachant pas par où commencer, il se dirigea vers la section Histoire, au deuxième étage. Le clair de lune pénétrait par les immenses vitres de l'escalier.

Il touchait au but quand des cliquetis résonnèrent près de lui. Un autre curieux venu consulter un ouvrage en dehors des heures d'ouverture ? Bailey scruta les allées. Personne.

Des pas pressés montaient des niveaux inférieurs. Le garçon se pencha par-dessus la rambarde, au sommet des marches, dans l'espoir d'apercevoir le mystérieux individu. Hélas ! il ne vit que l'ombre d'un gros oiseau sinistre, perché dans la cage d'escalier, à un niveau inférieur. Le volatile émit un cri strident et puissant, qui fit sursauter Bailey. Tout à coup, la section Histoire était devenue secondaire, et le garçon redescendit observer l'oiseau de plus près. Mais, arrivé au premier palier, il constata que l'animal avait disparu. Tout n'était que silence.

Cependant, il nota un détail étrange : une porte entrouverte au bout du couloir. Si elle avait été fermée, le battant en bois se serait confondu avec le reste du mur. Bailey franchit le seuil.

Quand ses yeux se furent habitués à l'obscurité, il inspecta la pièce. Son pied buta contre un obstacle. Bailey se pencha : c'était une lampe à dynamo… tiède.

Le garçon actionna la manivelle et la lumière revint. Il avait apparemment pénétré dans une espèce d'atelier de bibliothécaire. La moindre surface était couverte d'une fine couche de poussière. Des livres usagés s'empilaient en tas bien nets, des pots de colle s'alignaient sur un établi central. On y voyait également des aiguilles et du fil à relier. Un atelier de restauration de livres. Mais à en juger par l'état des ouvrages en question, certains n'avaient plus rien à espérer.

Une grande carte était déployée sur l'établi. Le seul document de toute cette pièce qui semblait avoir été consulté au cours des vingt dernières années. Pas un grain de poussière. La lampe à dynamo avait été abandonnée à côté d'un tabouret renversé. Comme si la personne qui l'avait apportée afin d'étudier cette carte en secret venait de se sauver.

Bailey se pencha sur l'établi et braqua la lampe sur la carte. Un titre figurait en tête : *La Route Hors-d'atteinte : La Migration des peuples des monts des Velyns*. En dessous, en plus petits caractères : *par Thelonious Loren*. Ce titre et ce nom donnèrent le frisson à Bailey. Ça n'était peut-être pas la réponse à l'énigme de Tremelo, mais c'était un début : les tribus des Velyns se révélaient à lui pour la seconde fois en moins d'une semaine. Qui avait pu le précéder dans cette pièce ? Qui s'intéressait à cette carte ?

Le document couvrait l'intégralité des Bois de l'Ombre, de Montclair à la moitié sud du royaume, en passant par les Terres-Basses Dorées. Les Pics des Velyns figuraient à la craie blanche, et des fleurs noires dessinées avec soin indiquaient chaque site d'habitation connu des Velyns. En marge, une légende donnait la signification de chaque symbole, ainsi que l'année d'installation des Velyns.

Bailey apprit ainsi que la Route Hors-d'atteinte était le sentier par lequel, autrefois, ces tribus se rendaient d'un site à un autre. La végétation dense et les pentes abruptes rendaient le passage presque impraticable… mais les Velyns avaient semble-t-il créé une voie qu'ils étaient les seuls à emprunter. Les seuls, nuança Bailey, avec Thelonious Loren, l'homme qui portait le même nom de famille que Tremelo. Il se demandait si ce Loren n'était pas l'individu dont lui avait parlé le barman du Tigre Blanc : le Fou. Après tout, les déplacements d'une tribu perdue ne devaient pas intéresser grand monde au royaume ?

Bailey suivait la chronologie de ces déplacements avec son doigt. Il imaginait ce peuple de montagnards, ces familles entières, arpentant leur sentier secret. Les récits de leurs transformations en animaux, tout lui revenait aussi clairement que lorsqu'il les avait entendus enfant.

Une mention attira soudain son regard : « Campement Annuel d'Automne ». Elle figurait au début du chemin. Bailey remarqua également la courbe des Bois de l'Ombre, non loin d'un groupe de falaises. Il reconnut le fleuve, le Riveran, dessiné au stylo bleu. Autant d'indices qui lui permirent d'identifier les bois qui bordaient de l'Académie Montclair.

Il arriva à la toute dernière marque, à l'autre bout de la Route Hors-d'atteinte. Son doigt se posa sur une fleur parfaite… près de sa ville natale dans les Terres-Basses. La forêt y était peu dense, et les Terres-Basses n'étaient séparées des montagnes que par une quinzaine de kilomètres d'un terrain boisé. Bailey consulta la description correspondant à ce symbole.

« La Passe des Terres-Basses est le dernier campement connu des tribus des Velyns. Choisi pour sa proximité avec les Terres-Basses Dorées et la possibilité de commercer avec la population, l'emplacement rendait également les tribus vulnérables à d'éventuelles attaques. Les Bois de l'Ombre y sont moins denses, ce qui, dans l'histoire récente, a constitué un handicap certain pour ces populations. Les soldats du Chacal pouvaient en effet d'autant mieux lancer l'assaut. Ce secteur est le dernier où des tribus de Velyns ont été aperçues vivantes… le dernier aussi où ils ont été massacrés. »

Bailey suivit les lignes de ce paragraphe d'un doigt tremblant. Dehors, le tonnerre grondait, les nuages noirs s'amoncelaient dans le ciel. Le garçon reporta son attention sur le symbole de fleur. Il constata alors que Loren avait noté « *Le massacre des Velyns* » ainsi qu'une année. Une année que Bailey connaissait très bien.

Celle où il était né.

Vingt et un

Les lumières de la Fête de l'Automne se diffusaient jusqu'aux pelouses de l'Académie. Bailey regagnait en courant les Tours. Il y eut un éclair au-dessus des montagnes ; la pluie commençait à tomber lorsqu'il pénétra dans le dortoir.

Il avait besoin de réfléchir. Depuis son arrivée à Montclair, il avait l'impression d'aller d'un mystère au suivant, d'une question à la suivante, sans jamais se rapprocher de la réponse à celle qui l'intéressait depuis le début : celle de son Absence.

L'année de sa naissance, notée avec soin sur la carte, luisait encore en chiffres de feu dans sa tête.

Il n'avait jamais su qui étaient ses vrais parents. Tout ce qu'on lui avait dit, c'est qu'il avait été découvert près de la passe indiquée sur la carte, seul dans les Bois de l'Ombre. Était-il un enfant des Velyns, ce peuple maudit et honni ? Qu'ils aient été changeurs de forme, criminels, ou simple perdants de la grande Histoire, leur héritage portait une marque. Si

Bailey était un Velyn, il serait encore plus exclu qu'il ne l'était déjà.

Il y avait aussi la question de la fleur noire placée sur les forêts de Montclair. Bailey se rappela la nuit où Tremelo les avait sauvés, Tori et lui, du loup et des deux individus mystérieux. Quelqu'un utiliserait-il la Route Hors-d'atteinte des Velyns pour espionner Montclair ? Le parti Dominae, dont tout le monde avait si peur, par exemple ? Tremelo en savait-il plus qu'il ne le laissait croire ?

Bailey rejoignit sa chambre à l'étage et retira ses habits humides. Il s'allongea, la tête pleine de toutes les découvertes qu'il venait de faire.

Cette nuit-là, il rêva d'un roi juste et bon. Un roi vêtu d'un pardessus dont les poches regorgeaient d'herbes, et coiffé d'un haut-de-forme. Une main sur son épaule, le monarque conduisait Bailey à travers les Bois de l'Ombre, jusqu'au pied des montagnes.

« Regarde », disait le roi en tendant le bras.

Un faucon décrivait des cercles au-dessus d'une montagne enneigée, un objet pris entre ses serres.

« Que nous apporte-t-il, Bailey ? » demandait le roi.

Hélas ! à mesure que l'oiseau approchait, un rugissement terrible se faisait entendre. Des bêtes féroces surgissaient d'entre les arbres, les babines retroussées. Bailey et le roi s'engouffraient dans les ténèbres, courant aussi vite qu'ils le pouvaient.

Dans son dos, Bailey percevait le grondement menaçant de la gigantesque créature qui le poursuivait.

« Bailey ! » criait le roi.

Il avait perdu son haut-de-forme et s'était fait rattraper par les bêtes.

— Bailey !

Le garçon se réveilla ; quelqu'un venait de l'appeler dans la réalité.

— Hal ! lança la même voix lointaine, accompagnée par un éclair.

Bailey s'assit sur son lit. Également réveillé, Hal essuyait ses lunettes à son haut de pyjama.

— Qui est-ce ? demanda Bailey.

— Je ne sais pas trop, hésita son ami. Mais ça venait de dehors.

Les deux garçons ouvrirent la fenêtre, penchèrent la tête à l'extérieur. Il pleuvait à verse.

Tori était là, tremblotante dans son pyjama, à se frotter les bras pour se réchauffer. Le tonnerre résonnait au fil du fleuve, roulait vers les dortoirs.

— Qu'est-ce que tu fabriques ? lança Bailey du premier étage des Tours.

— Descendez vite ! réclama la fille. J'ai besoin d'aide !

Elle était trempée jusqu'aux os et chassait la pluie de ses yeux.

Bailey en eut des frissons : leur camarade semblait morte de peur.

— Qu'est-ce qui se passe ? insista Hal.

— C'est Phi ! révéla Tori en parlant le plus bas possible malgré l'orage. Elle essaie de voler !

— Hein ? s'étrangla Hal.

— On arrive tout de suite ! embraya Bailey. Tu ne bouges pas et tu ne fais pas de bruit !

Il s'efforçait de bannir de son esprit l'image de Phi écrasée au sol après une longue chute. Elle essayait de voler ? Mais qu'est-ce qui lui prenait ?

Hal et Bailey s'habillèrent en un clin d'œil. Bailey récupéra la griffe aiguisée puis dévala les marches de l'escalier et rejoignit Tori qui faisait les cent pas à la porte. À l'abri sous le porche des Tours, les trois amis reprirent leur conversation.

— Ça fait des heures qu'elle est partie, annonça Tori. Je ne vois pas à qui d'autre je pouvais en parler. Phi est boursière… Si quelqu'un la surprend, elle perdra sa subvention. Mais je ne la retrouverai jamais toute seule. Je n'ai aucune idée d'où elle peut être !

— Commençons par le commencement, raisonna Bailey. Qu'entends-tu par « Elle essaie de voler » ?

Tori baissa les yeux.

— Je croyais la connaître à fond ; on est tout le temps ensemble. Mais ça fait plusieurs jours qu'elle s'absente : à l'aube et parfois en fin de journée, après l'entraînement de chavage. Elle raconte qu'elle étudie en solo avec Tremelo. Quand j'ai voulu en savoir plus, elle m'a répondu… (Tori marqua une pause. Elle frotta la cicatrice dissimulée sous sa manche.) Elle m'a répondu que je ne comprendrais pas.

Bailey se souvint de ce que Phi lui avait dit à l'Opéra : qu'un lien entre les humains et les animaux n'était peut-être pas suffisant. Pas suffisant pour quelqu'un qui voudrait sincèrement *se transformer en animal.*

— Tout à l'heure, quand elle a quitté la fête, je l'ai trouvée bizarre, poursuivit Tori. Je l'ai entendue se glisser discrètement hors de notre chambre quand on a été couchées. Ça ne m'a pas alarmée : on l'a tous fait. (Elle lança un regard complice à Bailey.) Mais ensuite, la curiosité a été la plus forte… (Elle murmura :) J'ai fureté. Et quand j'ai découvert ceci…

De sa poche, elle sortit un carnet rouge, pas plus grand que sa main. Hal le lui prit et l'ouvrit.

— Elle veut voler, tu dis ? dit-il en feuilletant l'ouvrage. Normal, pour un Animas aviaire. C'est plutôt le contraire qui m'inquiéterait, moi. Mmm. Jolis poèmes.

Bailey grimaça. Si Phi apprenait qu'ils avaient lu son journal intime, elle ferait une crise.

— Arrête, ça suffit.

— En plus, ça n'est pas le bon passage. Regarde plus loin, chuchota Tori en s'apprêtant à tourner les pages pour lui.

Mais Hal garda le carnet contre sa poitrine.

— Oh ! fit-il soudain en s'arrêtant sur une page.

Tori hocha la tête.

— Quoi ? demanda Bailey. C'est quoi ?

Hal lui passa le carnet ouvert. En regard d'une page couverte de notes griffonnées, il y avait un dessin très détaillé. Deux ailes, armature métallique et tissu, qu'un être humain était censé porter dans le dos grâce à un harnais spécial. De part et d'autre des ailes, deux harnais, plus petits, étaient représentés : ils s'adaptaient aux bras de leur propriétaire. Chacun était équipé d'une poignée qui ressemblait à un levier de vitesse. L'ensemble rappelait quelque chose à Bailey, mais quoi ? La réponse lui vint tout à coup : le buggy de Tremelo !

— Tu crois qu'elle va vraiment essayer de voler avec ce machin ? demanda-t-il à Tori.

D'un geste autoritaire, celle-ci tourna la page. La suivante comportait une liste de matériaux, dont chaque ligne était cochée. L'écriture était différente. Et tout en bas, il y avait cette mention : « Ne tente RIEN avant de m'avoir prévenu. »

— Elle l'a terminé, affirma Tori d'une voix chevrotante. Elle a assemblé le bazar, et elle s'apprête à le tester. Elle va se briser les os, si ce n'est déjà fait.

— OK, souffla Bailey.

Autour d'eux, les bruits de la nuit s'étaient tus, et sa propre voix lui sembla très lointaine.

— On se sépare, et on la retrouve, décida-t-il.

Le temps de mettre au point un plan, Hal prenait la direction de la falaise (il allait passer devant le clocher et plusieurs autres bâtiments du campus), tandis que Tori s'élançait vers la gauche afin de contourner le terrain de chavage. Tous deux allaient tenter de glaner le plus d'infos possible de la part de leurs coliés qui habitaient les secteurs concernés. Bailey, lui, avait choisi d'inspecter les dortoirs et les écuries, puis les appartements des professeurs et l'atelier de Tremelo. Il savait fort bien à qui était la seconde écriture relevée dans le journal intime de Phi.

Une pluie froide s'abattit sur lui tandis qu'il dépassait le dortoir Grenier et gravissait la colline menant au bâtiment des Sciences Appliquées. Au passage, il jeta un coup d'œil aux fenêtres du bureau de Tremelo. Pas de lumière. L'une d'elles était pourtant ouverte et ses volets tapaient contre la façade en pierre. À côté du bâtiment, Bailey avisa le chêne noueux dont les branches formaient une sorte de passerelle entre le tronc et cette fenêtre. « Phi..., songea le garçon. Mais qu'est-ce qui te prend ? »

Il se retourna. Face au bâtiment des Sciences Appliquées une pente douce permettait de rejoindre la forêt. Bailey comprit que, avec un peu d'élan et un peu de vent dans le dos, cette pente constituait la piste d'envol idéale. Il s'y précipita ; le paysage se dévoilait devant lui comme si l'on écartait un rideau. Il vit ainsi une grosse forme toute blanche dans un arbre, au pied de la pente : Phi, équipée de ses ailes dont l'envergure totale devait approcher les trois mètres. Les ailes étaient coincées entre deux branches, et Phi pendouillait au-dessous.

— Phi ! s'époumona Bailey en accourant.

— Qu'est-ce que tu fiches ici ? demanda son amie, à la fois soulagée et en colère.

— Ce n'est pas la question. Tu es blessée ?

— Non, tout va bien. Enfin je crois. Par contre, je suis bloquée et je n'arrive pas à défaire mon harnais.

Bailey nota qu'une branche avait transpercé l'aile droite. Les câbles reliés aux commandes manuelles fixées aux poignets de Phi étaient arrachés. Un fil dénudé s'agitait à chaque mouvement de la fille. Il crachait même quelques étincelles.

— Ne bouge plus ! lui ordonna Bailey. Je monte t'aider !

La pluie redoubla tandis qu'il entamait l'ascension du tronc. L'écorce était glissante, le garçon s'écorchait les mains à tenter de trouver une prise, mais il parvint à rejoindre Phi et sa drôle de machine prises au piège ; on aurait dit un insecte sous un microscope. Un méli-mélo de câbles, de tiges métalliques et de toile. Phi pleurait.

— Pas de panique, je vais te sortir de là, lui assura Bailey. Par contre, je ne suis pas sûr qu'on arrive à récupérer ton appareil.

— On ne va quand même pas le laisser là ! s'indigna son amie.

Au lieu de répondre, Bailey se hissa sur la branche située au-dessus d'elle afin de libérer l'aile transpercée. De grosses gouttes de pluie l'assaillaient de toute part.

— Phi ! Lève l'épaule droite ! cria Bailey pour se faire entendre malgré l'orage.

Phi obéit, mais le mouvement la fit gémir.

— OK, j'ai dégagé l'aile. Accroche-toi à cette branche.

Lui-même se cramponnait à une autre branche.

— Je vais décrocher ton harnais, et je ne voudrais pas que tu tombes.

Phi suivit ses instructions.

Bailey lui passa alors une main dans le dos pour tenter de défaire la boucle du harnais. Hélas ! elle était coincée. Sous eux, le fil dénudé se balançait toujours en projetant des étincelles sur les branches. Bailey remercia dame Nature qu'il pleuve : l'arbre ne risquait pas de prendre feu. Il sortit la griffe de sa poche et commença à découper la sangle du harnais. Quelques secondes plus tard, Phi était libre ; elle chuta instantanément, comme si les branches en contrebas l'avaient tirée par les pieds. Bailey se jeta en avant pour la saisir par les mains. Tous deux avaient la peau humide et glissante. Pourtant, au prix d'un gros effort, le garçon réussit à aider son amie à se rétablir sur une branche. Il entrapercevait sa chevelure trempée à la faveur des éclairs.

Redescendre de l'arbre fut une véritable épreuve, dans l'obscurité ambiante. Bailey dérapa plus d'une fois avant de retrouver le plancher des vaches.

— J'ai tout gâché, se lamentait Phi. Tremelo ne me le pardonnera jamais.

— Il sera déjà content que tu n'aies rien, observa Bailey.

— Je n'ai rien, peut-être… mais ma machine ! Je ne peux pas l'abandonner ici, quand même !

— Écoute, Phi, c'est toi qui comptes, pas cette machine. Tremelo comprendra, je t'assure.

— Personne ne comprend ! s'emporta la fille. (Jamais Bailey ne l'avait vue dans un état pareil.) Personne. Moi, tout ce que je veux, c'est pouvoir être là-haut. (Elle levait le visage vers le ciel, qui les bombardait de gouttes d'eau.) Si je ne peux pas voler, à quoi je sers ? J'ai l'impression de n'être qu'une moitié de fille.

Bailey souffrait pour elle. Il s'était refusé à lui expliquer pourquoi il ne voulait pas révéler quel était son Animas, ni en classe, ni à l'entraînement, ni au réfectoire. À présent, il lui semblait important qu'elle l'apprenne.

— Personne n'est mieux placé que moi pour te comprendre, crois-moi, déclara-t-il.

Phi se tourna vers lui, interloquée.

— Je sais ce que tu ressens, poursuivit le garçon pour éviter que le silence ne s'installe entre eux. Cette impression de ne pas être entièrement toi-même. Je l'éprouve en permanence parce que… bon, parce que je ne possède pas d'Animas.

Phi lui prit la main.

— J'avais deviné, avoua-t-elle.

— Hein ? s'étrangla Bailey.

Mais l'évidence s'imposa très vite à lui : il *savait* qu'elle avait perçu son Absence dès leur rencontre. Au lieu de se sentir vulnérable, il en éprouva une forme de gratitude.

— Merci de n'en avoir parlé à personne.

— Jamais je ne ferais une chose pareille, lui assura Phi. Je sais ce que c'est d'être… différent. Et j'ai le chic pour repérer ceux qui le sont aussi. Chez toi, ça m'a sauté aux yeux pendant les sélections de chavage.

— Mais tu ne trouves pas ça bizarre ? Tu ne me trouves pas bizarre ?

Elle secoua la tête, faisant tomber des gouttes de pluie.

— Chez moi, je me faisais toute petite pour éviter qu'on m'embête. Tu te comportes exactement pareil. Et tu voudrais que je trouve ça bizarre ?

Bailey n'eut pas le temps de répondre. Des aboiements retentirent en haut de la pente.

— Qui va là ? cria un homme.

La lumière d'une lanterne troua l'obscurité. M. Bindley, le veilleur de nuit, ne dormait pas cette fois-ci. Ses chiens non plus. La lumière se rapprochait, les silhouettes des chiens apparurent au sommet de la butte.

— Phi, on se casse ! décida Bailey en montrant le terrain de chavage. Tori et Hal doivent être par là.

Phi jeta un dernier coup d'œil à ses ailes mécaniques, et elle disparut entre les arbres.

— Plus un geste ! ordonna Bindley.

La lumière de sa lanterne se reflétait sur le verre du monocle à vision nocturne que lui avait fabriqué Tremelo.

Bailey obliqua à gauche et s'enfonça dans les buissons au pied de la pente. Les chiens du veilleur étaient sur sa piste ; Bailey les entendait se frayer un chemin dans la végétation, derrière lui. Les arbres firent enfin place à une pelouse impeccable, et le garçon distingua un des bâtiments du campus à l'autre extrémité. Il courait toujours lorsqu'il s'aperçut qu'il avait perdu la griffe dans la panique.

Les chiens aboyaient fort. Bailey tourna au coin du bâtiment et découvrit une rangée de fenêtres au rez-de-chaussée. Il tenta d'en ouvrir une, en vain. Un éclair se refléta dans le panneau de verre et, une fraction de seconde, Bailey put voir les gueules de deux chiens à ses trousses. Il fit volte-face, se dressa face aux bêtes qui lui barraient la route des dortoirs. Le tonnerre gronda. Les pas de Bindley s'approchaient, et la lanterne du veilleur aveuglait déjà le pauvre garçon.

Il était fichu.

Vingt-deux

L'herbe détrempée était glissante, une odeur de terre humide emplissait l'air ; elle ne pouvait plus suivre la piste. On ne chasse pas après la pluie.

Un grand oiseau s'envola au-dessus de sa tête, projetant une averse en quittant sa branche. Elle se tapit par terre et leva les yeux : une chouette. Elle resta immobile le temps que le volatile ait disparu.

La truffe au plus près de la boue, les pattes prudentes, elle se remit en mouvement. Là-devant, elle flairait le sang chaud. À l'approche des bois, l'odeur de la fumée et du bois brûlé se renforçait. Elle sentait la présence des humains, mais pas de son colié.

Ses instincts lui dictaient de retourner se cacher dans l'ombre. Une autre envie monta en elle ; la curiosité que son colié ressentait vis-à-vis de ces gens la poussait à continuer. Pour lui, elle allait poursuivre la traque.

Elle longea le fleuve et aperçut au passage un banc de poissons qui évoluaient trop en profondeur pour qu'elle les attrape. Une paroi rocheuse se dressait là. Deux énormes rochers plantés sur la berge et qui se rejoignaient au sommet pour former un abri. À l'intérieur, la chaleur d'une flamme et les murmures d'êtres humains. Une femme portant une longue natte de la même couleur que le pelage du loup gris l'été tenait entre ses mains un globe de verre à travers lequel elle étudiait un parchemin.

Elle perçut du mouvement dans les arbres ; son pelage se hérissa sur son dos, elle se tapit par terre. À sa gauche, un animal émit un long grondement grave. Un loup surgit. Il avait des lambeaux de chair entre les crocs et le museau souillé de sang après un festin nocturne. Elle s'enfuit sans demander son reste.

Tremelo ouvrit les yeux, son cœur cognait dans sa poitrine tandis que Fenouil décampait à travers bois. La renarde était rapide, et l'homme savait qu'elle ne craignait rien. Pourtant, il lui fallut un moment pour revenir tout à fait à la chaleur de ses appartements. Il avait la peau encore tout électrisée, il lui semblait sentir l'odeur de l'herbe humide et de la fumée.

Il rit, à la fois impressionné par sa coliée, et empli de gratitude envers elle. Fenouil avait fait une découverte fabuleuse.

Vingt-trois

Le lendemain matin, Bailey prit place dans un fauteuil confortable, au centre de ce qui, habituellement, était la salle de musique, et qui avait été réaménagé en espèce de tribunal. Pinson et Shonfield, les deux doyens, siégeaient à une table installée sur l'estrade de la chorale. Face à Bailey, cinq personnes réunies en un demi-cercle menaçant : Sucrette, Nillow, le coach Badin, Bindley et Tremelo. Le garçon avait l'impression d'être un prisonnier.

M. Pinson s'éclaircit la voix.

— Bailey, vous savez sans doute que la situation est grave. Vous avez quitté votre dortoir sans autorisation et pris part à la destruction de… d'une paire de… enfin d'un objet très coûteux. Vous confirmez, monsieur Loren ?

Pinson se tourna vers Tremelo, qui acquiesça imperceptiblement. Bailey se sentit rougir.

— Nous ne pouvons tolérer un tel comportement, encore moins venant d'un élève possédant un handicap tel que le vôtre. Nous sommes en droit d'attendre un plus grand respect du règlement de votre part. Nous envisageons de vous renvoyer. Mais nous tenons d'abord à vous permettre de vous défendre. Avez-vous quelque chose à dire ?

Bailey avait passé la matinée à réfléchir à sa défense. Il hésitait à révéler à Pinson et Shonfield le rôle joué par Tremelo – après tout c'est lui qui avait appris, en secret, à voler à Phi. Hélas ! cela ne ferait qu'attirer des ennuis à Tremelo *et* à Phi, et il ne pouvait s'y résoudre.

Il leva les yeux vers Pinson.

— Non, monsieur, répondit-il.

Le doyen fronça les sourcils, il avait l'air presque déçu que le garçon refuse de se défendre. Shonfield, elle, le scrutait à travers ses lunettes à monture d'écaille avec une consternation flagrante. Elle lui avait « tendu la main » le jour de la rentrée, sans même le connaître. Bailey détourna le regard.

— Dans ce cas, monsieur Walker, je crains fort de n'avoir d'autre choix que de vous demander de faire vos bagages et…

— J'ai une autre idée.

Tremelo s'était levé de sa chaise. Il alla s'appuyer d'une main sur le dossier du fauteuil de Bailey et s'adressa aux deux doyens. M. Pinson n'appréciait manifestement pas son intervention ; on aurait dit qu'il venait de découvrir une grenouille dans son café.

— J'estime, poursuivit Tremelo, que le « handicap » de Bailey, comme vous dites, le perturbe. Ce garçon a simplement besoin de se recentrer. Le lien d'Animas nous aide souvent à trouver nos marques, or Bailey n'a pas encore trouvé le sien. Voici ce que je vous propose : je prends ce garçon sous mon aile, et nous voyons si son comportement s'améliore.

M. Pinson plissa le front. Mme Shonfield retira ses lunettes pour les nettoyer d'un geste sec.

— Si je peux me permettre, monsieur Pinson, déclara-t-elle, nos conseils seront bien plus profitables à Bailey qu'un renvoi. Je partage l'avis de Tremelo. Renvoyer ce jeune homme déjà accablé d'une Absence serait une erreur. Nous pourrions peut-être décider d'une période de mise à l'épreuve. Tremelo pourrait en profiter pour revenir à ses anciennes amours.

Pinson scruta longuement Tremelo. De toute évidence, le courant passait mal entre les deux hommes. Pinson semblait du genre à repérer les perturbateurs à plusieurs kilomètres de distance, tandis que Tremelo ne paraissait guère s'intéresser aux règlements. Enfin, à l'immense soulagement de Bailey, Pinson trancha :

— Va pour la période d'essai. Monsieur Loren, ce garçon est sous votre responsabilité. Et je dois dire que je serai fasciné de voir ce que vous allez faire de lui.

Bailey faillit sauter au plafond. Il n'allait pas être renvoyé et, cerise sur le gâteau, il allait pouvoir étudier auprès de Tremelo… pour le meilleur ou pour le pire.

— Sachez toutefois, monsieur Walker, que votre séjour ici ne tient qu'à un fil. Considérez-vous en sursis. Au moindre cours manqué, au moindre entraînement de chavage raté, au moindre retard, même, vous serez exclu. Tenez-vous-le pour dit.

— Oui, monsieur, acquiesça vigoureusement Bailey.

Tout le monde se leva et se diriga vers la sortie. Bailey en profita pour se rapprocher de Tremelo.

— Merci, monsieur, lui dit-il.

Il avait tant de questions à lui poser… Le professeur comptait-il réellement lui concocter un programme d'entraînement, ou n'avait-il pris la parole que pour le sortir de ce mauvais pas ?

— Il est trop tôt pour me remercier, mon garçon, répliqua Tremelo tout en passant une veste à rayures par-dessus son gilet et en tâtant ses poches pour s'assurer qu'il n'avait pas perdu sa pipe. Tu vas travailler comme jamais encore tu n'as travaillé. Si tout se passe bien, tu devrais t'être éveillé d'ici au solstice d'hiver.

L'entraînement débuta le lendemain après-midi, durant le temps libre entre le cours d'histoire et l'entraînement de chavage. Quand Bailey se présenta dans la salle de Tremelo, les pupitres avaient été disposés en cercle au centre de la pièce. Le professeur, lui, n'était pas là.

Le garçon perçut un léger bourdonnement émanant du bureau personnel de Tremelo, situé dans la salle adjacente. L'homme se serait-il perdu dans les volutes de myrge au point d'oublier leur rendez-vous ? Il toqua à la porte. Aucune réponse.

Il poussa le battant : Tremelo et Fenouil étaient assis face à face, l'un et l'autre coiffés de casques métalliques reliés entre eux par des fils électriques. Tremelo plongeait son regard dans celui de la renarde, qui le soutenait patiemment tandis qu'un courant crépitait entre eux. Ils n'avaient pas l'air d'avoir entendu Bailey entrer. Le garçon frappa plus fort contre le montant de la porte et Tremelo bondit de sa chaise.

— C'est quoi, tout ça ? demanda Bailey.

Tremelo retira aussitôt son casque puis celui de Fenouil et les posa sur une table.

— Une expérience, répondit-il. Pour une de mes théories – nombreuses théories – sur la force du lien.

— Vous comptez m'obliger à porter ce truc ?

Tremelo leva un sourcil, les yeux braqués sur Bailey.

— J'ai besoin d'un volontaire pour tester l'autre casque, mon garçon ! Mais pas de panique. S'il arrive malheur, nous poursuivrons l'expérience avec d'autres bêtes et nous verrons bien si ça fait tilt !

Le professeur pouffa de rire. Bailey resta sans voix.

— Je plaisante, je plaisante. L'heure n'est pas encore à l'électrothérapie. Nous allons commencer par l'instinct naturel. Pour t'éveiller à ton Animas, il est essentiel que tu affûtes tes instincts. Tâchons de découvrir de quoi tu es capable, quels sont tes points forts, et alors, peut-être, nous réussirons à t'éveiller. Qu'en dis-tu ?

Tremelo conduisit Bailey au centre de la salle de classe réaménagée. Il avait aussi installé un gramophone.

— Tiens, prends ce mouchoir et fais-t'en un bandeau, réclama-t-il. Surtout, ne triche pas.

Bailey s'exécuta, malgré les réserves que lui inspirait la suite des événements. Le mouchoir sur les yeux, il ne voyait rien, pas la moindre lueur, alors que les plafonniers étaient allumés.

Il entendit d'abord un crissement, après quoi une marche militaire retentit dans la pièce.

— Attrape ! cria Tremelo pour couvrir la musique.

Un objet heurta Bailey à l'épaule gauche.

— Hé ! s'indigna le garçon en agitant les bras devant sa figure pour parer une éventuelle nouvelle attaque.

— OK, respire, lui conseilla Tremelo. Ne bouge plus et écoute bien.

Il tournait autour de lui tout en parlant. Sa voix semblait parvenir de tous les côtés à la fois.

— Nous savons déjà que, du point de vue physique, tu es dans une forme optimale pour un garçon de ton âge. Ce qu'il va falloir travailler, c'est ta conscience de ton environnement.

Bailey reçut un second coup (de… talon ?), au bras droit cette fois, et il trébucha en avant.

— Comment voulez-vous que je sache ce qu'il y a autour de moi avec tout ce vacarme ? gémit-il en se massant le bras.

— Je pourrais t'expliquer que la musique permet d'affiner les sens, ou bien qu'elle rendra ton succès d'autant plus gratifiant quand tu auras réussi cette épreuve. Mais pour tout te dire, j'adore cette marche militaire. Elle me met en joie. On continue !

Bailey sentit quelque chose qui approchait. Il pivota sur lui-même, tendit la main. Le temps semblait ralentir, la musique pétaradante devint un bruit confus : il se concentrait sur sa main et le vide alentour. Le bout de ses doigts frôla l'objet volant, sans qu'il parvienne à s'en saisir.

— Pas mal ! le félicita Tremelo.

La musique s'arrêta, Bailey retira son bandeau.

— Mais je ne l'ai pas attrapé, commenta-t-il.

— Tu es passé près, très près même, insista le professeur qui se tenait à côté du gramophone, une de ses chaussures en main. Allons poursuivre cette leçon dehors.

Bailey et Tremelo sortirent s'installer à l'autre bout de la grande pelouse. L'homme transportait un panier rempli d'un bric-à-brac qu'il s'apprêtait à jeter sur Bailey, à ce que ce dernier estimait.

Une question lui brûlait les lèvres depuis la petite séance avec Pinson.

— Qu'est-ce qui vous a décidé à m'aider ? Je croyais que vous ne vouliez plus entraîner personne depuis la mort de votre père…

— Qui t'a raconté ça ? Mon père n'a rien à voir là-dedans. J'ai décidé de t'aider parce que je vois quelque chose de spécial en toi. Concernant mon père, je vais te demander de ne plus aborder le sujet.

Tremelo lissa sa moustache. À le voir faire, on aurait pu croire qu'il se moquait de Bailey.

— Ne crois surtout pas que je ne suis pas au courant de ta petite visite au Tigre Blanc, enchaîna-t-il. Digby, le barman, aime colporter des histoires qui ne le concernent pas. Quant à toi, ta curiosité risque de te jouer de bien mauvais tours. Qu'est-ce qui t'intéresse le plus : découvrir la vie des morts ou t'éveiller à ton Animas ? Toutes les questions sans rapport avec ton Éveil que tu poseras ne feront que compliquer ton entraînement.

Bailey ne répondit rien. Il voulait à tout prix s'éveiller. Il en avait assez de vivre dans la peur, dans l'inquiétude de ne jamais avoir d'Animas. Pourtant, il savait que, même s'il trouvait son Animas, cela ne lui apprendrait pas qui il était ni d'où il venait. Cela ne lui révélerait pas non plus qui étaient les inconnus croisés dans les bois, ni où Carin avait déniché la griffe aiguisée. Il ne voulait pas avoir à choisir ; il voulait tout savoir. Hélas ! il percevait comme une menace voilée dans les paroles de Tremelo, qui semblait lui interdire aussi de l'interroger sur les Velyns et le roi Melore.

Une fois à la lisière de la forêt de Montclair, Tremelo posa la main sur l'épaule de Bailey.

— Écoute, moi-même je n'ai pas tout compris. Je sais que cela peut être frustrant, mais tu dois te concentrer sur ton Éveil. Ne cherche pas à élucider tous les mystères qui se présentent… Au final, tu préféreras peut-être ne pas connaître les réponses.

Bailey poursuivait son entraînement avec Tremelo. Montclair passait de l'automne à l'hiver. Les arbres de la forêt se dénudaient, la neige s'accumulait sur les montagnes voisines. Les élèves dont les coliés hibernaient avaient du mal à rester éveillés la journée. Pour autant, tous trépignaient d'impatience à l'approche du solstice d'hiver et des vacances. Bailey avait hâte de faire une pause dans son emploi du temps chargé : les cours, le chavage et les séances avec Tremelo qui avaient lieu soit tôt le matin avant les cours, soit l'après-midi après le dernier cours. Pour ces vacances, il comptait retourner auprès de ses parents qui, chaque année, offraient à leur village le pain pour la célébration de la Transformation de la Jumelle. Bailey espérait rentrer au pays avec un Animas dont ses parents seraient fiers.

Ces dernières semaines, Tremelo l'avait soumis à des épreuves bizarres et dangereuses, dont le but était de développer ses instincts et sa conscience. L'exercice que Bailey préférait consistait à courir en rond dans les bois, les yeux bandés, pendant que Tremelo le chronométrait puis le notait en fonction du nombre d'égratignures qu'il avait aux bras. Lors des séances matinales, Tremelo lui faisait escalader les arbres du campus puis se jeter d'une branche sur les toits des bâtiments. Fenouil suivait le garçon d'un bâtiment à l'autre, le vent dans les oreilles.

Chaque leçon se terminait par un concours : Bailey devait soutenir le regard de Tremelo – et quelquefois de Fenouil – pendant plusieurs minutes. L'exercice lui avait paru un peu farfelu au départ, mais Bailey se rendit vite compte que le professeur était imbattable à ce jeu-là.

— Le contact visuel est essentiel dans le règne animal, lui expliqua Tremelo. Il distingue parfois le prédateur de la proie, le dominant du mort. Il crée un pied d'égalité : l'homme et la bête peuvent s'appréhender l'un l'autre sans avoir à s'attaquer. C'est là que commence le lien.

Le plus délicat, pour Bailey, c'était quand Tremelo lui demandait de se figer et de « ressentir » les bois autour de lui. La toute première fois, il trouva l'exercice ennuyeux à mourir.

— Si je ne fais rien, comment voulez-vous que je développe mes instincts ? interrogea-t-il son entraîneur.

Leurs pas les avaient conduits à un large rocher plat dans la forêt de Montclair. Tremelo demanda à Bailey de s'asseoir et de ne rien dire ni rien faire jusqu'à ce qu'il « sache » précisément où il devait aller ensuite.

Le professeur s'assit lui aussi. Bailey nota qu'il n'avait pas sa pipe sur lui. L'air était vif, Bailey sentait la fumée d'un tas de feuilles qui brûlaient sur le campus.

— Tu es trop pressé, lui reprocha Tremelo. Tu gagnes en force et en agilité lorsque tu cours comme ça, mais tu n'écoutes pas ton environnement. Tu ne pourras jamais identifier ton Animas si tu n'es pas attentif. Tu ne pourras jamais partager les expériences de tes coliés si tu n'es pas à l'écoute du monde dans lequel ils vivent.

Bailey suivit les instructions à contrecœur. Il ferma les yeux. Une brise froide remuait les feuilles mortes.

— Qu'entends-tu ? demanda Tremelo.

— Euh… les feuilles, répondit le garçon.

— Que sens-tu ?

Bailey huma l'air.

— La fumée du tas de feuilles mortes ; la terre humide. Le froid.

— Ces éléments te donnent-ils envie de t'en aller ?

Il réfléchit avant de répondre : il ne voulait pas rester assis là, donc *tout* lui donnait envie de s'en aller. Pourtant, il devinait que ce n'était pas ce que Tremelo avait en tête. Percevait-il quelque chose de suffisamment important selon lui pour partir à sa recherche ?

C'est alors qu'un bruit nouveau lui parvint : une brindille qui cassa, une petite créature qui s'éloignait.

— J'ai entendu un lapin, annonça-t-il.

— Bien ! s'enthousiasma Tremelo.

Bailey rouvrit les yeux.

— Comment as-tu su que c'était un lapin ?

— Je, euh… j'ai deviné.

Le professeur secoua la tête.

— Je parie que tu as senti une odeur spécifique qui t'a indiqué qu'il s'agissait d'un lapin et non d'un opossum ou d'un chat domestique. Il faut de la pratique pour le savoir. Nouvel exercice, Bailey ! Tu vas revenir sur ce rocher tous les jours avant l'entraînement de chavage jusqu'à ce que tu puisses me décrire précisément l'odeur du lapin. Quand tu connaîtras ton environnement, tu ne seras peut-être plus très loin de te connaître toi-même.

Bam ! Quelque chose frappa Bailey à l'oreille.

Une fraction de seconde, sous le choc, il se crut revenu dans le bureau de Tremelo, en train d'essayer d'éviter les chaussures volantes. Sauf que ce coup-ci avait été accompagné de rires. Bailey releva la tête, se frotta les paupières. Il était en cours de latin ; quelqu'un lui avait jeté une boulette de papier. Hal, assis à sa gauche, faisait la grimace, tandis que Tori étouffait un rire dans la rangée de devant.

Au tableau, Mme Sucrette avait noté la conjugaison du verbe *surprendre*. Les bras croisés, elle n'avait pas l'air d'apprécier la farce.

— M. Walker s'est visiblement fait *surprendre*, déclara-t-elle, mais je doute qu'il maîtrise ce verbe au présent et au passé. Ni lui ni aucun d'entre vous, d'ailleurs. On se concentre !

Bailey hocha la tête, l'esprit ailleurs. Il accumulait les micro-siestes depuis quelque temps, tous les professeurs le lui reprochaient. Pire : il lui arrivait de plus en plus souvent de ne pas rendre tel ou tel devoir. Et il n'en était pas fier.

Il n'y avait pas que son niveau en classe qui souffrait de son emploi du temps surchargé. Bailey ne voyait plus Hal, hormis la nuit dans le dortoir ; Phi, il n'arrivait à lui parler que pendant les entraînements de chavage. Après l'incident des ailes, Phi avait rejoint Tori et Hal, et ensemble ils avaient pu regagner leurs chambres incognito. Tremelo, lui, savait tout, naturellement. Mais ce professeur n'était pas comme les autres. Il s'était contenté d'interdire à Phi de travailler sur ce projet.

Tremelo semblait prendre du plaisir à entraîner Bailey. Il se montrait d'ailleurs optimiste quant à ses progrès, et il l'encourageait constamment. Hélas ! au bout de six semaines de travail, les encouragements ne suffirent plus à étouffer les craintes du garçon. Il redoutait de ne jamais réussir à s'éveiller. Et le solstice d'hiver approchait à grands pas.

Un après-midi, après l'exercice du contact visuel, Bailey s'adossa à la porte du bureau de Tremelo et poussa un long soupir. Le professeur venait encore de remporter le duel, cependant Bailey avait réussi à tenir deux minutes sans battre des paupières.

— Record battu, commenta-t-il. Vous en pensez quoi ?

Tremelo s'occupait de ranger les boulons qu'il avait jetés à Bailey pendant l'exercice précédent. Fenouil, sa renarde, était sortie chasser.

— J'en pense que tu soutiens mon regard beaucoup mieux qu'il y a six semaines. Pour la suite, nous verrons bien.

— Mais ça prendra combien de temps ? Quand est-ce qu'on va voir enfin les premiers effets ?

— Tu es dans une position unique, expliqua Tremelo en s'installant sur sa chaise. Nous ne pourrons pas développer ton lien tant que tu ne te seras pas éveillé à ton Animas, et tu t'éveilleras uniquement au moment voulu.

— Je pensais que si je m'inscrivais à Montclair, ça… ça viendrait tout seul. Mais je suis là depuis des mois… et l'entraînement ne m'apporte rien.

Tremelo secoua la tête.

— L'Éveil est un phénomène très puissant sur lequel on ne peut pas agir. Notre but n'est pas de déclencher un processus qui ne peut pas être déclenché, seulement de récolter des informations sur ce dont tu es capable. À ce que je vois, ton Animas doit être fort. Cependant, nous ne saurons de quel animal il s'agit que lorsque tu l'auras découvert. Ne baisse pas les bras, Bailey. Tu te débrouilles très bien.

Bailey se résigna. Encore une journée sans Éveil. Soudain, un détail attira son attention.

Sur le bureau de Tremelo… le livre qu'il avait vu la nuit où Tori et lui avaient croisé le loup. L'ouvrage était ouvert, ses pages couvertes de marques, des espèces de griffures. Un alphabet bizarroïde ? Le garçon n'y comprenait rien, néanmoins il remarqua une fleur dessinée à l'encre noire. La copie conforme de celle que Thelonious Loren avait tracée sur sa carte des migrations des Velyns.

Bailey s'approcha pour mieux voir.

— Qu'y a-t-il ? l'interrogea Tremelo.

— Cette fleur. Je l'ai déjà vue quelque part. Sur la carte de Loren.

Le visage soudain sévère, le professeur répliqua :

— Où ça, dis-tu ?

Bailey se recula.

— Je l'ai trouvée il y a plusieurs semaines… Je comptais vous en parler, mais vous avez dit que…

— Quelle carte ? Qu'est-ce que tu me racontes ?

— J'ai trouvé une carte, dans une alcôve de la bibliothèque. Elle était signée d'un certain Thelonious Loren. C'est votre père, n'est-ce pas ?

Tremelo ne releva pas la question, ou refusa simplement d'y répondre.

— Que représente cette carte ?

— Montclair. Et aussi l'endroit où j'ai été découvert. Où l'on m'a découvert bébé, je veux dire. Elle montre la route que les Velyns empruntaient. Je me dis que… j'appartiens peut-être à ces tribus ?

Tremelo resta quelques instants le regard dans le vide.

— Je te le répète, t'intéresser à ces choses ne te vaudra rien.

— Mais c'est important, quand même ! Ça explique peut-être mon Absence... parce que les Velyns ont été exterminés. Si ça se trouve, mon colié ignore que je suis vivant. Et puis, si jamais je m'éveille, est-ce que je serai comme eux ? J'ai entendu tant d'histoires à leur sujet, je ne sais plus quoi penser.

— Par les oreilles de dame Nature ! souffla Tremelo.

Une fois n'était pas coutume, le professeur semblait à court d'arguments. Il laissa passer un long silence, puis secoua la tête.

— Oublie ces histoires de croque-mitaines des montagnes. Ce sont des mensonges. Des mensonges inventés par le Chacal. Tu ignores beaucoup de choses en matière de politique, mon garçon. La politique c'est... très moche.

— Alors expliquez-moi qui étaient ces gens.

Tremelo marqua une nouvelle pause. Du bout des doigts, il suivait les drôles de marques qui ornaient les pages du livre.

— Je les ai connus il y a des années. Avant que... Mon père m'emmenait avec lui quand il partait effectuer des recherches dans la montagne, quand il estimait que nous avions besoin de quitter la ville. Je le regardais observer les Velyns, se lier d'amitié avec eux. C'était un peuple gentil, j'en ai fréquenté un certain nombre pendant des années. Jusqu'au jour où le Chacal... Il a agi de façon atroce. Après ce qu'il a fait à mon père, je ne voulais plus entendre parler de tout ça. Je pensais que les Velyns avaient tous disparu. Mais à présent... je suis comme toi, j'essaie d'en apprendre davantage, sur les Velyns, sur tout. Je surveille leurs déplacements depuis leur arrivée, à la rentrée.

Bailey secoua la tête comme s'il avait du mal à suivre.

— Hein, quoi ? Vous surveillez qui ?

Tremelo plissa les yeux, interdit.

— Ces hommes que tu as vus dans la forêt, ils ne sont pas seuls à y vivre. Il y a tout un campement. Et moi je les surveille.

Bailey ne comprenait toujours pas. Les hommes qu'il avait vus la nuit où le loup avait voulu l'attaquer… il les avait pris pour des Dominae. Tremelo était apparemment d'un autre avis.

— Ce sont des Velyns, Bailey. Les derniers rescapés.

Vingt-quatre

Bailey s'assit en face de Tremelo et inspira à fond. Non seulement les Velyns avaient existé « pour de vrai », mais ils étaient encore vivants… Du moins, il en restait quelques-uns. Était-il lui aussi l'un des survivants du massacre perpétré par le Chacal ? Allait-il pouvoir rencontrer ces gens, connaître leur histoire ? Leur présence l'aiderait-elle à trouver son Animas ? Cette pensée lui faisait dresser les poils sur les bras. Il ne pouvait pas oublier les récits qu'il avait entendus à leur sujet, quand bien même ce n'étaient que des mensonges colportés par le Chacal. Malgré ses craintes, Bailey éprouvait le besoin de se rendre en forêt.

— Monsieur…, dit-il. Avec Phi, on a trouvé un truc… une griffe, aiguisée comme une arme. On a cru qu'elle appartenait aux Dominae, mais vous pensez que peut-être… ?

— Tu veux parler de ceci ? répliqua Tremelo.

Le professeur sortit d'un tiroir de son bureau la griffe que Bailey avait perdue pendant la Fête de l'Automne.

— C'est une des armes traditionnelles des Velyns. Ils « recyclent » des éléments de leurs coliés quand ceux-ci meurent. Afin de les honorer. J'ai trouvé cette griffe quand je suis allé récupérer mes ailes. J'en ai déduit que tu l'avais perdue. Phi m'avait dit que son faucon l'avait rapportée.

Bailey prit la griffe des mains de Tremelo et l'admira. C'était l'œuvre des Velyns. Il se sentait envahi à la fois par l'excitation et par la peur. Cette griffe avait peut-être appartenu au colié d'un membre de sa famille, qui sait ?

Tremelo lui semblait être à des kilomètres de lui, pourtant le professeur parlait toujours. Il avait tourné une page de son drôle de livre et en étudiait les symboles.

— Longtemps je me suis demandé si mon père était un imbécile. Un imbécile *important* aux yeux de ceux qui le connaissaient, certes, mais un imbécile malgré tout. J'ai découvert que ça n'était pas le cas.

— Je ne comprends pas, monsieur.

— Un détail a tout changé. Vois-tu ces symboles ? Ce sont des mots. Chacun d'entre eux est un mot ! Pour s'en apercevoir, il suffit de les lire avec la loupe adéquate.

Bailey était un peu perdu.

— Je vais te montrer, enchaîna Tremelo en sortant un objet de sa poche et en le posant sur son bureau.

Il s'agissait d'un morceau de cuir orné de lignes qui rappelaient celles du livre.

— J'ai trouvé ceci en lisière de leur campement. Je pense qu'il s'agit du nom d'une bête. Mais regarde bien.

L'homme tourna une page de son ouvrage et pointa le même symbole.

Bailey observa tour à tour les deux symboles. Ils étaient bien identiques. Mais que signifiaient-ils ?

— C'est la langue des Prophètes. Elle fascinait mon père. Les Velyns utilisaient nos mots, notre langue, mais parfois ils se servaient de ce code. J'ai renoncé à le déchiffrer il y a fort longtemps, à présent nous allons peut-être enfin pouvoir le lire.

— Qu'est-ce que c'est ? le relança Bailey.

— Un livre entier rédigé en code. Le code des Prophètes. S'il renferme bien ce que je pense, il nous permettra non seulement de mieux comprendre les Velyns, mais peut-être aussi de changer le royaume tout entier.

— Et il renferme quoi, d'après vous ?

Tremelo s'appuya contre le dossier de sa chaise.

— Mon père s'intéressait notamment aux Prophètes qui vivaient à l'ouest des montagnes, là où les Velyns faisaient halte lors de leurs migrations annuelles. Quand j'étais tout petit, il était obsédé par leurs prophéties. Il voulait savoir comment ils élaboraient leurs prédictions, et peu à peu il s'est mis à en formuler lui-même. Je crois que ce livre renferme ses prophéties. Et qu'elles concernent les Velyns, le Vrai Roi, et le destin d'Aldermere. Ce livre contient tout ce qu'il a appris auprès des Prophètes, et bien plus encore.

Bailey en eut le souffle coupé. Il descendait peut-être des Velyns, et il avait devant lui un livre rédigé par un homme qui les avait connus mieux que n'importe qui dans le royaume. Cet ouvrage allait-il en révéler davantage sur lui, sur son Animas ? Bailey n'avait qu'une envie : arracher le livre des mains de Tremelo et se plonger sans attendre dans sa lecture. L'ennui, c'était que…

— Pour le lire, on fait comment ? demanda-t-il.

Le professeur ouvrit de grands yeux et plaqua ses mains l'une contre l'autre.

— Une merveille de technologie ! s'extasia-t-il. Ils ont fabriqué une espèce de prisme, un objet en verre doté de plusieurs facettes. Un corbeau leur a apporté un message, un jour que Fenouil les pistait. Une femme des Velyns a passé le Verre au-dessus des symboles. Moi, j'observais la scène de chez moi, à travers les sens de Fenouil. Ma renarde s'est approchée suffisamment près… Quand la femme a passé le Verre au-dessus des symboles, les reflets ont produit du sens ! Les lignes se sont recomposées, les formes sont devenues des mots de notre langue. Si nous avions ce Verre, Bailey…

Tremelo secoua la tête ; il souriait.

Bailey scrutait le livre relié de cuir, fasciné d'apprendre que toutes ses questions trouveraient peut-être leur réponse dans ces pages codées. Et l'objet permettant de les déchiffrer se trouvait dans les bois, non loin de l'école.

— On n'a qu'à aller le chercher, proposa-t-il. Puisque vous l'avez vu. Qu'est-ce qu'on attend ?

Tremelo redevint soudain très sérieux.

— Non, répondit-il. Non, nous ne pouvons pas.

Bailey s'emporta.

— Mais pourquoi ? Vous le dites vous-même, ça peut changer le royaume tout entier ! Pourquoi refusez-vous de… ?

— C'est dangereux ! Nous ignorons ce qui amène les Velyns si près de l'école et pour qui ils roulent. Et je ne suis pas sûr qu'ils soient prêts à nous faire confiance. Ce ne sont plus les mêmes hommes que j'ai connus. Nous devons nous renseigner encore avant de débouler chez eux pour réclamer un de leurs biens. Patience.

Bailey resta un moment sans répondre. Lui ne pouvait plus attendre. Si vraiment il faisait partie des Velyns, alors le livre du Fou contenait peut-être des notes sur leurs liens d'Animas. Ces liens surpuissants. L'ouvrage expliquait peut-être comment provoquer l'Éveil. Qui sait, les Velyns connaissaient peut-être un Éveil plus tardif ?

— OK, déclara-t-il, j'irai le chercher tout seul.

Il fourra la griffe dans sa poche. Il s'apprêtait déjà à partir, quand Tremelo bondit de sa chaise et l'agrippa par l'épaule.

— On se calme. Tu tiens vraiment à te faire renvoyer de l'école avant d'avoir pu t'éveiller ? protesta le professeur.

— Rien ne m'oblige à vous écouter ! le rembarra Bailey.

Il se sentait poussé par une force intérieure, et se moquait bien que Tremelo se dresse sur son chemin.

— Vous m'avez fait croire que vous vouliez m'aider, mais maintenant que j'ai enfin une chance d'en savoir plus sur ma famille et mon Animas, vous vous y opposez. Vous n'en avez rien à faire de moi !

Il se rappela la carte découverte dans la bibliothèque, les symboles qui s'étaient immédiatement entortillés autour de son cerveau telles des lianes. L'ouvrage de Tremelo renfermait toutes les réponses à ses questions, il en était certain.

— Tu t'égares, mon enfant, lui répliqua l'homme. Tu penses vraiment que ce livre ne parle que de toi et de ton Animas ? Il se passe en ce moment des choses plus importantes que ce qui te préoccupe !

— Alors vous n'avez qu'à m'expliquer ! Vous ne me dites jamais rien, vous ne parlez qu'en énigmes et en poèmes. Vous dites que vous aimez Aldermere, mais vos amis du Tigre Blanc ne savent même pas dans quel camp vous êtes !

Tremelo se détourna du garçon pour se pencher à nouveau sur le livre.

— Je roule pour moi, affirma-t-il. Cela dit, je sais distinguer le bien du mal. Et je veux que tu trouves ton Animas, Bailey. Mais nous ne pouvons pas nous pointer chez les Velyns comme des fleurs. C'est beaucoup trop risqué. Sans parler de leur prendre leur…

— Mais votre fameuse énigme ? Est-ce qu'il y a un rapport avec les Velyns ?

— Ce n'est rien. Elle n'a aucun sens. Quand j'avais ton âge, moi aussi j'étais frustré de ne pas encore m'être éveillé, et mon père me la répétait souvent. Jamais je n'ai su la résoudre. Pourtant, un jour, je me suis éveillé, Bailey. J'ignore pourquoi je te l'ai récitée, mais n'y pense plus. Tu n'en as pas besoin pour t'éveiller ; j'ai réussi sans.

— Que je l'oublie ? s'étrangla Bailey. Alors, ça… ça ne serait qu'une farce ? Et vous m'en avez fait d'autres, des farces ? L'histoire de l'Éveil avant le solstice d'hiver, par exemple ?

Tremelo s'apprêtait à répondre quand des coups à la porte de la salle de classe le firent taire.

— Tremelo ? l'appela une voix mélodieuse et guillerette.

Mme Sucrette. La professeure de latin ouvrit la porte et passa la tête dans l'embrasure.

— Nous finirons cette discussion plus tard. Prends tes affaires et va t'entraîner, souffla Tremelo à Bailey.

— Je me demandais si vous auriez le temps de me montrer ces documents dont vous m'avez parlé. (Apercevant Bailey, elle lui adressa un signe de la main et ajouta :) Bonjour, monsieur Walker ! J'espère que je ne vous ai pas interrompus.

— Du tout, lui assura Tremelo en s'éloignant de Bailey.

Le livre relié de cuir était toujours ouvert sur le bureau… Le garçon le fourra discrètement dans son sac à dos, sans réfléchir. Son cœur battait à tout rompre tandis qu'il récupérait son manteau et quittait le bureau, laissant les deux adultes à leur conversation. Tremelo croisa son regard et, une fraction de seconde, la poitrine de Bailey se serra : il se sentait coupable. Mais le professeur le congédia d'un geste et détourna le regard ; Bailey ne demandait pas mieux que d'obéir.

Le clocher indiquait quatre heures et quart lorsqu'il ressortit du bâtiment. Cela lui laissait tout le temps d'aller trouver les Velyns et leur Verre avant l'entraînement de chavage. Il n'aurait besoin que de quelques minutes pour déchiffrer les pages du livre, après quoi il le rapporterait à son propriétaire. Avant même que celui-ci se soit aperçu de sa disparition, sait-on jamais ?

Il boutonna son manteau tout en longeant au pas de course les bâtiments réservés aux cours, puis le jardin d'herbes aromatiques de Mme Bosquet. Après quoi il s'engagea sur la pente qui descendait vers une trouée dans les arbres.

Tremelo ne lui avait pas indiqué l'emplacement précis du campement, mais d'instinct Bailey savait qu'il devait se rendre à l'endroit où le loup avait failli les attaquer, Tori et lui. Il comptait s'asseoir par terre et tendre l'oreille, comme le lui avait enseigné Tremelo, puis tâcher de deviner ce qu'il faudrait faire ensuite.

La forêt était soudain plus rocailleuse, et Bailey devait à présent enjamber les racines qui jaillissaient de terre. À un moment, il crut avoir retrouvé l'endroit exact de la rencontre avec le loup. Il entendit le ruisseau. Un loup solitaire poussa un hurlement non loin de lui. Partout alentour, ce n'étaient que bruits d'animaux se déplaçant dans tous les sens.

Bailey s'immobilisa comme il s'entraînait à le faire chaque jour depuis plusieurs semaines. Il s'installa près d'un bouleau tout fin et ferma les yeux. Il savait quels sons et quelles odeurs la forêt de Montclair dégageait, il reconnaissait les rares oiseaux chanteurs à ne pas avoir entamé leur migration vers le sud, les grattements des souris et des taupes qui arpentaient le terrain. Bailey s'attendait aussi à percevoir le parfum humide des feuilles en décomposition, ce même parfum qu'il humait depuis des semaines. Alors il s'efforça de se concentrer sur ce qui sortait de l'ordinaire.

Et au bout de quelques minutes, enfin, il entendit. Une bête – opossum ou raton laveur – se frayait un chemin dans un buisson épineux à quelques pas de là. Trop pressée pour être discrète. Bailey se demanda ce qui avait pu lui faire peur ; en tout cas elle venait du sud, près des falaises. Alors il s'enfonça dans la forêt, dans les redoutables Bois de l'Ombre, cap sur le ruisseau.

À force de trébucher sur le sol inégal, il finit par prendre peur. Après tout, il était parti à l'aventure sans s'y préparer ; et Tremelo ne serait pas là pour lui sauver la mise en cas de problème. Il arriva au sommet des falaises, où le soleil couchant filtrait entre les arbres. Le gargouillis du ruisseau lui parvenait d'en bas. Il n'avait rien remarqué de spécial et commençait à se demander s'il ne s'était pas trompé de piste.

C'est alors qu'il sentit une odeur de charogne. Une créature avait tué sa proie puis l'avait abandonnée à proximité. Bailey avisa un tronc d'arbre strié de griffures apparemment récentes, laissées par une bête beaucoup plus grosse qu'un loup. Il glissa son doigt dans l'une d'elles et se rappela l'énorme griffe rapportée par Carin, ainsi que les blessures infligées à l'ourse retrouvée morte près de l'école. Ses poils se dressèrent sur sa nuque : le même animal devait rôder dans le secteur.

Et les Velyns campaient forcément quelque part près d'ici. Toutefois, ils n'avaient laissé aucune empreinte, aucune trace dans les sous-bois, ni rien qui puisse suggérer la présence d'un campement. Tout était calme et intact.

Bailey s'apprêtait à reprendre sa route quand il perçut une vague odeur de bois brûlé. Elle paraissait venir d'en bas, du ruisseau ; ça n'était pas possible ! Le garçon alla se pencher au-dessus du vide.

De gros rochers dépassaient de la paroi, formant une grotte près du cours d'eau. Un étroit sentier, peu emprunté, apparaissait. Bailey retint son souffle et rampa en arrière pour ne pas se faire voir. Les Velyns… Il les avait trouvés. Il se déplaça ensuite jusqu'à se tenir juste au-dessus de la grotte.

Des voix lui parvinrent. Il s'aplatit au sol, se glissa jusqu'à une mince fissure située moins de deux mètres au-dessus de l'entrée. De là, il pouvait voir trois silhouettes réunies autour d'un feu de camp. Deux hommes assis côte à côte qui discutaient à voix basse. Ils portaient des vêtements foncés bien adaptés à la chasse : tissu épais renforcé aux genoux, manches en vrai cuir. Le troisième individu, un puma colossal, se prélassait devant le feu. Enfin, deux loups se tenaient à l'extérieur du cercle. Bailey demeura immobile, il retenait son souffle. Une brise le caressa, éloignant son odeur du feu de camp.

— Où a donc pu passer la bête ? demanda un des deux hommes.

Il avait le teint mat, arborait une barbe et avait une écharpe nouée autour du cou.

— Elle chasse, lui répondit son compagnon.

Lui était grand, blond, et avait les yeux cernés. Une capuche en fourrure de la même couleur que le pelage du puma pendait dans son dos. Les deux hommes avaient des armes à portée de main, et Bailey remarqua que le blond portait une griffe en pendentif. Une griffe identique à celle rapportée par Carin.

— Elle cherche quelque chose, tout comme nous. Et elle le recherche ici, à l'école.

— Qu'est-ce qui te fait dire ça ? Tu n'es pas son colié !

Le blond désigna du menton le puma.

— C'est grâce à *elle*, que je le sais.

L'homme retira le petit sac en peau qu'il portait au cou. Il en sortit un objet en verre. Le fameux objet décrit par Tremelo ! Bailey en était certain.

— Elle a peur, donc elle est dangereuse. Mais nous avons toujours une mission à remplir… Nous savons à qui nous devons remettre ceci. Les Prophètes n'ont laissé aucune place au doute. Nous ne pouvons le confier aux RATS, mais uniquement à l'homme qui suit l'Enfant de la Guerre.

Son compagnon hocha la tête, la mine grave.

Bailey avait le tournis. Les Prophètes, les RATS, l'Enfant de la Guerre… C'en était étourdissant. Il ne manquerait pas de tout répéter à Tremelo, à condition que celui-ci veuille bien l'écouter.

À cet instant, un sifflement rageur retentit entre les arbres. Les deux hommes levèrent la tête, le blond rangea le Verre dans son sac, avant de jaillir de la grotte avec son ami. Bailey recula afin d'observer sans être vu. En contrebas, le barbu récupéra l'arc et les flèches qu'il avait entreposés sur des rochers et visa le ciel.

— Les vautours sont revenus, affirma-t-il.

Bailey entendit l'oiseau avant même de le voir : une ombre qui s'abattit des arbres. Droit sur les deux Velyns. Plus précisément, sur le petit sac que le blond avait à la main. Son complice décocha une flèche, le coup passa à quelques centimètres du vautour, le forçant à dévier de sa trajectoire. Un second oiseau fondit sur les hommes, de l'autre côté. Bailey leur aurait bien crié de faire attention, mais il ignorait ce qu'ils avaient en tête. Après tout, les vautours lui mâchaient peut-être le travail ?

Le puma décida soudain de se mêler à la bagarre. La femelle surgit de la grotte en grondant. Le second vautour se jeta sur elle, les serres en avant. Le puma rugit et montra les crocs. L'oiseau l'attaqua à coups d'ailes, tandis qu'un troisième vautour se jetait sur le blond et lui arrachait son sac. Il reprenait son envol quand le barbu lui décocha une flèche qui le toucha en pleine aile. Le volatile infléchit sa trajectoire sans pour autant s'abattre au sol, et bientôt il disparut dans la forêt.

— Il s'enfuit ! s'égosilla le barbu.

Aussitôt, le puma bondit et saisit le deuxième vautour entre ses pattes. Bailey détourna le regard quand la femelle brisa le cou de sa proie. Les deux hommes et les loups s'engagèrent sur le sentier étroit et périlleux qui montait jusqu'à Bailey.

Celui-ci se redressa. Il avait le choix : soit il se cachait et laissait les Velyns partir seuls à la poursuite du vautour, soit il le pourchassait lui aussi. Les deux hommes n'avaient pas encore paru au sommet de la falaise, Bailey aurait un peu d'avance. Sa décision prise, il s'élança dans la direction suivie par le volatile chapardeur.

Le temps pressait, pas question de s'arrêter en chemin pour guetter les bruits du fuyard. Bailey courait en essayant de se concentrer comme il le faisait chaque après-midi, en mobilisant tous ses sens pour déterminer la position du vautour. Au-dessus de sa tête, une branche haute s'agitait : l'oiseau l'avait frôlée quelques instants auparavant. Bailey entendit également des pinsons s'envoler, comme s'ils fuyaient un prédateur. Il sentit encore une faible odeur de charogne émanant des serres du vautour, et sut qu'il était près du but. L'oiseau évoluait devant lui, cap au nord. Droit vers l'école.

Bailey avait les poumons en feu à force de courir. « Si seulement j'étais Animas Faucon, comme Phi », songea-t-il. Un faucon rattraperait ce vautour et le harcèlerait en vol. Levant les yeux vers le ciel, il aperçut l'ombre du gigantesque oiseau ; il volait à faible altitude à cause de sa blessure à l'aile et du poids du Verre qu'il transportait.

Bailey devait l'arrêter avant qu'il ait atteint l'école. S'il ne parvenait pas à récupérer le Verre, il faudrait avertir Tremelo et lui expliquer que non seulement il lui avait emprunté son livre, mais qu'il s'était encore aventuré dans les bois.

Il prit rapidement ses repères. Si le vautour se dirigeait bien vers l'école, il allait survoler un terrain encore plus difficile, planté de grands arbres qui ralentiraient la poursuite au sol. Il savait que les collines proches du terrain de chavage étaient plus praticables et que, en passant par là, il avait une chance d'intercepter l'oiseau avant qu'il ne quitte la forêt. Il devait tenter le coup.

Bailey obliqua donc à gauche, vers le terrain de chavage. C'est alors qu'il entendit les deux hommes derrière lui. Les Velyns progressaient rapidement, mais ils ne connaissaient pas le secteur aussi bien que Bailey. Il se dirigea vers les collines, laissant les Velyns suivre le volatile. Il entendit une flèche fendre l'air et un juron échapper au tireur malchanceux.

Le garçon approchait de la limite du terrain de chavage, à l'endroit où il avait découvert le chêne doigt-du-roi, lorsqu'il s'aperçut qu'il n'avait pas réfléchi au moyen de s'emparer du vautour. La griffe, sa seule arme, pesait lourdement au fond de sa poche, cependant il ne pouvait prendre le risque de la perdre. Il envisagea de se jeter sur sa cible d'une branche d'arbre… Hélas ! il n'aurait pas le temps de grimper suffisamment haut. Comment faire, alors ?

À quelques mètres d'une portion moins boisée, il ralentit. Il entendait un faible bruissement de plumes au-dessus de sa tête. Bailey leva les yeux : le vautour allait bientôt passer à la verticale de sa position. L'oiseau avait du mal à conserver de l'altitude, avec son aile abîmée. Il tenait toujours le sac dans son bec. Bailey se demanda ce qui le poussait vers l'école.

Le garçon regrettait de ne pas avoir enfilé sa tenue de chavage : son manteau de laine était lourd, et sa cravate l'étouffait. Il l'arracha… et une idée lui vint.

Il la plia en deux puis ramassa une pierre qu'il cala à l'intérieur du pli. Les deux extrémités de la cravate en main, il la fit tournoyer trois fois au-dessus de sa tête avant de lâcher un bout : la pierre vola droit sur le vautour et le toucha à l'aile gauche. Le volatile tressauta, laissa tomber le sac. Bailey s'en voulait un peu d'avoir fait souffrir le colié d'une personne, mais le principal était de récupérer le Verre. Il fonça aussitôt s'emparer du sac. Cependant, malgré ses blessures, le vautour demeurait très agile. Il fondit au sol et récupéra son bien entre ses serres.

Bailey choisit une autre pierre, plus petite que la précédente, plus lisse aussi, et avec un côté tranchant. Il la positionna dans sa fronde de fortune, puis procéda comme avec un claqueur chargé de peinture. Cette fois, il atteignit le vautour à l'œil. Aussitôt, l'oiseau tomba du ciel.

Bailey se figea, aux aguets. Des bruissements de plumes et des petits croassements lui parvenaient de l'endroit où le vautour essayait de se redresser sur ses pattes. Il n'entendait pas d'autre bruit, néanmoins il savait que les deux hommes et leurs coliés ne pouvaient être loin.

Le garçon franchit un rideau d'arbres et se retrouva face à l'oiseau blessé. Le sac était par terre près de lui. L'animal fixa Bailey d'un œil noir tandis que le garçon s'emparait du sac. Celui-ci était lourd : le Verre était encore à l'intérieur. Le vautour poussa un cri perçant ; le cœur de Bailey se mit à cogner fort. Il recula, horrifié par les blessures qu'il avait infligées à sa cible. L'oiseau continuait de crier, incapable de se défendre. Pour autant, Bailey n'avait pas une minute à perdre. Il s'élança donc en direction du campus, en priant pour que les Velyns se refusent à révéler leur présence en le suivant jusqu'à l'école. Pas une seule fois il ne se retourna.

Vingt-cinq

— Ce n'est pas une façon de vivre, ni pour une personne, ni pour son colié, déclara l'Ancien.

La tension couvait entre un terrier et un corbeau qui se disputaient un reste de souris morte. L'homme faiblissait de jour en jour, et Gwen redoutait que, avec la disparition de Grimsen, il ne perde espoir.

La nuit où ils avaient fui le palais, la jeune fille avait remercié dame Nature pour son passé de pickpocket. Ce n'est que grâce à sa connaissance parfaite des Goujons qu'ils avaient pu localiser le bar discret servant de repaire aux RATS. Elle avait hâte de se joindre à eux. Les RATS : Résistance Active à la Tyrannie et à la Suppression. Ils étaient restés fidèles au roi Melore, et craignaient le pire si Viviana accédait au pouvoir.

Les semaines qui avaient suivi avaient été très pénibles pour l'organisation. Les espions de Viviana les obligeaient à se déplacer en permanence. Les

RATS avaient ainsi changé plusieurs fois de planque. Et les résistants avaient du mal à trouver le sommeil : ils avaient l'impression de pouvoir basculer dans la guerre à tout moment. D'autres « Nids de RATS » existaient dans toute la ville, et tandis que la rumeur racontait que les Dominae grandissaient en nombre, Gwen et les RATS se rassuraient en se disant qu'eux aussi avaient des compagnons. Si seulement ils avaient pu tous se réunir sans être épiés par les terrifiants oiseaux de Viviana…

Voilà plusieurs jours qu'ils occupaient un vaste tunnel sous la ville : un vestige de ce qui aurait dû être la première voie de rigimobile souterraine, le grand projet de Melore.

En surface, les oiseaux mécaniques de Viviana étaient partout, au côté des gargouilles sur les toits des bâtiments, perchés sur les réverbères et les porches. Un des rares moyens de communication dont disposaient les RATS n'était autre que les… vrais rats. Les rongeurs faisaient la navette entre les planques et transmettaient les messages à leurs coliés humains. Pour plus de discrétion, les RATS n'avaient le droit d'entrer ou de sortir d'une planque qu'à deux maximum. Quant au ravitaillement, il était assuré par des femmes qui s'approvisionnaient aux marchés locaux. Hélas ! ces marchés eux aussi souffraient des agissements de Viviana et de ses sbires : les agriculteurs étaient de moins en moins nombreux à envoyer leurs récoltes à la ville, craignant d'être pris dans une émeute. Gwen s'était tellement habituée à la soupe au chou qu'elle doutait de manger un jour autre chose. Les coliés étaient angoissés et fatigués ;

des disputes éclataient presque tous les jours entre les différentes espèces animales.

Pour oublier ses soucis, la jeune fille apprenait à jouer de l'harmonica que lui avait offert l'Ancien. Enoch, un Animas Caméléon – le fameux jeune homme qui l'avait aidée à s'échapper du théâtre lors de la réunion des Dominae –, lui avait enseigné les rudiments de l'instrument un soir.

— C'est facile, lui avait-il assuré. Jouer de la musique doit toujours être un plaisir, même si tu sors des fausses notes au début.

Bill, le caméléon posé sur son épaule, avait viré au rose quand Enoch avait entamé une mélodie vive et entraînante.

Sur les conseils d'Enoch, Gwen s'entraînait à la moindre occasion. Elle ne jouait pas encore très bien, mais la musique l'apaisait. Dans le tourbillon des incertitudes, elle profitait des moindres instants de répit.

Cette nuit-là, tandis que l'Ancien grommelait, Gwen jouait de l'harmonica, la tête un peu ailleurs, passant d'une berceuse à une gigue énergique. Elle avait observé récemment que, lorsqu'elle jouait, la sensation apaisante qui l'envahissait se diffusait aussi aux différentes espèces de coliés qui vivaient dans le tunnel obscur. La veille encore, une petite chouette mal en point les avait rejoints et s'était mise à sautiller au son de l'harmonica. Elles étaient à présent trois à l'écouter, perchées sur un bloc de béton fracassé, ainsi qu'un chien de berger à moitié assoupi.

Tout à coup, le calme s'envola.

Gwen entendit des cris qui résonnaient contre le plafond voûté. L'Ancien se rassit sur son tapis de couchage, à côté d'elle. La fille s'enveloppa les épaules dans une couverture et aida l'homme à se lever. Le tunnel présentait l'avantage d'être sec, toutefois l'hiver était là en surface et le froid s'immisçait dans les profondeurs. Gwen voyait la buée de son souffle et de celui de l'Ancien lorsqu'ils pénétrèrent dans une station.

Enoch descendait par une échelle en fer qui permettait de regagner la rue. Il avait été de garde à proximité du palais, malgré les émeutes qui s'intensifiaient.

— C'est fait : les Dominae se sont emparés de la ville. Le Parlement va bientôt tomber, annonça-t-il. Une armée de fouines et de coyotes en provenance des Plaines Arides a renversé les troupes du Parlement. Le palais et le Parlement sont encerclés ! Les émeutiers ont opéré une jonction avec l'armée des Dominae.

Les RATS se blottirent les uns contre les autres dans le tunnel.

— Et au Parlement, ils ne font rien ? s'indigna quelqu'un. Ils se tournent les pouces ? Ils ont forcément prévu quelque chose, non ?

Enoch secoua la tête.

— La plupart des membres ont fui ce matin, et ceux qui restent ont ordonné aux troupes du Parlement de se retirer. Les traîtres…

— Où est Viviana ? demanda une autre voix.

— Elle a installé son quartier général dans la vieille bibliothèque, en plein cœur de la ville.

La nouvelle fut accueillie par des cris et des chuchotements.

— Frappons immédiatement ! Marchons sur la bibliothèque, prenons-les par surprise ! lança un docker.

— Nous n'avons pas d'armée, rappela Digby, le barman du Tigre Blanc. Nous n'arrivons déjà pas à organiser une réunion entre plusieurs Nids, alors pour planifier une attaque… Sans compter tous les espions que Viviana a disséminés dans la ville. Il serait trop dangereux de dépêcher nos messagers rats. Les Dominae les captureraient. Je sais que vous êtes nombreux à vouloir vous battre, mais nous n'avons même pas ici de quoi tenir un siège.

Enoch s'adossa à l'échelle et se massa les tempes.

— C'est sans espoir, affirma-t-il. Nous ne pouvons pas monter une armée équivalente à celle de Viviana.

Son caméléon arborait la couleur marron de son manteau en tweed. Il cligna des yeux.

— Ne dis pas ça ! s'emporta Merrit, un Animas Chien de berger qui portait une barbe blanche asymétrique.

Il but une bonne rasade de bourbon. Sans doute pour se calmer, estima Gwen.

— Et tu proposes quoi, alors ? demanda Enoch. (Il désigna un grand gaillard vêtu d'un pardessus.) Roger, tu reviens des Terres-Basses ; pouvons-nous espérer des renforts de là-bas ?

Roger Quindley, un apothicaire des Terres-Basses, rapportait aux RATS des nouvelles de tout le royaume depuis des semaines. Il s'avança, un imposant blaireau sur ses talons.

— L'indifférence règne dans les Terres-Basses, déclara-t-il. Ce qui se passe en ville n'a aucune conséquence pour eux. S'ils apprenaient ce que projette réellement Viviana… nous aurions peut-être une chance d'assembler une armée.

— Il faudrait qu'elle soit aussi puissante que celle de Viviana, pas simplement aussi nombreuse, nuança Digby. Il nous faut des soldats qui sachent utiliser au mieux leur lien d'Animas. Il nous faut un *chef*. (Le barman poussa un long soupir.) Si seulement Tremelo était encore des nôtres… S'il ne se contentait pas de venir s'approvisionner en myrge… Avec sa force, il pourrait nous aider à former une armée, à retourner la situation en notre faveur.

Nerveuse, Gwen entortillait une mèche de ses cheveux roux entre ses doigts. Un détail la chiffonnait. Ce nom… Tremelo… il lui disait quelque chose.

— Ce type est cinglé, de toute façon, affirma Merrit, déjà bien ivre. Il se terre dans son école, là, il fait mumuse avec ses petites machines. Il ne s'intéresse même plus à l'œuvre de son père.

Voilà ! Gwen se rappelait où elle avait vu ce nom. Elle retourna aussitôt fouiller dans ses affaires. Quand elle eut mis la main sur la pièce d'or à l'effigie d'un renard endormi et gravée du nom Tremelo, elle reprit le chemin de la station. C'est alors qu'elle vit une lumière chatoyer sur la voûte de pierre. L'Ancien s'approchait.

— Tout va bien, Gwendolyn ? Où avais-tu disparu ?

Au lieu de répondre, la fille plaça le pendentif dans le faisceau de la lampe à dynamo de l'Ancien.

L'homme étudia l'objet, puis porta une main ridée à ses lèvres.

— Où as-tu trouvé cela ? demanda-t-il d'une voix pressante.

— Dans la capuche de mon manteau, la nuit où Grimsen a été tuée, répondit Gwen. J'ai bousculé un garçon sans le faire exprès. On est tombés par terre… Je crois que ça lui appartenait. Je ne l'avais pas avant.

— Quel garçon ? Décris-le, fit l'Ancien en lui saisissant le bras.

— Je ne sais plus ! Il était jeune, peut-être un peu plus que moi. Il portait une veste à rayures bleu vif.

L'Ancien lâcha le bras de Gwen et se précipita dans la station. Son apprentie le suivit, un peu déboussolée. Elle ne l'avait pas vu dans un état pareil depuis la fois où l'on avait tenté de l'empoisonner. Il se dirigea d'un bon pas vers Merrit, l'agrippa par l'épaule et le secoua pour l'arracher à sa stupeur d'ivrogne.

— Tremelo, c'est bien l'homme que vous réclamez comme chef ? Vous prétendez qu'il ne « s'intéresse plus à l'œuvre de son père ». Qui était-il, son père ?

Gwen hésitait à intervenir ; l'Ancien avait le regard dément.

— Le Fou, évidemment. Thelonious Loren, répondit Merrit en clignant fort des yeux. Qu'est-ce qui vous prend, l'Ancien ?

Celui-ci marqua une pause.

— Le Fou…, répéta-t-il. Thelonious. Bien sûr. Oui, bien sûr. Et vous disiez que cet homme était une espèce de professeur, c'est cela ?

Merrit hocha la tête, pas vraiment dégrisé. Son chien inclina une oreille.

— Dans quelle école enseigne-t-il ?

Digby et Merrit échangèrent un regard inquiet.

— Il s'est retiré des conspirations, monsieur, affirma Merrit. Et ne comptez pas sur lui pour former une armée, si c'est ce que vous avez en tête. Nous ne le voyons pour ainsi dire plus jamais… sauf lorsqu'il a besoin de myrge pour sa pipe.

— Il ne veut plus entendre parler des vieilles prophéties, ajouta tristement Digby. Après ce qui est arrivé à son père, qui peut le lui reprocher ?

— Je n'ai hélas pas le temps de vous expliquer, reprit l'Ancien, mais l'affaire est de la plus haute importance. Il ne s'agit plus simplement de choisir le meilleur chef. Nous devons impérativement trouver Tremelo.

Roger s'avança vers Gwen et l'Ancien.

— Je ne suis pas pour, comme tout le monde ici, dit-il. Tremelo n'est pas un chef. En revanche, je peux vous dire où il enseigne. À l'Académie Montclair.

— Évidemment, commenta l'Ancien. À deux pas des Bois de l'Ombre.

Sur ce, il regagna son lieu de couchage. Gwen l'y suivit, ne se retournant qu'une seule fois en chemin. Les RATS, un peu perdus, les accompagnaient du regard.

— C'est quoi, cette histoire ? voulut-elle savoir.

L'Ancien rassemblait déjà ses affaires.

— Le pendentif, insista la fille, qu'est-ce qu'il signifie ?

Son bienfaiteur lui tendit son sac et lui serra l'épaule dans un geste affectueux.

— Il signifie que nous devons reprendre la route.

Vingt-six

Au sortir de la forêt, Bailey voulut sans délai retrouver Tremelo. Certes, il mourait d'envie de déchiffrer le livre, mais le plus important était de prévenir le professeur de ce qu'il se passait. L'école était en danger, quelqu'un allait venir récupérer le Verre. Cinq heures et demie, l'heure de l'entraînement de chavage, sonnèrent au clocher. Bailey n'avait pas oublié la promesse de M. Pinson : au moindre retard, il serait renvoyé. Mais il s'en moquait ; il devait absolument parler à Tremelo.

Il gravissait au pas de course la colline surplombant le terrain de chavage quand il avisa Taylor. Le frère de Hal arborait un sourire mauvais ; un chat noir était perché sur son épaule. Les pupilles vertes du félin brillaient dans le jour tombant.

— Tu reviens d'une séance avec le professeur toqué ? lança Taylor.

— Ne me cherche pas, le rembarra Bailey.

Il avait la respiration lourde, son corps tout entier vibrait d'énergie.

— Et pourquoi, qu'y a-t-il de si important ?

Taylor tendait déjà la main vers le sac en cuir que transportait Bailey. Celui-ci serra le poing autour de son butin.

— C'est quoi ? insista Taylor. Tremelo te fait transporter de la contrebande ?

— Ça ne te regarde pas.

Bailey fourra le Verre dans son sac à dos.

— Je ne te demandais pas la permission de voir, je t'ordonnais de me montrer ce machin !

Taylor s'avançait d'un air menaçant vers Bailey qui ne se laissait pas démonter. Tout à coup, le coach Badin apparut au coin des gradins.

— Walker ! aboya-t-il en dépassant Taylor. Dame Nature soit louée, te voilà ! Tu ne peux pas te permettre d'arriver en retard, avec Pinson qui t'a à l'œil !

Bailey était pris au piège. Il emboîta le pas au coach et adressa un regard d'avertissement à Taylor avant de s'engager sur le terrain. Le livre et le Verre pesaient dans son sac, comme autant de promesses d'espoir.

— Enfile ton équipement, on va commencer, commanda le coach.

Bailey courut se changer au vestiaire ; Taylor l'observait du bord du terrain. Il cacha son sac et son précieux contenu au fond de son casier, sous ses vêtements pliés. Puis il referma le casier, tourna le cadran du cadenas et s'assura que la clé était bien dans sa poche, après quoi il sortit rejoindre ses coéquipiers.

L'entraînement était épuisant. Bailey n'avait qu'une idée en tête : partir retrouver Tremelo. Il avait hâte de savoir ce que le livre du Fou racontait au sujet des Velyns, et de découvrir d'éventuelles révélations sur son propre passé. À la lumière de ces nouveaux éléments, Tremelo approuverait ses *initiatives*… Du moins c'est ce que le garçon espérait.

Il n'avait pas la tête au sport et jouait mal. Il se prit un coup de claqueur, Taylor lui fit un croche-patte ; mais il s'en moquait. L'entraînement terminé, il quittait le terrain quand le coach lui fit signe de venir.

— Qu'est-ce qui t'a pris d'arriver en retard, Walker ? Je ne dirai rien à M. Pinson pour ne pas te perdre, mais tu ne vas pas t'en tirer comme ça. Trois tours de terrain ! Exécution !

Bailey n'en croyait pas ses oreilles. Trois tours de terrain ? Dans ce froid glacial qui transformait son souffle en buée ? Il courut comme jamais il n'avait couru avant.

Quand il regagna enfin le vestiaire, la porte de son casier était ouverte, ses habits dispersés.

Quant à son sac, il avait disparu.

— Non ! cria le garçon.

Il retourna ses poches sans rien trouver à l'intérieur. Taylor avait dû lui subtiliser la clé quand il l'avait fait tomber. Bailey inspecta les moindres recoins du vestiaire. Le voleur avait malheureusement filé.

Sans prendre le temps de se changer, Bailey fonça jusqu'à l'entrée du bâtiment ; il s'adossa à un mur le temps de reprendre son souffle. Chaque battement de son cœur était un coup de poing. Il appuyait des deux mains sur ses yeux pour tenter de remettre de l'ordre dans ses idées mais ne parvenait pas à se concentrer. Il venait de perdre son unique chance de déchiffrer le livre du Fou, et dorénavant Tremelo ne lui ferait plus confiance. Il poussa un cri déchirant qui effraya un groupe de pinsons. Les oiseaux foncèrent se réfugier dans les sous-bois. Tous… sauf un, qui resta à sautiller dans l'herbe sèche.

Il s'approchait de Bailey, tenant quelque chose dans son bec.

Le garçon l'observait. Ce pinson avait de tout petits yeux noirs. Métalliques. C'était un automate. Dans son bec de cuivre, il transportait un papier enroulé qu'il déposa aux pieds de Bailey. Puis il déploya ses ailes et s'envola vers les arbres.

Bailey ramassa le papier. Les mains tremblantes, il le déroula.

Il s'agissait d'une carte, grande comme sa main, représentant la forêt qui entourait la falaise de Montclair, ainsi que les Bois de l'Ombre au-delà. Un point situé dans les Bois de l'Ombre, légèrement en retrait du sentier, avait été encerclé. Bailey lut ces quelques mots griffonnés dans la marge :

Je sais que tu as des ennuis. Je souhaite t'aider.
Rendez-vous ici même après le coucher du soleil,
les Prophètes t'aideront à trouver ton Animas.

L'écriture était petite et nette, Bailey avait l'impression de la reconnaître… pourtant ce n'était ni celle d'un de ses amis ni celle de Tremelo. Ce message provenait-il des Velyns ? L'oiseau mécanique semblait indiquer une tout autre personne… Autrement plus puissante.

« Je sais que tu as des ennuis. »

Bailey se creusa les méninges sans trouver d'Animas Pinson parmi ses connaissances.

Tremelo ne lui adresserait plus jamais la parole. Il pouvait dire adieu aux séances d'entraînement à l'Éveil. À ce moment précis, il regrettait même d'avoir découvert le livre du Fou, et entendu parler des tribus des Pics des Velyns. Tremelo avait vu juste : sa curiosité l'avait poussé à faire des bêtises, et cela lui avait peut-être coûté la clé de son Éveil.

Il relut une dernière fois le message. Il ignorait qui l'avait écrit. Cela n'avait plus d'importance. Tremelo n'accepterait plus de l'aider ; Hal, Tori et Phi en étaient incapables… Il n'avait pas le choix : il devait honorer le rendez-vous. Au-dessus de sa tête, de gros nuages de neige se massaient à mesure que la nuit tombait. Bailey sortit de sa poche la griffe aiguisée. En priant bien fort pour ne pas avoir à s'en servir.

Vingt-sept

Viviana se tenait dans l'embrasure des grandes portes en bois de la bibliothèque de Grisville. Elle n'avait pas la tête à profiter des vivats de ses partisans, là-dehors. Ses pensées étaient occupées par le message de Joan qui venait de lui être transmis. Son assistante avait trouvé la prophétie.

Elle parle d'un Vrai Roi qui conduira une armée
– l'Enfant de la Guerre sera son porte-étendard,
un enfant pas comme les autres, dont l'Animas
a été perdu. Cet enfant, je pense l'avoir localisé…

Un Vrai Roi mais aussi un Enfant de la Guerre, donc ? Viviana en avait le tournis ; elle éprouvait un mélange de colère et de trouble. Il ne pouvait pourtant pas exister un autre prétendant au trône ! Le seul autre enfant de Melore était mort, elle le savait. Elle revoyait les flammes qui léchaient le bas de la porte fermée à clé, elle réentendait la petite voix paniquée : « Vivi, laisse-moi sortir ! Ne m'abandonne pas ! » Mais la porte avait résisté ; elle n'avait pu l'ouvrir. Elle avait fui, terrorisée, elle avait quitté le palais avec l'Ancien sans pouvoir sauver son frère. Non. Il ne pouvait y avoir de Vrai Roi. Et cet Enfant de la Guerre, quel qu'il soit, était un imposteur. Viviana avait confié une nouvelle mission à Joan : tuer l'Enfant de la Guerre, afin que tous les mauvais présages qu'il incarnait meurent avec lui.

— Madame, pardonnez-moi, mais on dirait que vous avez vu un fantôme, déclara Clarke, le mécanicien.

Il sortait d'un recoin sombre du vestibule.

« Cet homme est d'une perspicacité irritante », songea Viviana. Mais ce soir, son aide lui était précieuse. Il allait lui permettre d'offrir aux Dominae un symbole de son pouvoir.

— Au contraire, répondit-elle, sourire aux lèvres. Les membres du Parlement ont fui, nos partisans sont prêts. Je suis *très* confiante.

Clarke s'inclina en une petite révérence.

— Tout est paré pour votre grande entrée, annonça-t-il en indiquant un homme et une femme qui se tenaient en retrait, dans l'ombre.

D'un même mouvement, ils retirèrent le drap qui recouvrait une grande cage rectangulaire. Viviana perçut des grincements métalliques. Un grondement féroce retentit, et un énorme tigre jaillit de la cage, ses yeux rouges illuminés de l'intérieur par un mécanisme complexe. Son pelage en cuivre s'ornait de rayures blanches ondulées. Il semblait luire.

Clarke saisit une large sangle fixée au cou du tigre automate et la tendit à Viviana.

— La bête n'attend plus que vos ordres, dit-il.

La jeune femme redressa les épaules, tâta le grain de la sangle : du cuir véritable d'une qualité rare. Un colié était mort pour cela.

— Au moment voulu, appuyez sur ce bouton, ajouta Clarke.

Il montrait un petit bouton doré incrusté dans le cuir, relié à un câble qui suivait la couture.

Viviana hocha la tête, deux gardes ouvrirent en grand les lourdes portes de la bibliothèque. Une clameur assourdissante déferla sur la jeune femme. Elle avait revêtu une longue robe rouge qui mettait en valeur son rouge à lèvres mauve, sans ornements ni broderies. L'ourlet lui battait les chevilles tandis qu'elle descendait d'un pas lent les marches de marbre.

La place grouillait de citoyens de Grisville. Nombre d'entre eux protestaient là depuis des jours, voire des semaines ; tant et si bien que le Parlement avait fini par céder. Les soldats de Viviana observaient la foule, assis sous les porches, sur les rebords des fenêtres : fouines, coyotes, putois, lièvres et même, oui, des chacals. Silencieux, ils encerclaient la foule en délire, prêts à passer à l'action au moindre signe de leur maîtresse.

Viviana serrait fort la laisse du tigre, l'automate rugissait et tirait sur le cuir. C'était de la comédie, un spectacle mis au point par Clarke. La jeune femme n'eut qu'à appuyer sur le fameux bouton doré pour que le félin tourne la tête vers elle. Il rugit de nouveau, révélant ses dents métalliques acérées. Puis, dans un mouvement gracieux, ses muscles de métal se tendirent et il s'inclina devant Viviana. Celle-ci sourit ; les spectateurs se déchaînèrent.

Viviana leur adressa un signe de la main. Elle avait eu le trac à l'idée de se retrouver face à ses partisans sans Joan à son côté. Mais si son assistante parvenait à accomplir sa mission ce soir-là, alors Viviana aurait la mainmise sur la prophétie… et sur le peuple.

Vingt-huit

Le clocher de Montclair annonçait huit heures du soir. Tremelo se frayait un chemin dans le flot d'élèves qui se déversait du réfectoire. Il cherchait du regard Bailey, Fenouil l'accompagnait.

Il avisa Hal et Tori qui cheminaient ensemble, en grande conversation. Apercevant le professeur qui venait à leur rencontre, ils affichèrent une mine très inquiète.

— Vous deux ! les interpella Tremelo. Dites-moi où est Bailey.

— Aucune idée, répondit Hal, les yeux plissés derrière ses lunettes.

— Je dois lui parler, insista le professeur. Il m'a pris quelque chose… de très important.

Tori le dévisageait d'un œil noir.

— Vous pensez qu'il l'a *volé* ?

— Je pense qu'il a voulu précipiter son Éveil, mais qu'il s'est peut-être fourré dans un sale pétrin.

— Vous pourriez être plus clair ? le pressa Tori.

Un de ses serpents s'était glissé hors de son sac et enroulé à son poignet.

Tremelo parcourut les environs du regard puis s'approcha des deux élèves.

— Tu te rappelles peut-être, Victoria, que j'ai en ma possession une certaine malle, qui contenait un certain livre. Un livre illisible. Rédigé dans une langue incompréhensible. Eh bien, Bailey croit que cet ouvrage renferme les réponses à toutes ses questions. Or ce livre a le don d'attirer les attentions ; de *mauvaises attentions*. Nous devons trouver Bailey.

— Il est peut-être avec Phi, suggéra Hal. L'entraînement de chavage s'est fini il y a peu.

Le trio se dirigea vers le terrain de chavage. Ils venaient de franchir la butte quand un cri de terreur leur parvint. Tremelo sprinta, visiblement inquiet, tandis que Tori et Hal faisaient de leur mieux pour le suivre. Or ça n'était pas Bailey qui avait crié : c'était Taylor. Carin, le faucon de Phi, battait des ailes autour de sa tête, le pourchassant à travers le terrain.

— Qu'est-ce que tu as raconté au coach ? s'époumonait Phi.

— Rappelle ton faucon ! l'implorait Taylor.

Un chat noir bondissait dans tous les sens pour tenter d'attraper l'oiseau, mais celui-ci restait hors d'atteinte. Fenouil se jeta dans la mêlée en glapissant pour chasser le chat de Taylor.

— Qu'est-ce que tu as pris dans le casier de Bailey ? demanda Phi. Je t'ai entendu te vanter !

— Rien du tout, nom d'une fourmi ! Enlève-moi ce foutu oiseau !

Tremelo arriva alors, il repoussa Carin d'un geste puissant. Fenouil envoya valser le chat.

— Que se passe-t-il, ici ? interrogea le professeur. Qu'est-ce que c'est que cette histoire de casier ?

— Je saigne ! cria Taylor. Ce piaf est un danger public.

— Crois-moi, elle peut faire pire ! dit Phi. Là, elle a été gentille !

— Ça suffit ! s'imposa Tremelo. Phi, maîtrise ton colié. Taylor, cesse de geindre et réponds-moi.

Le garçon se massa le cou, à l'endroit où les serres de Carin l'avaient griffé, puis il baissa les yeux.

— Est-ce que c'est ma faute s'il arrive en retard à l'entraînement, et qu'il transporte des trucs secrets ? Moi je voulais juste que le coach sache ce qu'il mijotait.

— Tu cherchais surtout à le faire éjecter de l'équipe ! le contra Phi. Tu ne supportes pas qu'il joue mieux que toi !

— Stop ! tonna Tremelo. Qu'as-tu pris dans le casier de Bailey, et qu'en as-tu fait ?

La mine sombre, Taylor grommela :

— Je ne sais même pas ce que c'était. Quand j'ai vu Bailey sortir des bois, il était tout drôle, et il tenait un petit sac à la main. Je n'ai pas eu le temps de voir ce qu'il contenait parce que j'ai été surpris pendant que j'ouvrais son casier.

— Surpris par qui ? demanda Tremelo.

— Par Mme Sucrette. Elle a confisqué le sac et m'a donné une heure de retenue. Puis elle est partie pendant que Bailey faisait des tours de terrain.

— Qu'est-ce qui l'avait amenée dans le vestiaire ? s'interrogea Hal.

— Mme Sucrette…, fit Tremelo en se lissant la moustache.

Fenouil l'observait, tranquillement assise à ses pieds.

— Je peux y aller, maintenant ? réclama Taylor.

Sans relever la question, Tremelo tourna les talons.

— Suivez-moi, ordonna-t-il à Hal, Tori et Phi.

Le petit groupe se rendit en silence au bâtiment de Linguistique et Communication inter-espèces. Carin évoluait au-dessus d'eux, à basse altitude ; elle vint se poser sur l'épaulière en cuir de Phi. Tremelo toqua à la porte de la salle de classe de Sucrette avant de pousser le battant.

La pièce était déserte.

— Madame Sucrette ? appela Tremelo.

La porte du bureau de la jeune femme, au fond de la salle, était entrouverte.

— Joan ? insista l'homme.

Les poils se hérissaient sur ses bras. Quelque chose n'allait pas.

D'un pas décidé, il alla ouvrir la porte du bureau. À l'intérieur, c'était le chaos : tiroirs arrachés et vidés, documents et stylos jetés par terre, chaise retournée. Un grattement attira l'attention de Tremelo : un rat, blotti dans un coin, grignotait les bonbons de la professeure de latin.

— Je ne comprends pas, souffla Hal. Où est Mme Sucrette ?

Tremelo secoua la tête. Les mains tremblantes, il formula la question autrement :

— Nous devrions peut-être nous demander plutôt *qui* est Mme Sucrette ?

Vingt-neuf

Bailey avait regagné les bois. L'air froid lui piquait les poumons. La nuit était tombée, mais il n'avait pas emporté de lampe. Avec la griffe mystérieuse dans sa poche, il ne craignait rien. Les nuages de neige aperçus au-dessus du campus déversaient leurs flocons dans un ballet au ralenti.

Un oiseau émit un cri dans le ciel, Bailey revit en pensée le vautour avec son aile blessée, ensanglantée. Il se mit à courir, tiraillé par la peur et l'excitation. Pas question d'emprunter le même sentier que les professeurs. Le temps pressait, mieux valait couper entre les arbres. Jamais il ne s'était autant éloigné de l'école, mais, depuis sa précédente escapade, il se sentait plus fort… ou plus insouciant.

Il n'avait pas le choix. Il avait perdu le livre et le Verre. S'il voulait des réponses aux questions concernant son Animas, il devait prendre des risques. Enfin, il aperçut un bosquet au milieu d'une clairière, juste après un coude du ruisseau ; le lieu de rendez-vous indiqué dans le message mystérieux. Bailey dévala la pente jusqu'à la lisière des arbres. Le bosquet était désert. Le garçon avait le cœur qui battait fort, et le bout des doigts gelé.

Soudain il se figea. Une femme mince, vêtue d'un manteau sur mesure, sortait du bosquet. Une meute d'ours et de loups envahît la clairière à sa suite ; ils se mirent à ses ordres. La dame retira sa capuche, Bailey reconnut les cheveux courts et blonds de Mme Sucrette.

Une rafale de vent siffla au-dessus d'eux : un vol de vautours se joignit à la troupe. Ils se perchèrent sur des branches, d'où ils observaient la scène de leurs yeux froids et malins. Un jeune spécimen aux pupilles noires perçantes se posa sur l'épaule de Mme Sucrette. Bailey nota au passage qu'il n'y avait bizarrement pas un merlebleu dans les parages.

— Madame Sucrette ? s'étonna-t-il. Que faites-vous ici ?

La professeure sortit d'une poche de son manteau un couteau à la lame luisante.

— Monsieur Walker..., prononça-t-elle d'une voix légère et aérienne malgré les circonstances. Tu as eu mon message.

Trente

Un fin observateur posté à la fenêtre de la salle de latin, à présent déserte, aurait peut-être aperçu quatre silhouettes suspectes courant sous l'averse de neige. Cette personne ne se serait pas forcément alarmée de voir un professeur et trois élèves foncer vers le quartier où logeaient les membres du corps enseignant. Tremelo, lui, croyait voir des yeux acérés à toutes les fenêtres des bâtiments de cours. La mise à sac du bureau de Sucrette avait fait naître en lui une inquiétude qu'il ne parvenait pas à chasser. Tout était encore flou dans son esprit, mais il était sûr de deux choses : premièrement, il devait trouver Bailey avant qu'il ne lui arrive malheur ; deuxièmement, la nuit s'annonçait funeste.

Il grimpa quatre à quatre les marches qui menaient à ses appartements. Hal, Tori et Phi le talonnaient, à bout de souffle. Le sol était jonché de papiers jetés avec rage, ainsi que de livres ouverts, les pages cornées. Tremelo alla ouvrir la porte d'un modeste placard dont il sortit son arc à ressort et le carquois qu'il avait rangés là le soir où Tori et Bailey avaient rencontré le loup. Les deux filles attendaient côte à côte près du fauteuil, sans rien perdre des gestes du professeur. Hal, lui, demeurait à la porte, raide comme un piquet, aux aguets.

— J'ai ma petite idée pour retrouver notre ami, dit Tremelo en observant attentivement les visages de ses élèves. Mais si l'un d'entre vous songe à un endroit précis, autre que les bois, je l'écoute.

Comme il s'y attendait, personne ne dit rien.

Le professeur posa son arc et son carquois, puis remit à Hal un sac rempli de ce qui ressemblait à des billes en pierre tout écaillées.

— Avec ton ouïe acérée, ces petits joujoux te seront très utiles, déclara-t-il. Ça s'appelle des bloqueurs. Si un humain ou une bête s'approche de toi dans le noir, tu lui en jettes un dessus. Le bloqueur explose au contact et émet une lumière aveuglante qui paralyse l'adversaire. Veille bien à les lancer à plus de cinq pas de distance, ou tu seras pétrifié une bonne dizaine de secondes. Vu ?

— Vu, confirma Hal en soupesant le sac.

Tremelo s'adressa ensuite aux filles :

— J'ai aussi quelque chose pour vous.

À cet instant précis, l'homme perçut une pointe de conscience extérieure : Fenouil avait repéré la trace de Bailey dans les bois.

Tremelo avait du mal à se connecter aux sensations de la renarde, vu l'état d'angoisse dans lequel il était. Il devait se concentrer davantage. Il prit une profonde inspiration, ferma les yeux. Une lumière verte lui apparut peu à peu, comme une image photographique qui se révélerait lentement. Il sentait l'herbe humide sous les pattes de Fenouil, mais aussi l'odeur de Bailey, d'une façon dont aucun être humain n'aurait pu la percevoir. Mais où diable courait donc la renarde ?

Un coup sec à la porte tira Tremelo de sa transe. Phi et Hal se tournèrent vers l'entrée, paniqués. Le professeur nota au passage que Tori avait l'air à la fois effrayée et déterminée.

— Vous avez vu quelque chose ? chuchota-t-elle.

Tremelo n'eut pas le temps de répondre : le doyen Pinson fit son entrée. Les sourcils froncés, il parcourut la pièce du regard. Tremelo se rendit compte qu'il avait toujours dans les mains un véritable arsenal, et que son arc et ses flèches étaient appuyés contre le mur derrière lui. Hal cacha discrètement le sac de bloqueurs dans son dos.

— J'exige des explications immédiatement, Tremelo, tonna Pinson en remontant ses lunettes sur son nez. Que se passe-t-il ici ?

— Une explication… Oui, tout à fait, assura le professeur.

Ses mains tremblaient : il savait que, quelque part, Bailey courait un grave danger.

— Je vous offre d'abord une eau-de-vie des Plaines Arides ? Fabrication artisanale. Il me semble que nous avons des connaissances communes à Grisville qui savent procurer ce breuvage.

— Je ne m'adonne pas aux comportements illicites, et je ne vois pas du tout de quoi vous voulez parler…

Le doyen aurait poursuivi sa réplique si une fille n'avait passé la tête dans l'embrasure de la porte. Environ treize ans – à ce qu'estimait Tremelo –, les cheveux roux vif coupés court.

— Désolée de vous interrompre, déclara l'adolescente en se frayant un chemin dans la pièce encombrée.

Elle promena son regard sur toutes les personnes présentes avant de s'attarder sur Tremelo.

— C'est bien lui le professeur ? demanda-t-elle à Pinson.

— Mais oui, lui répondit le doyen. Tremelo, vous avez de la visite, et c'est semble-t-il urgent. Cette jeune personne et son accompagnateur viennent d'arriver du Parlement par le rigimobile.

D'un geste, Pinson désigna un vieux monsieur sur le seuil. Bien que d'apparence fragile, ce personnage se tenait droit comme un I et n'avait pas besoin d'aide pour se déplacer.

— Je suis Finn. L'Ancien. Et voici mon apprentie, Gwen.

— Tremelo, j'ai à faire, je vous laisse à vos invités, dit Pinson. Mais j'attends vos explications sur la présence de ces élèves ici, avec toutes ces armes à portée de main.

Sur ce, il quitta les lieux en marmonnant des paroles inaudibles.

Le vieux visiteur n'eut pas le loisir de reprendre la parole ; Tremelo s'empara de son arc, Tori et Phi se dirigèrent vers la porte.

— Navré de devoir remettre à plus tard notre entrevue, lança le professeur. Mais ces jeunes gens et moi-même avons un rendez-vous pressant à honorer, donc avec votre permission…

— J'étais un ami de votre père, le coupa le vieil homme. Et j'apporte un message de la plus haute importance. Et délicat…

— Faites vite, alors. Et ne vous inquiétez pas pour ces trois petits. Ils savent garder un secret.

— Ceci est à vous ? interrogea l'Ancien en adressant un signe à Gwen.

Celle-ci sortit de sa poche le pendentif en or que Tremelo avait offert à Bailey. Sur une face, les lettres qui composaient son prénom ; sur l'autre, la silhouette d'un renard assoupi.

— Où as-tu trouvé ça ? réagit Tremelo.

— Un accident…, se défendit la fille.

L'Ancien s'avança.

— Je comprends votre étonnement, déclara-t-il, mais pardonnez-moi… la vraie question est de savoir d'où *vous-même* vous tenez cet objet. Vous lui avez emprunté votre prénom, je me trompe ?

— C'est mon vrai prénom, rectifia le professeur. Je le porte depuis toujours, tout comme j'ai toujours porté ce pendentif.

L'Ancien sourit. Il s'appuya sur le bras de Gwen et, l'espace d'un instant, Tremelo crut qu'il allait s'évanouir.

— Vous vous sentez bien ? s'inquiéta le fils du Fou.

— À merveille, oui, affirma le vieillard.

Puis il s'éclaircit la voix. Tremelo remarqua qu'il avait les larmes aux yeux.

— J'ai connu l'homme que vous appelez votre père, Thelonious Loren. Longtemps avant qu'il ne soit connu sous le nom du Fou. Il n'avait pas d'enfants. Il n'avait pas de fils.

— C'était donc avant ma naissance.

L'Ancien secoua la tête, posa une main sur le bras de Tremelo.

— Vous ne conservez aucun souvenir de vos cinq premières années, n'est-ce pas ?

Tremelo sentit son ventre se nouer.

— Comme la plupart des gens.

— Cela vaut peut-être mieux. Si jeune, ç'aurait été dur à vivre… (L'Ancien prit le pendentif à Gwen.) Il vous a sans doute délivré du palais, de même que j'ai secouru votre sœur avant qu'elle me soit enlevée. Cela dit, il vous a laissé des indices, afin que vous puissiez découvrir votre destinée au moment voulu. Ses prophéties. Elles sont exactes parce qu'il savait qu'il protégeait le Vrai Roi.

L'Ancien déposa le pendentif au creux de sa main et pointa du doigt les lettres disposées ainsi : TRE MELO.

— Je connais ce bijou. Je me revois le récupérer chez le joaillier la nuit de votre naissance. Votre père savait – ne me demandez pas comment – que vous seriez Animas Renard, comme lui. Certaines lettres se sont effacées, regardez… Sans doute durant l'incendie qui nous a forcés à fuir le palais, cette nuit fatidique. Voyez.

L'Ancien passa les doigts sur les lettres, s'interrompant au niveau des espaces.

— Trent Melore, prononça-t-il en levant les yeux vers Tremelo. Le renard endormi… s'est enfin éveillé.

Le professeur recula. Ce vieillard délirait. Sans lui laisser le temps de réagir, l'Ancien mit un genou à terre.

— Que faites-vous ? lui demanda Tremelo, en proie à un étourdissement.

— Mon cher enfant, l'enfant perdu… On m'a appris à toujours m'incliner devant un roi.

Une [illegible]

de [illegible]

de [illegible]

sion. [illegible]

[illegible] s'y [illegible]

contrôle [illegible]

[illegible] de la [illegible]

Qu[illegible]

[illegible]

Il [illegible]

[illegible] si [illegible]

[illegible] est [illegible]

Que [illegible]

Il y avait [illegible]

[illegible]ment. [illegible]

[illegible] de [illegible]

[illegible]ponda[illegible]

Trente et un

Une troupe d'ours, de loups, de coyotes et de blaireaux s'était réunie en demi-cercle derrière Sucrette. Assailli par la peur et la confusion, Bailey avait le vertige. Comment la professeure s'y était-elle prise ? Comment faisait-elle pour contrôler ces bêtes ? Derrière lui, le garçon entendit des grondements.

— Qu-qu'est-ce qu'ils viennent faire là ? bégaya-t-il en cherchant une issue de secours entre les arbres.

— Ils m'obéissent parce que je vaux mieux qu'eux, répondit très simplement Sucrette. Petit nigaud ! Je n'aurais pas cru que tu te laisserais prendre si facilement ! Ton désir de découvrir ton Animas est une faiblesse.

— Que me voulez-vous ?

Bailey avait la gorge sèche. Les animaux présents le terrifiaient. Ils l'observaient d'un regard vide, comme privés de volonté propre. Ce lien d'Animas-là ne correspondait en rien à ce qu'avait décrit Tremelo.

Bailey savait, au plus profond de lui-même, qu'il s'agissait de quelque chose de différent, de maléfique.

— J'ai ce que je voulais, affirma Sucrette.

Aussitôt, elle sortit le livre de Tremelo de sous son manteau et le Verre d'une poche.

— Non ! ne put s'empêcher de pester Bailey. Qu'est-ce que vous comptez en faire ?

Le vautour posé sur l'épaule de la jeune femme ouvrit le bec et émit un cri. Le garçon eut la quasi-certitude que l'oiseau se moquait de lui.

— Je ne les ai pas récupérés pour moi-même mais pour Viviana, la légitime héritière du trône. Penses-tu vraiment que j'aime enseigner le latin ? Depuis des mois, j'épie ton cher Tremelo, je cherche le moyen de lui dérober ce livre, et voilà que tu t'en charges à ma place ! Ma reine aura tout ce qu'elle désire.

— Vous… vous roulez pour les Dominae, s'étouffa Bailey.

Il se rappela soudain les murmures apeurés entendus au Tigre Blanc.

— Et je vous ai aidée.

Il scrutait les animaux, prêts à frapper si Sucrette leur en donnait l'ordre. Les paroles du barman lui revinrent à l'esprit : « Elle cherche surtout à utiliser le lien à ses fins. » C'était donc ça… la Dominance. Les bêtes ressemblaient plus à des machines qu'à des êtres de chair et de sang. Bailey avait les jambes molles, la tête qui tournait. Sucrette, elle, restait droite et autoritaire, son couteau bien en main.

— C'est tordant ! glapit-elle. Le livre et le Verre m'ont conduite jusqu'à un trophée bien plus important... *Toi.*

Bailey recula. Il s'arrêta en entendant une brindille casser et un grondement derrière lui.

— Comment ça, un trophée ?

La professeure s'avança vers lui, les yeux rivés à son visage, comme si elle cherchait un détail.

— Le garçon à l'Animas perdu... Tu es celui que les Prophètes ont nommé l'Enfant de la Guerre, celui qui conduira une armée et annoncera l'arrivée du nouveau roi. Ma mission consiste à t'en empêcher. Il ne peut y avoir de nouveau roi : le fils de Melore est mort dans les cendres du palais. Sa fille a survécu ; *elle* deviendra *reine.*

Bailey ne suivait pas. Il était censé annoncer l'arrivée d'un nouveau roi, comme l'espéraient les RATS... Mais l'espoir l'avait abandonné, face au regard moqueur de Sucrette qui le paralysait de peur. Et aussi : qu'entendait-elle par « Animas perdu » ? Il ne pouvait hélas pas lui demander des éclaircissements. Sucrette n'était visiblement pas d'humeur à lui répondre. Elle s'approcha, le poing serré sur le manche de son couteau.

— Je n'ai jamais tué un enfant de ma vie, murmura-t-elle. J'imagine que c'est comme si je te bordais, sauf que tu ne te réveilleras jamais. Hélas ! mon petit Bailey, je suis une piètre interprète de berceuses... (Un des vautours évoluant au-dessus de leurs têtes poussa un cri perçant ; Sucrette éclata de rire.) Comme tu peux le constater.

En un éclair, Bailey se rappela la berceuse que sa mère lui chantait, celle qui avait failli lui revenir quand Tremelo lui avait récité l'énigme. Il entendait presque la voix de sa mère, à présent :

Un papa renard berce son petit
En lui parlant de demain :
« Dors, renardeau ; à ton réveil
Le coq lance le signal,
Les cigales entonnent leur chant,
Le fou appelle le soleil.
Mais maintenant les grillons saluent la lune
Car un nouveau jour s'achève. »

Bailey avait l'impression que plusieurs fragments de l'énigme dansaient dans sa tête : une berceuse évoquant un renard endormi, un frère et une sœur renaissant de leurs cendres, le Fou, la référence aux lombrics dans le discours de Melore, les « Enfants du Roi » poussant sur l'arbre noueux...

Les flocons de neige tournoyaient autour de lui, se posaient en silence sur son manteau, ses cheveux.

Tout à coup, les indices se mirent en place et la lumière se fit : l'énigme l'avait conduit aux « Enfants du Roi ». Or il ne s'agissait pas des enfants de dame Nature, ainsi qu'il l'avait cru à l'Opéra. Non, il s'agissait des enfants de Melore. Le frère et la sœur avaient survécu à l'incendie du palais. Ce n'était pas : dire *Le Soleil appelle le Fou*, car le soleil ne peut appeler personne... Alors que dans l'autre sens... *le Fou appelle le Soleil*... le soleil, source de chaleur... Une référence à l'incendie... au fils qui vivait toujours… Il fallait comprendre : « Le Fou appelle le fils. »

Un vautour se jeta sur Bailey, le garçon l'esquiva. Le vautour reprit de l'altitude tandis que Sucrette riait, ravie de voir le garçon terrorisé.

Cependant le cerveau de Bailey analysait les données, entremêlait la prophétie et la berceuse. *Grâce aux Lombrics les Meilleurs dévient de la Traîtrise…*

Il se concentra sur les noms communs : *Lombrics, Meilleurs, Traîtrise… Traîtrise, Lombrics, Meilleurs…*

Dans l'autre sens : *Grâce à la Traîtrise les Meilleurs deviennent des Lombrics.* Bailey se répétait la formule dans sa tête, et une idée commença à prendre forme.

*Traî*trise. *Me*illeurs. *Lo*mbrics. *Traî. Me. Lo.* Le Fou appelle le fils qui s'est relevé des cendres du palais : Tremelo.

L'énigme n'évoquait pas l'Éveil, mais le roi perdu, le renard endormi qui allait se réveiller. Le renard endormi, comme sur le pendentif de Tremelo.

— Tremelo est le renard endormi, chuchota Bailey.

« Pas étonnant que le Fou ait si souvent répété l'énigme à Tremelo quand il était petit. *Il est le fils de Melore.* »

— Pardon ? aboya Sucrette.

Bailey s'efforçait de rester calme malgré l'énormité de sa découverte. Était-il le seul à avoir compris ?

— À quoi bon me tuer ? demanda-t-il pour gagner du temps. Je m'en fiche, moi, des Dominae. Je suis… je ne suis qu'un gamin.

— Ne me prends pas pour une gourde, Bailey. Je sais que Tremelo voulait faire de toi un de ses espions.

— Comment ça ?

Sucrette marqua un temps d'arrêt. Ses cheveux d'habitude si bien coiffés étaient tout dérangés, ses yeux bleus plissés, son regard s'était fait menaçant.

— Ton cinglé de tuteur se servait de toi, Bailey. Je l'ai observé de près.

— Même pas vrai.

— Oh ! que si. C'est un extrémiste de la politique ; pour lui, tu n'étais qu'un simple pion. Tu as été ses yeux sur le campus, c'est comme ça que tu as trouvé ma carte. Je n'ai pas apprécié, d'ailleurs. Mais j'ai lu ceci… (Elle montrait le livre de Tremelo.) Les prophéties du Fou sur le retour du Vrai Roi. Et je compte bien achever l'œuvre entamée par le Chacal.

Elle se jeta sur Bailey, qui l'esquiva. Mais il suffit que Sucrette claque des doigts pour qu'un rugissement déchire l'air. Sur l'ordre de la professeure, le garçon se retrouva projeté au sol par un gigantesque loup au pelage râpé. L'animal recula puis se remit en position d'attaque.

— Mais pourquoi moi, à la fin ? s'exaspéra Bailey Que dit ce livre sur l'Enfant de la Guerre ? Sur mon Animas ?

Il avait mal partout, c'est à peine s'il put se rasseoir. Les arbres tournaient autour de lui. Du sang dégoulinait dans sa nuque, et les moindres parcelles de sa peau exposées au froid lui brûlaient.

Sucrette s'avança de nouveau, plus lentement cette fois, son couteau brandi. Bailey serra le poing autour de la griffe aiguisée.

— D'après le livre, susurra la professeure, tu as bel et bien un Animas. Si cela peut te réconforter avant de mourir.

Elle bondit sur lui. Au même instant, Bailey sortit la griffe de sa poche et frappa. La pointe effleura la joue de Sucrette. La jeune femme riposta d'un coup au bras. Bailey lâcha son arme avec un cri de douleur. Le loup jouait des mâchoires à quelques centimètres de son visage.

— Félicitations, Bailey, je ne t'aurais pas cru si courageux.

Sucrette recula de quelques pas en chancelant, une main plaquée sur sa joue ensanglantée, un petit sourire aux lèvres. Elle ramassa la griffe.

— Magnifique ! Vingt sur vingt pour ton imagination, Bailey.

La griffe bien en main, elle se pencha sur le garçon étendu par terre. Une goutte de son sang tomba sur la joue de Bailey. Il tenta de se détourner, mais le loup le maintint au sol d'une patte puissante.

— Une fin de rêve pour l'Enfant de la Guerre, affirma Sucrette en levant bien haut la griffe dans le soir glacial.

Bailey ferma les yeux au moment où l'arme s'abattait sur sa poitrine. Mais le coup ne porta pas. Au contraire, c'est Sucrette qu'il entendit pousser un cri étranglé.

Il écarta les paupières à la seconde où un animal surgissait de derrière les rochers : un corps gigantesque, d'une blancheur immaculée, se propulsait dans les airs.

Trente-deux

Les babines retroussées, la bête se jeta sur Sucrette. Elle reçut un coup de patte en pleine épaule, les griffes lacérant la chair. La professeure hurla, tituba. Bailey avait le souffle coupé, comme s'il avait fait une lourde chute… comme après ce fameux plongeon du haut du clocher. L'animal monstrueux qu'il avait aperçu du rigimobile était donc bien réel. Son pelage blanc luisant était rayé de gris clair. Ce n'était pas un fantôme mais un superbe tigre blanc.

Le félin fléchit les pattes, prêt à attaquer de nouveau. Tout à coup, le loup gris bondit sur son dos, et les deux bêtes ne formèrent plus qu'une grosse masse de poils et de sang. Le tigre se cabra, rejeta la tête en arrière et mordit son adversaire pour le projeter au loin. Le loup atterrit à quelques mètres de là, dans la neige, en glapissant.

Le fauve se tourna alors vers Bailey. Il grondait, mais avec douceur ; un roulement mortel qui résonnait jusque dans les os du garçon. Ce dernier se rassit lentement. Sa tête et son bras l'élançaient.

— Arrêtez-les ! ordonna Sucrette à ses bêtes.

Le tigre tournait autour de Bailey, sa queue fouettant l'air.

Deux ours noirs déboulèrent dans la clairière et se jetèrent sur le félin. Bailey recula quand les trois animaux se retrouvèrent par terre. Les autres coliés de Sucrette s'approchaient en renfort. Leurs souffles chauds montaient en bouffées de vapeur dans l'air froid.

— Achevez-le ! s'époumonait Sucrette.

Hélas pour elle, le tigre balaya un premier ours d'un revers de la patte, puis le second, et les deux finirent l'un sur l'autre dans la neige. Un groupe de loups prit le relais. Le tigre les affronta en feulant, en rugissant. Chacun de ses mouvements visait à éloigner ses adversaires de Bailey.

Celui-ci, accroupi par terre, analysait la situation. Son cœur battait fort, un drôle de goût métallique se répandait dans sa bouche… Du sang ? Chaque coup encaissé par le tigre l'effrayait, lui donnait la nausée. Il cherchait du regard une trouée dans les rochers derrière lui ; il n'en trouva pas.

Sucrette se tenait à l'autre bout de la clairière. Entre eux, la bataille faisait rage. Tout n'était que crocs, griffes et sang. Le tigre blanc se propulsa soudain en l'air, effectua un demi-tour sur lui-même et assomma quatre loups d'un puissant coup de patte. Il se réceptionna près de Bailey et, pour la première fois, ils purent se regarder en face.

Bailey aurait pu jurer que, à cet instant précis, le temps s'était arrêté. Tout était calme et immobile, y compris les bêtes ennemies qui semblaient s'estomper de sa conscience. Il ne voyait rien d'autre que la gueule du tigre. Leurs souffles se matérialisèrent entre eux, s'élevant puis se dissipant dans l'obscurité.

Bailey gardait ses yeux rivés à ceux du félin, à ses iris teintés de bleu et de gris.

Pas une fois il ne battit des paupières ni détourna le regard. L'animal non plus.

Et tout à coup, comme par magie, Bailey vit la forêt dans un miroir. Les arbres étaient les mêmes, le bosquet aussi… mais l'individu au premier plan de son champ visuel n'était plus l'énorme fauve.

C'était lui.

Son manteau en laine déchiré à l'épaule, son bras droit meurtri blotti contre sa poitrine. Il dégageait une forte odeur de soupe de lentilles – son déjeuner – et de sang frais. Il vit ses propres yeux s'écarquiller sous l'effet de la surprise. Il se voyait à travers les yeux du tigre.

Le doute n'était pas permis. C'était d'une telle évidence qu'il partit d'un grand rire. C'était comme comprendre que le ciel se trouvait au-dessus de sa tête.

Il était Animas Tigre blanc. Il s'était éveillé, et avait face à lui son unique colié.

Sa vision tressautait, alternait entre le point de vue du fauve et le sien. Le regard du tigre s'adoucit, ses moustaches frissonnèrent. Bailey sut que cette bête, une femelle, Taleth, vivait la même expérience que lui, après avoir passé des années à éprouver une forme de vide, un sentiment d'incomplétude. Elle s'était sentie attirée jusqu'ici, jusqu'à ces bois en périphérie de Montclair, sans se douter que c'était le besoin de rencontrer son colié qui la guidait.

Bailey était à la fois impressionné et fou de joie.

Un cri rageur rompit le silence.

— Tuez-les, bande d'immondes bestioles !

Trente-trois

Obéissant à l'ordre de Sucrette, un ours colossal se jeta sur Taleth par-derrière. La tigresse rugit ; la douleur qui l'envahit tira Bailey de sa transe.

Taleth envoya valser son adversaire, et Bailey se précipita vers elle. Les griffures dans son flanc étaient profondes. Le garçon agrippa son pelage et se hissa sur son dos. Son bras blessé le torturait ; il serra les dents et se cramponna à deux mains. La tête lui tournait.

Sucrette s'était postée en hauteur sur un rocher. Elle se tenait le côté, du sang coulait sur sa joue. Mais elle était en vie. Les animaux dominés continuaient d'approcher pour se mêler au combat.

La tigresse se cabra, secoua la tête, retroussa les babines sur des crocs luisants. Bailey s'accrocha à son cou encore plus fort pour lutter contre son vertige.

Taleth bondit dans le tas. Un loup lui mordit une patte arrière, mais Bailey lui fit lâcher prise en lui martelant la truffe. Taleth se propulsa ensuite sur le rocher où se tenait Sucrette et la toisa. La professeure soutint son regard.

— Quel courage ! cracha-t-elle. Un grand merci à vous deux, de vous livrer si gentiment à moi.

Un vrombissement de moteur et de drôles de bruits de ferraille retentirent soudain. Bailey perçut également les battements de centaines d'ailes qui le poussèrent à détourner les yeux de Sucrette pour observer le ciel. Dans la nuit, au-dessus de la clairière, une multitude de volatiles, faucons et chouettes, évoluaient en cercle sous l'averse de neige.

Une lumière vive jaillit d'entre les arbres ; Bailey se protégea les yeux. Les bruits mécaniques devenaient assourdissants. Une masse énorme se posa dans la clairière. La tigresse se cabra ; Sucrette tomba à la renverse. Lorsque les yeux de Bailey se furent habitués à la luminosité, le garçon découvrit le buggy de Tremelo, avec son propriétaire juché sur le pare-choc arrière, son arbalète braquée sur le cœur de Sucrette. Un vieil homme voyageait dans le side-car, il semblait à la fois déterminé et très gêné par les lunettes de protection que lui avait prêtées Tremelo. Tori occupait la place du conducteur ; son visage exprimait la peur mais aussi la suffisance.

Après un rapide coup d'œil sur la clairière, Tremelo arma son arbalète.

— Où est le Verre ? tonna-t-il.

Bailey s'apprêtait à répondre que Sucrette l'avait quand il constata qu'elle avait lâché le sac dans sa chute et que le Verre avait atterri à quelques pas, dans la neige, hors d'atteinte. Sucrette aperçut l'objet au même instant.

— Il est là ! Regardez ! hurla Bailey en montrant la direction.

Deux vautours fondirent sur le Verre.

— Phi ! cria Tremelo.

Un gigantesque oiseau fusa entre les charognards et le Verre. À sa grande stupeur, Bailey découvrit qu'il ne s'agissait pas d'un oiseau mais de Phi. Elle avait réparé ses grosses ailes et se mêlait à la troupe des vautours que Sucrette faisait maintenant pleuvoir sur le buggy. L'adolescente avait fixé des pointes métalliques à ses bottines, qui lui faisaient des serres. Elle frappait et volait en tous sens, les vautours ne savaient plus où donner de la tête. Bailey en profita pour reprendre ses esprits. Plusieurs loups attaquaient Phi, le garçon tremblait à l'idée qu'ils parviennent à leurs fins. La tigresse perçut sa colère et se précipita vers Sucrette. C'est alors qu'un loup gris lui bondit dessus par-derrière. Elle se retourna pour l'affronter.

Bailey entendit un craquement, accompagné d'une lumière vive. Le loup perdit ses repères, plusieurs vautours s'écrasèrent. Passé l'éblouissement, Bailey reconnut Hal qui surgissait des bois, à deux pas du buggy. Tori était descendue du véhicule et, une main devant les yeux, elle récupéra le Verre avant que Sucrette ait pu la devancer. Elle fourra l'objet dans son sac puis, sous les encouragements de Bailey, brandit une épée fabuleuse et se mit à sabrer les vautours qui recouvraient la vue. Tremelo s'était lui aussi éloigné du buggy et avait troqué son arbalète contre une petite hache, avec laquelle il affrontait un ours.

— Bailey ! Tu n'as rien ? lança Hal.

Il hallucinait de découvrir son ami juché sur un tigre sauvage. Un tigre en train de se battre ! Bailey n'eut pas le temps de répondre : de son bras valide, il repoussa le blaireau qui tentait de grimper sur l'épaule de Taleth. Les animaux de la forêt devenaient beaucoup trop nombreux pour eux. Malgré les blessures qu'ils leur infligeaient, ces loups, ces ours et ces blaireaux continuaient de déferler. La Dominance les poussait en avant en leur faisant oublier leurs propres souffrances. Bailey comprit alors toute l'horreur de la doctrine.

Il savait pourtant que ses compagnons et lui allaient devoir vaincre ces animaux et s'occuper de Sucrette, ou ils ne ressortiraient jamais des bois. Épuisé, il s'accrochait au pelage de Taleth. Soudain un vautour fondit sur lui, les serres en avant, braquées sur ses yeux. Le garçon perdit l'équilibre et fut éjecté de sa monture.

Une fois par terre, il crut d'abord être devenu aveugle, car il ne voyait au-dessus de lui qu'un gros nuage noir. Mais quand il eut repris ses esprits, il comprit qu'il s'agissait de centaines de chauves-souris venues former une muraille de protection autour de Sucrette.

La professeure se rua vers lui, son bras transperçant l'écran d'ailes noires, couteau en main. Bailey s'écarta à l'instant même où Taleth s'interposait entre Sucrette et lui.

On entendit un coup sourd, puis un hurlement de douleur émis par la professeure. Une flèche métallique venait de se ficher dans un arbre derrière elle, non sans lui avoir éraflé le bras au passage.

— Joan ! lança Tremelo. Arrête cette folie, ou la prochaine fois je vise ton cœur !

La jeune femme soutenait son bras ensanglanté, un léger sourire aux lèvres.

— Le Parlement est tombé, le royaume est aux mains des Dominae. Et tu voudrais que j'arrête cette folie ? Mais la folie est partout.

Elle ferma les yeux. Les animaux de la forêt convergèrent tous vers Bailey et ses amis. Bien que blessée, Sucrette n'avait pas perdu son pouvoir. Loin de là.

— Gwen ! À toi de jouer ! ordonna Tremelo.

Aussitôt, une mélodie sortit des arbres. Une jeune fille rousse se dirigea vers Tremelo. Un harmonica entre les lèvres, elle jouait un air triste, tandis que l'homme visait toujours la professeure.

— Qu'est-ce que c'est que ce cirque ? ricana Sucrette.

Gwen se plaça devant Tremelo. Le professeur avait autour du cou son pendentif. Sucrette observa tour à tour son « collègue », Gwen puis Bailey, avant de poser de nouveau son regard sur Tremelo. Elle éclata de rire, incrédule.

— C'est *toi* ! Mais bien sûr !

On aurait dit qu'elle venait de placer la dernière pièce d'un puzzle difficile. Alors, son visage se décomposa, ses yeux s'écarquillèrent.

— J'arrive trop tard, souffla-t-elle. Trop tard pour tuer le garçon… Je vais devoir tous vous éliminer.

Elle se dressa de toute sa hauteur, inspira à fond. Bailey comprit qu'elle s'apprêtait à transmettre un ordre à ses zombies de la clairière ; elle ne quittait pas des yeux Tremelo.

— Attention ! prévint-il d'une petite voix.

Gwen jouait plus vite et plus fort. Son air triste se métamorphosait en gigue entraînante et entêtante, accompagnée de… battements d'ailes. Une masse de chouettes survolait la clairière. Bailey s'aperçut que la horde des bêtes en colère ralentissait, hésitait.

— Qu'attendez-vous ? s'emporta Sucrette. Tuez-les !

Mais les animaux paraissaient déboussolés, effrayés. Certains parmi eux se réfugièrent dans les bois. D'autres se posaient et avançaient centimètre par centimètre en gémissant. « La musique ! » saisit Bailey. C'était cette musique qui les affranchissait. Elle réparait le lien d'Animas, lui rendait sa forme originelle et bienveillante, elle libérait les bêtes du joug de Sucrette.

Celle-ci s'en prit à Gwen.

— Que se passe-t-il ? Qu'est-ce que tu fabriques ?

Elle s'avança pour empêcher la jeune fille de jouer de l'harmonica, mais ne put faire plus de deux pas. Trop faible, elle s'effondra à genoux. Son sang maculait la neige.

Gwen ne s'arrêta pas.

Les loups qui avaient attaqué Bailey arpentaient à présent la clairière et menaçaient Sucrette.

— Je te le demande à nouveau, Joan, intervint Tremelo. Arrête cette folie. Rentre avec nous à l'école, nous déciderons de ce qu'il convient de faire de toi.

Bailey observait sa professeure de latin. Ce matin encore, toute pimpante dans ses vêtements colorés, elle répétait les conjugaisons… À présent elle semblait brisée, le visage, les cheveux et les habits constellés de sang, une folie évidente dans les yeux. Bailey éprouvait un fond de pitié.

Sucrette posa les yeux sur lui. Un frisson parcourut le dos du garçon. La femme brandit son bras valide, prête à abattre son couteau sur Bailey.

Puis il y eut un rugissement, une tornade de poils et de crocs, un cri… Joan Sucrette gisait dans la neige, écrasée par le poids des loups qu'elle avait dominés quelques instants plus tôt. Tremelo les chassa avec une volée de carreaux, mais il était trop tard.

Sucrette avait le torse et la gorge lacérés de coups de griffes. Pourtant, elle respirait encore. Elle n'avait même pas perdu le sourire.

Le souffle court, elle tourna la tête vers Bailey.

— Personne n'arrêtera les Dominae, affirma-t-elle. L'ancien temps est mort, les humains seront les maîtres de ce monde. Bientôt, vous rencontrerez ma maîtresse. Elle vous trouvera. (Un petit rire monté de sa gorge mutilée résonna dans l'atmosphère balayée de neige.) Bientôt, vous serez tous les créatures de Viviana.

Elle rendit son dernier souffle.

Les vautours sortis indemnes de la bataille s'étaient éparpillés sur les branches environnantes. L'un d'eux poussa un long cri perçant avant de s'élever lentement dans le ciel. Toute la troupe le suivit et, ensemble, ils disparurent dans les nuages. Le silence s'abattit alors sur la clairière, où le seul mouvement était le ballet de la première neige de l'année.

Trente-quatre

Gwen fut la première à sortir de la torpeur générale. Elle poussa un cri et courut vers le huggy. Tori, Hal, Phi et Bailey l'imitèrent.

Le vieil homme arrivé avec Tremelo était recroquevillé dans le side-car ; ses nombreuses plaies à la tête et à la poitrine saignaient. Gwen s'agenouilla près de lui. Bailey interrogea du regard Hal et Tori.

— Il s'appelle l'Ancien, souffla cette dernière. Il est venu nous dire… (Elle s'interrompit, secoua la tête.) Il y a trop à raconter.

L'Ancien toussa et frémit quand Gwen lui prit la main. Bailey constata que la blessure à la poitrine, juste sous le cœur, était certes petite mais profonde.

Il se tourna vers Tremelo.

— Nous ne sommes pas loin du campement des Velyns, murmura-t-il. C'étaient des guérisseurs… enfin, ce *sont* des guérisseurs. Ils pourront peut-être faire quelque chose ?

Le professeur hésita d'abord, puis acquiesça.

— Nous devons tenter le coup. Mais mon buggy n'ira pas loin sur ces rochers.

Bailey sentit quelque chose de lourd et de doux frôler son bras valide. La tigresse blanche s'était faufilée derrière lui et le caressait de la truffe. Le garçon posa la main sur le pelage rêche de son cou. Il sentit que Taleth lui proposait son aide.

— Merci, chuchota-t-il tout en sachant qu'elle le comprenait sans qu'il ait à parler.

Ensemble, Tremelo, Hal, Gwen et Bailey hissèrent l'Ancien sur le dos du félin. Phi allait s'envoler pour prévenir les Velyns de leur arrivée.

— Donne-leur le Verre, dit Bailey en lui remettant l'objet des Prophètes. Il leur appartient.

Ils escortèrent la tigresse qui s'engagea sur les rochers à la suite de Bailey. L'Ancien émit un faible grognement. Gwen se porta à sa hauteur tandis que Taleth pénétrait dans les Bois de l'Ombre. Une seule fois, Bailey se retourna vers Tremelo. Le professeur avait la mâchoire crispée, les yeux rouges. Il semblait porter le poids de l'Ancien sur ses épaules.

La troupe progressait lentement à travers la neige et la nuit silencieuse. Quand enfin ils atteignirent le campement des Velyns, un feu crépitait à l'entrée de la grotte. Ses flammes illuminaient les gigantesques ailes blanches que Phi portait sanglées dans son dos. Elle attendait ses compagnons auprès du grand homme blond que Bailey avait découvert lorsque le vautour avait dérobé le Verre. Un sentiment de culpabilité l'envahit quand leurs regards se croisèrent. Quelques autres individus, dont l'homme barbu que Bailey avait également déjà vu, observaient les nouveaux venus à distance. Bon nombre d'animaux libérés du joug de Sucrette s'étaient déjà réfugiés ici. La berge du ruisseau résonnait de grognements et de jurons marmonnés : les Velyns soignaient leurs coliés blessés.

Tremelo s'avança vers l'homme blond, la main tendue.

— Je suis… Je suis Trent Melore.

L'homme lui serra la main et inclina la tête.

— Où est l'homme qui a besoin de notre aide ? questionna-t-il.

La tigresse s'avança vers la grotte. Assistés de Gwen et de Tremelo, deux Velyns allongèrent délicatement l'Ancien près du feu. Bailey, lui, resta près de Taleth. Le pelage blanc de sa coliée était maculé de sang, celui de l'Ancien et le sien.

L'homme blond et une femme aux longs cheveux auburn et au visage couvert de taches de rousseur se penchèrent sur l'Ancien pour examiner ses blessures. Une autre femme apporta un bol rempli d'une substance épaisse qui ressemblait au baume que Tremelo avait appliqué sur le bras de Bailey. Celui-ci en reconnut le parfum végétal et doux.

— Qu'est-ce que c'est ? demanda-t-il à son voisin, le barbu qui avait affronté les vautours.

Celui-ci le regarda d'un air prudent.

— Une pâte à base de fleurs de doigt-du-roi, répondit-il d'une voix bourrue. L'hiver, les graines donnent de petites fleurs noires qui, une fois broyées, possèdent des vertus très puissantes.

Bailey hocha la tête ; il se rappelait les fleurs noires dessinées sur la carte de Loren.

L'Ancien poussa un cri quand les Velyns appliquèrent le baume sur sa tête et sur son torse. Quelques secondes plus tard, le blond se releva et les deux femmes s'écartèrent.

L'homme secoua la tête.

— La blessure est trop importante, diagnostiqua-t-il. La chair pourrait guérir mais, sans son colié-à-vie, il est trop faible pour se remettre.

Gwen fondit en larmes.

L'Ancien pointa du doigt Tremelo. Le professeur s'accroupit près de lui. Le vieil homme lui caressa la joue.

— Je le vois en toi, déclara-t-il. Je n'aurais jamais cru revoir ce visage un jour. Il existe si peu de photos…

Tremelo saisit la main de l'Ancien et la serra très fort.

— J'ai tenté de te sauver, poursuivit le blessé. Je pensais t'avoir perdu la nuit où le palais a brûlé. J'ai sauvé ta sœur, malheureusement la rue me l'a ensuite enlevée. Je voulais vous sauver tous les deux, j'ai échoué. Elle m'a dit… (Le vieil homme ferma les yeux, il revivait ce souvenir.) Elle m'a dit que tu avais péri, et je l'ai crue. Je l'ai conduite en lieu sûr, et de ce jour j'ai vécu rongé par le regret de ne pas t'avoir sauvé. Et te voilà. Retrouvé, enfin.

Gwen gémit quand l'Ancien reposa sa tête sur la pierre. Le regard de l'homme se porta vers elle.

— Ne partez pas, je vous en supplie, murmura-t-elle. Que ferai-je sans vous ?

— Mon enfant, lui répondit l'Ancien. (Il parlait d'une voix si basse que Bailey dut lire sur ses lèvres.)

Ne pleure pas. Je suis fier de toi. Tu possèdes force et bonté. Le royaume… a besoin de toi. Ta place est auprès de ton roi.

D'un geste faible, l'Ancien désigna Tremelo.

— Sa foi n'est pas encore assez grande. Tu dois l'aider à la cultiver. Sans cela, il ne pourra être roi…

La voix du vieil homme se brisa, ses yeux gris nébuleux se promenèrent un instant sur les élèves penchés sur lui.

— Le royaume…, dit-il, le regard braqué vers le ciel.

Puis il ajouta dans un souffle :

— Grimsen.

Il sourit.

Puis le silence s'abattit.

Trente-cinq

Gwen sanglota, inconsolable, tandis que la petite troupe quittait la forêt pour regagner en secret l'appartement de Tremelo. Une fois à destination, malgré la peine et la fatigue, l'adolescente n'arriva pas à s'endormir. Elle se demandait même si elle parviendrait un jour à retrouver le sommeil.

Elle était seule. Absolument seule.

Les premières lueurs de l'aube s'apprêtaient à toucher les collines et les forêts de Montclair. Tremelo, Gwen et les élèves étaient assis dans le petit appartement du professeur. Ils buvaient des tasses de lait de sève bouillant.

— Personne à l'école ne saura que vous avez été mêlés à la mort de Sucrette, assura Tremelo. Ils ne sauront même pas que vous vous trouviez dans cette clairière. Si jamais la nouvelle s'ébruitait, les Dominae viendraient vous arrêter.

Les élèves acquiescèrent. Gwen scrutait la crème onctueuse qui nappait sa boisson. Elle aurait bien voulu se croire en sécurité… Hélas ! depuis la mort de l'Ancien, elle ne savait plus où était sa place, et la sécurité lui semblait être un rêve lointain.

— Ils viendront quand même, affirma-t-elle. Un des leurs est mort. Ils vont enquêter.

Les autres adolescents se tournèrent vers elle ; elle soutint leurs regards.

— L'Ancien annonçait une période de dangers, poursuivit-elle. Je l'ai cru, mais j'ignore de quels dangers il parlait. Vous avez de la chance de pouvoir compter les uns sur les autres.

C'est Bailey, le garçon aux cheveux blond-roux, blessé au bras, l'Enfant de la Guerre, qui prit la parole en premier.

— Tu fais partie de notre groupe, maintenant, Gwen, non ?

Phi, son faucon toujours perché sur son épaule, posa la main sur le genou de la fille.

— Oui, reste, tu veux bien ? Reste avec nous…

Gwen interrogea du regard Tremelo, le professeur, le roi. Les paroles de l'Ancien lui revinrent en mémoire : « Ta place est auprès de ton roi. Sa foi n'est pas encore assez grande. Tu dois l'aider à la cultiver. » Il avait vu juste, elle s'en rendait compte. Tremelo – Trent Melore – semblait soucieux. Les épaules voûtées, on aurait dit qu'il sentait déjà les regards de tout le royaume peser sur lui, et qu'il cherchait à se défiler.

— Tu dois rester avec nous, cela ne fait aucun doute, lui dit Tremelo. Il serait trop dangereux de te laisser retourner seule en ville. En plus, tu vas pouvoir nous renseigner sur la situation à Grisville. Nous allons avoir besoin de toi.

Entendant cela, Gwen songea aux RATS, à qui il manquait un chef. Ce chef, il était là, devant elle. L'Ancien étant mort, elle seule pouvait leur révéler la véritable identité de Tremelo. Les RATS ne croiraient personne d'autre. Son mentor lui avait confié une ultime mission : réunir Trent Melore et son peuple.

Gwen réussit à esquisser un sourire. Puis elle hocha la tête. « Oui, songea-t-elle. Oui, je pense que vous allez avoir besoin de moi. »

Trente-six

Le lendemain soir, un groupe de personnes s'étaient réunies au sommet de la plus haute colline du campus de Montclair. En contrebas la neige recouvrait tout, sauf le fleuve au loin.

Tremelo, Bailey, Gwen, Hal, Tori et Phi étaient accompagnés d'une poignée de professeurs qui avaient offert leur aide pour rendre l'Ancien à dame Nature. Plus tôt ce même jour, Mme Bosquet et ses assistants avaient construit un bûcher funéraire. Tous étaient à présent rassemblés autour d'elle, pour la mise à feu du bûcher. Avec le soleil couchant pour décor, Bailey avait l'impression que c'était le ciel tout entier qui s'embrasait. Le bois utilisé était du cèdre fraîchement prélevé au cœur de la forêt, et l'air embaumait les épices et les bois. Bailey avait un bras en écharpe. Gwen se tenait près de lui. Elle interprétait une berceuse mélancolique à l'harmonica.

— Je m'en veux qu'on ne puisse pas le ramener chez lui, à Grisville, déclara le garçon.

Sa nouvelle amie secoua la tête et cessa de jouer.

— Ici, il est plus proche des montagnes. Je crois que ça lui aurait plu.

Personne n'ajouta rien. En chemin, sur la pente de la colline, le doyen Pinson avait marmonné que jamais Montclair n'avait eu à organiser les funérailles d'un membre du Parlement, et que personne ne savait ce qu'il convenait de dire. Bailey, lui, n'oubliait pas que le Parlement était tombé. Les Dominae étaient maîtres de la ville, et Viviana disposait d'une armée qui réprimerait le moindre soulèvement de loyalistes dans le royaume. Ce qui convenait ou pas, pour les funérailles d'un membre du Parlement, semblait désormais secondaire. Alors les personnes présentes se contentèrent des notes de l'harmonica, tandis que le corps de l'Ancien redevenait cendres. Bailey et Hal formaient un groupe avec Tori, Phi et Gwen. Tremelo, le regard clair, se tenait devant eux.

Un vol de chouettes vint tournoyer au-dessus de leurs têtes. Elles ululèrent pour les saluer avant de regagner les bois.

Bailey et Tremelo redescendirent la colline en silence. Les autres s'attardèrent un moment avec Gwen, qui tenait à rester jusqu'à l'extinction totale du feu. Arrivé dans l'allée qui conduisait aux dortoirs, Bailey s'immobilisa. Un frisson de chaleur lui parcourut le dos. Il se retourna et aperçut sa coliée sur le versant de la colline. La tigresse avait été blessée au combat ; le garçon ressentait les souffrances de l'animal dans ses propres muscles, en plus des siennes. Mais son émerveillement surpassait la douleur.

Taleth se dressait, fière, sur les rochers. Les deux êtres échangèrent un long regard et le garçon se sentit empli d'un mélange d'assurance et de nostalgie. Cette bête avait vu l'extermination de ses semblables dans les montagnes, et la solitude qu'elle éprouvait trouvait un écho chez Bailey. C'était une tristesse profonde presque insupportable à partager avec une autre âme. Pourtant, quel réconfort de la partager…

Tremelo avait invité les Velyns à assister aux funérailles, cependant ils avaient décliné. Ils ne souhaitaient pas encore révéler leur présence. Bailey se réjouissait de les avoir rencontrés. Après tout, il était des leurs. Après la bataille, le grand homme blond était venu s'agenouiller devant lui.

— Tu sais ce que cela signifie, n'est-ce pas ? l'avait-il interrogé. Si la tigresse est ta coliée, cela signifie que nous aussi nous sommes tes coliés.

Il n'était pas courant que des êtres humains se considèrent les coliés d'autres humains. Cette déclaration lui avait fait chaud au cœur.

— Nous ne pouvons pas remplacer tes parents, avait ajouté l'homme. Ils sont partis, comme tant des nôtres. Mais sache que tu es des nôtres, Bailey Walker.

Il avait alors posé la main sur l'épaule du garçon et l'avait serrée fort.

— Taleth sera en sûreté, dans les bois, avec nous. Il serait trop risqué de la laisser t'accompagner à l'école. Elle est la dernière représentante de son espèce.

Bailey avait éprouvé un désir encore plus fort que le désir de trouver son Animas. Il aurait voulu suivre les Velyns, apprendre à leur contact, découvrir quelle était sa vraie famille. Il aurait voulu rester auprès de Taleth, de sorte qu'ils se protègent l'un l'autre. Mais il s'était tourné vers Tremelo, Gwen et ses amis, et il avait compris qu'il serait plus utile auprès d'eux.

— Je sais, avait-il répondu à l'homme. Merci.

Le guerrier Velyn s'était redressé, il s'éloignait quand Bailey, regrettant déjà qu'il s'en aille, l'avait retenu. Une foule de questions brûlaient en lui, mais il ne pouvait pas les formuler toutes. Alors il s'était contenté d'une seule :

— Comment vous appelez-vous ?

— Eneas Quatre-Griffes du Velyn. En cas de besoin, tu pourras toujours compter sur moi.

Puis les Velyns avaient regagné la forêt pour soigner leurs coliés blessés.

Bailey regagnait donc le campus en compagnie de Tremelo et de Fenouil.

— Je voulais vous demander…, commença-t-il. Quand Mme Sucrette a…

Sa gorge se serra. Il avait encore du mal à admettre qu'on avait essayé de le tuer.

— Dans les bois, reprit-il, elle a parlé de terminer ce que le Chacal avait commencé. C'était lié à la tigresse blanche, à mon Éveil.

Du doigt, il désignait Taleth. Tremelo hocha la tête. Pour une fois, observa Bailey, l'homme ne sentait pas les herbes.

— Tu savais déjà que les Velyns avaient disparu et que l'on croyait les tigres blancs exterminés. Le Fou, lui, savait que ces bêtes n'étaient pas mortes de mort naturelle ; on les avait massacrées en même temps que leurs coliés, les Velyns. Ceux-ci n'étaient pas plus hors la loi que toi et moi.

— Ce sont des guerriers, confirma Bailey.

— Tout comme toi, approuva Tremelo.

— Je ne comprends toujours pas en quoi je suis lié au Vrai Roi. À vous.

Tremelo regardait droit devant lui. Derrière ses yeux flottaient une myriade de questions sans réponses. Bailey aurait pu en dire autant. L'un et l'autre avaient été pris de court par les événements ; l'un et l'autre se retrouvaient face à un royaume plongé dans l'incertitude. Tremelo sortit de sa poche le Verre des Prophètes.

— Eneas m'a remis ceci après la bataille. Il affirme que cet objet appartient au roi. (Le professeur fixait son élève avec enthousiasme et admiration.) Nous avons de la lecture en retard.

Les silhouettes de Tori, Hal et Phi se découpaient sur la pente de la colline. Gwen les suivait de près. Quand ils furent tous réunis, Hal sourit à Bailey, et Phi posa une main délicate sur son bras blessé.

— Et moi qui pensais que tu étais frappé d'Absence, avoua Tori. Alors qu'en fait tu es Animas Tigre blanc. Impressionnant…

Le garçon sourit.

— Je t'impressionne ? Quel honneur !

— Je ne te le fais pas dire, répliqua très sérieusement son amie.

— Tu es le seul comme ça ? voulut savoir Phi.

— Aucune idée. (Il regarda Tremelo.) Mais je crois que oui.

— En même temps, tu n'es pas vraiment seul, nuança Gwen. La tigresse et toi, vous pouvez compter l'un sur l'autre.

— Exact, se réjouit Bailey.

Le soleil couchant baignait les falaises de Montclair de tons orangés. Bailey frissonnait, mais pas à cause du froid. Pour la première fois de sa vie, il savait d'où il venait, et où était sa place. Tremelo, le Vrai Roi, était à son côté. Bientôt, ils conduiraient ensemble une armée. Malgré son jeune âge, Bailey se sentait assez fort pour se battre. Tremelo lui tapota le bras, en pointant le doigt vers les rochers où la tigresse se tenait quelques instants plus tôt.

— Où est-elle passée ?

Bailey secoua la tête. La tigresse n'était plus visible, mais sa force demeurait dans son sang.

— Elle est dans les parages, affirma-t-il.

Ces mots décrivaient bien mal le lien qu'il ressentait enfin, avec Taleth, et avec ses amis. Ses sens lui indiquaient que sa coliée se trouvait sous le couvert des arbres. Mieux, même, ses sens lui confirmaient les paroles de Gwen : il n'était pas seul, et même aux pires moments de sa vie il ne l'avait jamais été.

Bailey sourit à ses amis, à son roi, et ensemble ils se dirigèrent vers les dortoirs, par l'allée enneigée.

Remerciements

Je tiens à remercier toute l'équipe éditoriale de Paper Lantern Lit : Lauren Oliver, Lexa Hillyer, Beth Scorzato et en particulier Rhoda Belleza. Leurs encouragements, leurs conseils et leurs interventions m'ont aidée à bâtir l'univers d'Animas et à créer ses habitants. Sans eux, rien n'aurait été pareil. Un grand merci à Stephen Barbara de Foundry Literary + Media, ainsi qu'à Rotem Moscovich et Julie Moody de Disney • Hyperion pour leur implication et leur soutien. Merci aux auteurs Aine Ni Cheallaigh, Nora Olsen et Kelly Kingman pour leurs conseils avisés, sans oublier Michele McNally et Jen Whitton, et bien sûr ma famille, qui ont toujours prêté une oreille attentive à mes questionnements. Je remercie enfin la salle d'histoire locale et de généalogie de l'Adriance Memorial Library de Poughkeepsie, New York, pour son mélange de chaleur humaine et d'architecture à couper le souffle – l'endroit idéal pour écrire un livre.

Ouvrage composé par
PCA – 44400 Rezé

Cet ouvrage e été imprimé
en Allemagne par
GGP Media GmbH
à Pößneck

S25906/01

PKJ• www.pocketjeunesse.fr
POCKET JEUNESSE

FSC
www.fsc.org
MIXTE
Papier issu de
sources responsables
FSC® C003309

Pocket Jeunesse, une marque d'Univers Poche,
est un éditeur qui s'engage pour
la préservation de son environnement
et qui utilise du papier fabriqué à partir
de bois provenant de forêts gérées
de manière responsable.